猎证法医

悬案密码

云起南山◎著

北京联合出版公司
Beijing United Publishing Co.,Ltd.

目录

第一章

人心作怪

电梯门开，等候的人们一股脑儿地拥了进去。拎着菜的、推着孩子的，瞬间把电梯挤得满满当当，看那阵仗，仿佛多塞一把菜都会响起超载警报。

唐喆学一米八七的大高个儿，骨架粗壮，愣是被三位还在激烈讨论菜价的大妈挤到了最角落的位置。隔着好几个头发烫得毛卷卷的脑袋，他的视线飘向把着门边的搭档林冬，皱眉苦笑。

林冬回给他一个同样无奈的眼神，勉强抽出被挤得几乎无法动弹的手臂，按下二十七层的按钮。

电梯门勉强关闭，就听身后那位推着婴儿车的年轻妈妈小声请求："麻烦帮我按一下十六层。"

林冬闻声照办。

年轻妈妈冲他感激地一笑，在看到他的正脸时，眼里掠过一抹惊讶——这人看着岁数不大啊，居然有这么多白发。染的吗？不像。

早已习惯了这种好奇心强烈的视线，林冬并不在意。华发早生，皆因当年一夜间失去七位战友的打击所致。虽心结已了，但那场惨烈事故留下的噩梦仍会时不时地想起。持续多年的睡眠障碍，让原本俊朗的面庞上一直挂着淡淡的黑眼圈。

电梯停了六次，拥挤的人群终于都下去了。唐喆学挪到林冬身旁，忍不住感慨："这也就是证人家在二十七层，要是十七层，有等电梯这工夫，我自己就爬上去了。"

"爬楼梯磨损膝关节，这时候没必要。"林冬回道。

这倒是实话，唐喆学诚心接受。林冬的建议与决策向来精准，悬案队正式挂牌一年多来，在队长林冬的带领下，仅仅六个人的部门已经解决了十五起悬案。这些悬案有的跨度将近三十年，甚至有些都不在法定的追溯时效内了，但林冬的要求是，无论嫌疑人能否成功被起诉，都必须让受害者及其家属得到应有的答复。

今天他们要走访的是一名失踪者的妻子。失踪者名叫朱彬，是重案队正在调查的一桩凶杀案里和死者有过经济往来的人之一。

朱彬失踪已经将近二十年了，当年，朱彬的事业如日中天，可他突然就失踪了。那时候，大街上的监控摄像头屈指可数，更没有天网系统，调查起来困难重重，人一直没找到，案子就成了悬案。这次的凶杀案让这起悬案又浮出了水面。

"叮"的一声，电梯终于到二十七层了，门一开，楼道里的热风扑面而来。唐喆学走出电梯，顿时觉得露在衣服外面的皮肤被黏稠的空气包围了。

走在前面的林冬忽然顿住脚步，吸了一口味道怪异的热气，皱眉问："二吉，你闻到什么味道了没？"

"是有点……臭？"

听到林冬喊自己的外号，唐喆学无奈地笑了笑。打从两年前两人认识没多久开始，林冬就跟着他在警校的学长、兼重案队副队长罗家楠喊他的外号"唐二吉"了。说是听着亲切，可对他这个悬案队二把手来说，着实不利于立威。

林冬又抽了两下鼻子，侧头望向楼道尽头、门口堆满杂物的一家住户，凝思片刻，迈步朝那边走去。

唐喆学在后面喊道："队长，朱彬家在另一边，2701 号。"

林冬没搭理他，径直走到 2709 号房门前站定，抬手敲了敲防盗门。等了一会儿没人应，他便蹲下身，凑近门框下面仔细闻了闻，随即眉头紧拧——

是尸臭。

"得找一下物业了。"林冬说。

向物业的工作人员出示过警察证，林冬退开半步，静待开锁工人打开门锁。

物业经理在一旁念叨："哎呀，我们说了好多次了，让他别把废品堆在楼道，就是不听。"

"咔"的一声，门开了。臭味顺着空气汹涌而出，以至于在场的人都下意识地捂住了鼻子。等门彻底打开，呈现在眼前的画面让所有人的眉毛高低错了位——这哪是人住的地方啊，简直就是个垃圾场！视线所及之处堆放着成山的废品：纸箱、杂志、饮料瓶、衣服、废旧金属……还有许许多多无法辨认的物品，连门口都被堵住了，想进去，不容易。

"我的妈呀……"物业经理眼都直了，表情僵硬，一时间顾不上臭不臭了，嘴巴大张，"这这这……这怎么搞成这样？还能住人吗！"

"囤积癖。"林冬歪过头去，避开一只拇指盖大的绿豆蝇，对物业经理说，"你去联系业主或者紧急联系人，叫保安过来保护好现场，我怀疑这里面有尸体。"

"尸……尸体？"

虽然感觉这个垃圾场里发现什么玩意儿都不奇怪，但"尸体"二字显然过于震撼。物业经理咽了口唾沫，缓了好一阵子才去打电话。

然而怀疑归怀疑，总得找到尸体证实猜测才能喊技术人员过来勘验现场。唐喆学从口袋里掏出备用手套和脚套，分给林冬一套，然后扒开堵在门口的半人多高的杂物堆，抬腿钻进屋内。

地板上堆满了东西，一脚踩下去还不一定是实的。唐喆学从大门口到卧室这短短十来米的距离，踩空了三次。若非反射神经敏锐，准保摔一跟头。

卧室门紧闭着，他拧动门把手，用力推了一下，没推开。这时林冬也深一脚浅一脚地跟了过来，和他一起用肩膀顶门，费了半天劲儿，终于把门顶开了一条缝。

门一开，一小群绿豆蝇飞了出来，臭味更加浓郁了。林冬透过门缝往里看了一眼，眉头霎时拧起，随即回手拍了下唐喆学的肩膀："赶紧叫人过来，尸体在这里，保护现场。"

唐喆学一边掏手机一边往房间里看，胃里一阵翻滚，心想：今天要省饭钱了。

调查突发的死亡案件不在悬案队的职责范围内，林冬和唐喆学等分局派出所的人到场接手后，按照原计划去了朱彬的家中，拜访其妻严娟。

严娟年近六十，保养得不错，身形富态，脸上没什么皱纹。刚才外面闹哄哄的，她听见动静后开门看了一眼，发现走廊上还有穿警服的人，接着没过多久就见穿着警服的林冬和唐喆学找上门了，表情有些疑惑。

林冬没跟她说刚刚发现了尸体的事，反正一会儿负责调查的警察会来询问，得先让严娟平心静气地把重点放在朱彬的案子上。

"严女士，我们是来询问您丈夫失踪一事的。"林冬开门见山地说道。

"这都过去多少年了，你们怎么又来问啊？唉，报警后，我小姑子跟我说，她哥是和小三跑了，我也不知道到底是怎么回事。"提起朱彬，严娟并未流露出过多伤感，似乎已经接受了丈夫离去的事实。

待进屋坐下后，林冬问："您还能回忆起您丈夫失踪前后的一些细节吗？"

"我记得那天，他说晚上有应酬，不回来吃饭了，下班前又给我发了条短信，说临时出差。后来就一直没消息，电话也打不通，我就去派出所报警了。"严娟顿了顿，好奇地问道，"这些话我已经说过好几遍了，当年派出所没有记录吗？"

唐喆学语气温和地回答她："有，但是我们查案的时候，习惯重新梳理证词。"

严娟点点头，又问："那你们为什么又开始调查啊？"

"是另外一起案子，排查社会关系时发现死者和您丈夫有金钱上的往来，但您丈夫已经失踪多年，只好来问您了。"在没有确凿证据之前，林冬不会向家属透露自己的推测。

"啊？是谁呀？"严娟提高了说话的音量。

在心里斟酌了一番后，林冬如实回答："赵美贞。"

"美贞？我记得她，老朱还在的时候，她是我们的供货商。"说着，严娟叹了口气，"老朱失踪后，她还来看过我几次，跟我抱怨，说我小姑子两口子拖了好久的货款没给，让我帮忙说说话……可我哪儿还说得上话啊？自从老朱失踪，公司里的老人陆续被开，慢慢地就只剩他们的人了，到最后连我的股份都被他们拿去了……不过那都是二十多年前的事了，你们是怎么知道她跟老朱有生意往来的？"

林冬低头笑笑，并未作答。这次查到朱彬是因为赵美贞的私人账本里有一条记录，写着某年某月和某公司的往来款项未结清，顺势牵扯出了该公司曾经的所有者失踪的事情。

赵美贞的案子归重案队，他们要追的是朱彬。然而通过与严娟的谈话，所获信息并没有比当年报失踪时的笔录上更多，只有一条引起了林冬的注意——朱彬的妹妹朱华曾劝严娟撤销失踪案。

按理说亲哥失踪了，做妹妹的应该很着急才对，怎么会主动劝说嫂子撤销报案呢？而且，朱华一口咬定朱彬是和小三私奔了，还说两人卷走了公司的大量货款，当时也没人表示怀疑。

从严娟家中出来，唐喆学看见重案队的同事在走廊上打电话，当即意识到刚才被他们发现的尸体不是自然死亡。他上前敲敲背对着自己的那个人，问："楠哥，是他杀？"

罗家楠比了个稍等的手势，又和电话那头沟通了几句，挂断后跟他说："分局法医初检时发现死者的舌骨大角骨折，不是勒死就是扼死，肯定是他杀了……欸，你俩怎么搞的？走哪儿哪儿死人？"

唐喆学心里直喊冤，尸体都烂得见骨了，和他们有什么关系？他们只不过是闻到味道，打开门进去看了一眼，正好发现尸体而已。

正想辩解两句，就听案发现场那边传来痕检员黄智伟的一声哀号："我的老天爷啊，这堆东西得验到什么时候啊！"

想想那垃圾填埋场一样的房间，唐喆学深表同情。但是一想到悬案队的案子都是陈年旧案，也需要在一大堆可有可无的线索中翻找有用的证据，也需要验尸、翻看尸检报告、到处走访调查，甚至有些重要证人可能早已搬走或者去世了……唐喆学忍不住摸了摸自己的额头，感觉自己的发际线比刚到悬案队的时候大概后退了一厘米。

罗家楠转头跟林冬打招呼："林队，朱彬那事查得怎么样了？"

林冬颔首致意："还在调查中。对了，我听陈队说，赵美贞的案子破了，速度真快。"

罗家楠眨了眨布满血丝的眼睛，打了个哈欠说："是，破了，是她包养的那个小白脸干的。我和袁桥给摁当铺里了，一堆K金首饰，总共卖不了两万块，结果还搭进条人命。昨天晚上我熬夜写的结案报告，结果刚躺下没半小时就被电话喊到这儿来了。"

"辛苦了。"林冬安慰罗家楠一声，然后看向2709号房的方向。只见几个警务人员正在往出搬屋里的垃圾，这现场，保守估计也要三天才能清理完。

"祈铭和杜海威没来？"林冬问。

"他俩上午开会去了，现在是高仁和分局的法医在那儿忙着呢。"罗家楠说。

"行，那你们先忙，我们走了。"林冬回头招呼唐喆学进电梯。

下楼坐进车里，唐喆学发动汽车，林冬边系安全带边拨通了电话："对，你找一下保险公司，把常金轩那辆宝马车的理赔档案调出来……没了是什么意思……这样啊，那等我回去再说。"

常金轩是朱华的丈夫，朱彬失踪后不久，他和朱华就接手了朱彬的公司，还将嫂子严娟告上法庭。最终，夫妻二人取得了公司的绝大部分股份，又花了很少的现金将严娟手中剩余的股份全部收入囊中。

林冬之前追查时发现，朱彬失踪后的第二天，妹夫常金轩名下的一辆宝马轿车就报了失盗，还拿了保险公司三十多万的盗抢险赔偿金。

挂上电话，林冬转头对上唐喆学询问的目光："刚才岳林说，保险公司有一批理赔记录在五年前的那场台风中泡毁了，其中就有常金轩的宝马车盗抢理赔档案。"

唐喆学不以为意："电子档总有吧？"

"有，说是要从总部调，得等。"说着，林冬表情一变，"我觉得，这里头有猫腻。"

"你的意思是，理赔手续不符合规定？"

"你又不是没见过拿回扣的理赔调查员，非公职人员的职务犯罪，保险公司可是重灾区，尤其是财险，动辄大几百万上千万的理赔额，有多少人想着分一杯羹。"

唐喆学嘴角一勾："等那边把档案发过来后，得让秧子检查检查，我怕有诈。"

林冬听完，笑了笑。

秧子大名叫秧客麟，是林冬拿着从省厅和省人事厅要来的调令，从网安大数据分析组把人挖到悬案队的，代码敲得那叫一个利落。最近半年结的案子，这小子的贡献很大，很多有价值的线索，以及锁定目标嫌疑人行踪都是靠他过硬的技术取得的。

"岳林，查一下给常金轩那辆车办理赔的理赔员的详细信息。"

一进办公室，林冬即刻下达命令推进调查。

见林冬进来，何兰立刻起身："林队，'肖新旗'那个案子和检察院约了下午两点半开会，你看有时间参加吗？"

"我下午要去看守所提讯，有唐副队在就行。"林冬说着一顿，视线扫向房间内最角落的办公桌，"秧子，理赔报告好了吗？"

"已放在3号公共文件夹。"

办公桌后，被三面显示屏完全遮挡住的秧客麟稍稍直起身，露出那张黑眼圈极重的脸。

"查到了、查到了！"这边秧客麟话音刚落，那边就响起岳林的欢呼声。

岳林按下发送键，起身离开座位，走到林冬的办公桌前。

此时，林冬的笔记本电脑屏幕上是清晰化后的现场调查照片。岳林抬手指向停在路边的一辆车的车窗，说："你看，玻璃车窗上反射出的是禁停标识，同时车挡风玻璃上贴的是罚单，说明只要是在这里停车的，都会被贴罚单。既然有罚单就一定会被录入系统，但常金轩的那辆车在系统内并没有未缴罚单记录，所以他当时对理赔员的叙述——"

电脑屏幕切到理赔记录页面，"说车在那儿停了一天一夜，然后发现被盗，显然不符合实际。作为有经验的理赔员，在对现场进行调查后怎么可能发现不了问题。基于以上考虑，我怀疑，当时的理赔员可能收了好处，故意隐瞒真实信息。"

岳林点点头："负责这个案子的理赔员叫顾黎，常金轩的事结案没多久，他就从保险公司离职了，现在在一家拍卖行工作。"

"年龄？"

"五十二。"

林冬眸光微动。既然这个人和常金轩同岁，又都是本地人……

"秧子！"

"到！"

"查一下，常金轩和顾黎两个人有没有交集，学校、户口所在地、常驻地址等。"

"稍等。"

早些年因缺乏电子化信息存储方式，年过五十的人的相关信息检索相对来说比较麻烦。秧客麟花了大半个小时才查到，常金轩和顾黎上的是同一所初中，而且两个人的初始户口登记地在同一栋居民楼里。

看着眼前的资料，林冬的眉心渐渐拧起。一旁的唐喆学替他说出了想法："你认为，顾黎不光是在理赔案上有问题，甚至连朱彬的失踪也与他有关？"

"嗯，一开始我推测，顾黎是为了拿回扣而帮常金轩打掩护，现在看来，很有可能顾黎本身就牵涉其中。朱华对于哥哥失踪的态度也很可疑，说不定还是常金轩、顾黎的同谋……"林冬摘下眼镜，搓了搓发胀的眼眶，"但现在找不到尸体和车辆，恐怕从他们嘴里撬不出实话来。"

对此，唐喆学毫无异议。一切都源于推测，虽然经过调查，已有的线索可以串联起来，但尸体呢？没有尸体，无法立案，更别妄想从嫌疑人口中撬出真话。办悬案就是这样，合理的猜测加必要的证据，而后者作为破案的关键，往往难以获得，不然也不至于那么多案子一悬就是十几二十几年。

沉思片刻，林冬屈指一敲桌面，开始布置任务："秧子，你继续挖常金轩和顾黎的信息，看他们在朱彬失踪之后还有没有交集，如果有，把情况摸清楚；岳林，你去技术科那边拿一下'李烨'那个案子的物证报告，吃完饭跟我去看守所做二次提讯；兰兰，你和唐副队再仔细过一遍'肖新旗'那案子的卷宗。"

三五个案子并行实乃悬案队的常态，哪个案子有了新线索就先办哪个，绝不坐在椅子上干等着耗时间。

中午的食堂里，人声鼎沸，岳林打完饭在人堆里找了一圈，最后端着托盘坐到重案队的欧健对面。案件总有交叉，悬案队和重案队经常互借人手，他和欧健搭档的次数多，专业相近有共同语言，因此关系处得挺好。

一看见岳林，欧健就开始吐苦水，顶着两个硕大的黑眼圈，怨声载道。由于近些年网络犯罪的兴起，针对杀猪盘等网络诈骗案件的侦办极其缺乏人手，就连专办绑架、凶杀等恶性案件的重案队都得抽调人员去协助侦查。欧健作为重案队资历最浅的新人，同时又具备计算机专业背景，理所当然地被罗家楠"踹"去了专案组。

上级部门也跟悬案队要人来着，不过被林冬拒了，理由是"我们这儿还缺人手呢，要不您再给我仨人的配置，我立马抽俩人给专案组"。用局长大人的话说，林冬岂止是一点亏都不肯吃，不让人倒找都算赔钱了。

"你可真是跟了个好领导啊，又体贴又温柔。"听岳林提起林冬，欧健很是羡慕，"再看看我大师兄，一天不骂我就不痛快一样。"

岳林压低声音："其实我们林队也凶着呢，你只是没见过他发火的样子。倒是唐副队，表面上凶，私底下对我们都很照顾。"

"背着我说什么坏话呢？"唐喆学把托盘放下，坐到欧健旁边。

"没有没有，我夸你呢。"岳林十分有眼力见儿地挪开托盘给何兰让位置，"林队呢？没来吃饭？"

何兰优雅地端起汤碗，说："他被局长叫过去了，好像是有新案子吧。"

"天哪，你们手头的案子够多了，还往下压案子？"

欧健感到愕然。他头一回进悬案队办公室的时候，就被摆满三面墙的卷宗所震撼，还以为自己不留神走错了地方，进档案室了。后来岳林跟他说，办公室里有近两百宗悬案，够他们办到退休了。

此时此刻，林冬正坐在局长方岳坤的办公室里翻看资料，看完，他抬眼望向方岳坤，眼神中充满了疑问。

"干刑侦的都有自己的直觉，你看完后，直觉是什么？"方岳坤淡淡一笑，端起保温杯，轻抿了一口冒着热气的茶水。

林冬从文件夹里抽出一页复印纸，拎至与眉头齐平的位置，平心静气地阐述："一篇来自 1999 年的小学生日记，写了'我看到他们对她做了什么，她哭得很厉害，他们弄坏了向日葵'。这让我想起一个案子，也是 1999 年发生的，一个小学六年级的女孩子，身穿向日葵图案的连衣裙，被轮奸致死。法医从尸体上采集到两套男性 DNA，案子至今悬而未破。"

方岳坤点点头，示意他继续。

"这日记是在案发现场的死者的个人文件里发现的，而死者曾在本市复兴小学任教，那个女孩也曾就读于复兴小学。"说着，林冬叹了口气，"所以说，当时是有目击证人的，只是没找到。"

方岳坤放下杯子，凝视着日光灯在杯口凝起的光亮，感慨道："现在这个保存日记的人也死了，法医给出的结论是自杀。负责侦办案件的警员看到这篇日记后联系我，说让我找人核实一下，是否有相似的案件发生，我立马就想起'向日葵'这案子了。我先去问了重案队的陈飞，但这案子当时不是他们办的，而是省厅派人下来主调的，查了数千人。专案组成立又解散，最后还是不了了之。"

"被查的嫌疑人都有切实的不在场证明，"案件细节刻印在林冬的脑中，"而且没有一个嫌疑人的 DNA 能对得上。现在既然有新线索了，那么我们可以正式重启对'向日葵案'的调查了。"

方岳坤故作意外："嚯，这么快就接了？忙得过来吗？"

"忙不忙得过来，还不是领导您一句话的事吗？"林冬反问，笑得一点也不真诚。

"你啊，就知道跟我耍贫嘴。"

隔天一大早到单位，唐喆学进电梯正撞上罗家楠。这位同事一看就是熬通宵了，胡子拉碴，面带油光，原本炯炯有神的大眼此时写满了疲倦。

"早，楠哥。"

话音刚落，唐喆学便被罗家楠一箍脖子，往安全通道拖去。

悬案队办公室在六楼，重案队的在一楼，平时罗家楠有事没事都爱拖唐喆学一起去抽烟，美其名曰"我们哥儿俩感情好"。其实，这两人一个怕鬼、一个怕蜘蛛，互发吓唬对方的动态图片时，真没见感情好到哪里去。

罗家楠昨天熬了一宿，熬没了整整一包烟，现在懒得出去买了，打定主意蹭唐喆学的烟抽。点上烟，罗家楠揉了揉酸胀的眼，对唐喆学说："哎哟，你不知道那破现场给我折腾成什么样了，不但有死人，还有死耗子！那么多东西堆着，什么也看不清，我一手就抓粘鼠板上了！给我恶心得差点吐出来！"

除了诚恳地给予同情的目光，唐喆学实在不知道自己还能摆出什么样的表情。看着罗家楠用那只不知道是不是摸过死耗子的手在自己身上蹭了一把，唐喆学强忍着不去联想，问："那到底……是怎么回事？死者是业主本人吗？"

"不是，业主是个男的，死者是个女的。"罗家楠掐下烟，朝窗外呼出一口气，"看遗留在现场的衣服和随身物品，还有手机里的信息记录，像是性工作者。业主始终联系不上，现在怀疑是业主杀人后畏罪潜逃，已经让芸菲挂上人脸识别系统了，我刚去方局那儿汇报完情况。"

"要说现在抓人是比以前轻松一点了。"唐喆学感慨道，"以前我爸他们办案的时候，协查通告发一堆，还不见得能把人找着。"

罗家楠深感赞同："是啊，我都后悔当初考警校的时候没去学计算机科学与技术了……"

"楠哥，你高考文综还是理综？"

"理综啊。"

"那，高考数学多少分？"

"那谁还记得啊！欸，我先接个电话。"

只见罗家楠回手把烟一拍，从裤兜里拿出手机离开了安全通道。

唐喆学盯着默默合拢的通道门，心里嘀咕：至于嘛，手机屏幕明明是黑的……

回到办公室，正好见林冬也在，唐喆学随口问道："队长，你高考时的数学成绩是多少啊？"

"我高考数学？"林冬在成绩的问题上毫不避讳，"你问哪一次？我考了两次高考，一次少年班的、一次统招。"

"两次分别是多少？"

"一百四十七分和满分。"

……

本来唐喆学还想问问其他科目的成绩，听林冬这么一说，心想还是别问了，自尊心伤不起。毫无疑问，能考上有警校清华之称的公安大学的人，那都得是学霸。

"其实高考成绩也不能说明什么。"何兰在一旁搭话，"我念法律那会儿，班上一堆文科状元，照样有法考不过的，理解力和考试成绩没有必然关系。"

这话让唐喆学深感安慰，刚想表示赞同，忽听门响，转头一看，是文英杰。大夏天的，文英杰还穿着长袖，脸色一如既往得白，戴着黑色防护口罩，从门口走到工位这短短几米的距离，咳了三四声。

看着对方那病恹恹的模样，唐喆学不由得皱起眉来："英杰，病还没好，你上什么班啊？"

"退烧了，在家待着也是闲着。"文英杰说话的声音有气无力的，他摘下口罩，朝关切地看向自己的林冬点了一下头，"林队，你昨天跟我说的事，我做好计划了。执行方案已经发到你邮箱了，等下开晨会的时候再细化一下。"

"我看了，没什么问题，就是……"林冬权衡了下措辞，无奈道，"就是你这身体，别累垮了。"

"没关系，去和顾黎见个面而已，我扛得住。"说着，文英杰又咳了两声。

文英杰原本是挺精神的一个小伙子，却被病魔折磨得瘦了一大圈。队里只有林冬和唐喆学知道，他身体不好是因为有慢性淋巴细胞白血病，工作几年后在一次体检中查出来的。原本他可以办理病休，但看到悬案队发的内部岗位招聘通知后，还是填写了申请材料。面试时，他主动告知了自己的病情，希望他们可以给自己一个机会，如果实在拖后腿再辞退他也无妨。

林冬欣赏他的坦诚，但干警察这一行对身体素质是有要求的，所以一开始并没有通过他的面试。直到某天，林冬收到文英杰发来的邮件，打开一看，是一个多年没破的案子——死者名叫连桦，是文英杰的母亲。

连桦出生于艺术世家，自幼随母亲学习芭蕾舞，二十出头便获得国际大奖，后任职于舞蹈学院。她在一次晚归的途中被歹人所杀，那时文英杰还不到十岁。多年过去，案件始终未能告破。

文英杰在邮件里说，他之所以想来悬案队，就是希望有朝一日能亲手抓捕杀害母亲的凶手。

这并非林冬他们辖区的案子，不过，悬案队有跨区域调取案件的权限。当时，林冬看着摆在书桌上的那七位殉职战友的遗照，再看看文英杰发来的邮件，犹豫了整整一个晚上，最终回了一封邀请文英杰参加二面的邮件。

悬案队成立后的第三个月，连桦的案子正式告破，潜逃了将近二十年的凶手由文英杰亲手铐上。除了林冬，没有人知道这意味着什么。押解犯人回去的路上，文英杰发起了高烧，他没吱声，一直撑到下了火车，结果还没走出月台就晕倒在地。唐喆学把他送去医院，见医生调出既往病史时才知道这小子有白血病，回去就跟林冬好一顿埋怨，说不该瞒着他。当时，扶着文英杰上救护车的时候，感觉像抱着一块烧得通红的炭，从来不知道人还能烧成那样。

"和顾黎见面？"唐喆学向林冬投去疑惑的眼神，"不是说先别打草惊蛇吗？"

"不打草惊蛇，顾黎在拍卖行工作，我让英杰假扮画商和他接触，给秧子制造一个'下套'的机会。"林冬稍做停顿，将视线投向何兰，"兰兰，到时候你和英杰一起去。"

何兰表情一怔："我？我又不懂画，去了也不知道说什么啊？"

文英杰接下话茬儿："我懂就行了。林队的意思是，搞艺术的身边带个助理，更有可信度。"

何兰抿嘴笑笑："可以呀，到时候我就负责给你撑场面。"

林冬敲了敲桌子："好了，都把手头的工作整理一下，过十分钟开会。"

听到"开会"二字，一直趴在角落的工位上补觉、存在感极弱的秧客麟一下坐直了身体。他伸了个懒腰，拉开抽屉拿出洗漱用具，顶着一头睡乱的头发，在众人习以为常的视线中走了出去。

岳林往前探了探身，小声对何兰说："欸，兰兰，你还有没有单身的好姐妹，给咱秧子介绍一个。你看他恨不得天天住办公室的样子，早晚长出蘑菇来。"

"先操心操心你自己吧，光棍一个，好意思说别人。"何兰轻嗤一声，"要我说，秧子就不适合跟人类谈恋爱，给他介绍对象不如送他个机器人女友。"

"有区别吗？那不是——哎，副队，你怎么打我啊！"

"赶紧干活去！"唐喆学无奈地抬手朝岳林一指。

"好好好，干活干活……"岳林揉了揉手臂，嘟囔着敲起了键盘。

第二章

关系网

秧客麟顺着企业注册和持股人记录，查出顾黎和常金轩多年间一直有业务往来，金额从几百万到上千万不等。林冬看完账目往来记录，怀疑这俩人用拍品洗钱，于是找了经侦的人帮忙，对方看过后表示，的确有洗钱的嫌疑。

案子越查越大，面铺得越来越广。暂时没精力办其他的悬案了，林冬决定，除了已经进入司法流程的案子，就先调查"朱彬失踪案"和"向日葵案"。

下午，文英杰和何兰讨论接触顾黎的方案。林冬则带着岳林去走访调查过"向日葵案"的老警员，其中有的已经不在人世了，还有一些离开了警务系统，另外还有相关办案人员因岗位调动到了不同的地方，免不了要磨一番鞋底。

下了班，林冬回到和唐喆学在公安局附近合租的房子，一进门就差点被大金毛吉吉扑一跟头。狗的热情让林冬难以招架，一百多斤的重量往身上一压，最后只能坐在门框那儿任由吉吉一顿亲热地"招呼"。

"哼，真是狗眼看人低。"唐喆学假装生气地说，"我算是看出来了，谁地位高，吉吉就巴结谁。连身为猫的冬冬也是，看着跟我挺亲的，其实只是流于表面，撑死了绕着我转两圈，可到了你的手里，怎么揉都行！"

林冬一手摸着狗一手抱着猫，笑着挤对他："嫉妒啊？谁让你偷吃它们的粮食，还被抓了现行。"

"谁偷吃了？我就是看它俩吃得那么香，尝尝味道罢了。"唐喆学上前把林冬从地上拉起来，"欸，对了，我姐回消息了，按照内容要求反推教学计划，推断那篇日记是小学三年级的孩子写的。"

卷宗里的日记是从本子上单独撕下来的一页纸，没有班级姓名。为缩小排查范围，唐喆学截取了一段日记中无关案子的部分给堂姐发了过去，让对方帮忙分辨这段文字大致是小学几年级的学生写的。堂姐是小学语文老师，对小孩子的行文习惯有敏锐的观察力。

林冬点了下头："明天咱俩去一趟学校调入学档案，1999年下半学期的话……那应该是1996年入学的。啊……把1995年的也调一下吧，万一是个留级生呢。"

第二天，悬案队众人开完晨会后，决定兵分三路：文英杰带何兰去见顾黎；林冬带岳林去复兴小学调取学籍记录；而唐喆学则带秧客麟一起去走访曾经参与过调查"向日葵案"的老警员。

早高峰还没结束，唐喆学一脚刹车一脚油地穿行于车流当中，车开起来一顿一顿的，把副驾驶座上的秧客麟晃得有点晕车。于是，他放下手机打开手套箱，翻出一瓶风油精在鼻孔下熏着，稍稍压下点恶心的感觉。

"晕车就别玩手机了。"唐喆学叮嘱他的同时，扫了一眼他的手机屏幕，"你还打手游啊？"

"嗯。"秧客麟继续闭眼闻着风油精。这是林冬教他的，困了累了，抹风油精；晕车驱蚊，还是抹风油精。以前他没用过，结果用上就离不开了，买了一大盒拆开到处塞，车里、办公室里随手就能摸出一瓶。

"回头带带我，黄智伟说我玩得菜。"说着，唐喆学回想起被黄智伟硬拉着下载过某款国民级手游的客户端，注册完玩了没半小时就卸载了，主要是黄智伟老嫌弃他，他脸上有点挂不住。有时候，他也觉得自己该练练手，毕竟这玩意儿已成社交方式的重要组成部分了。

"呵，他自己玩得也不怎么样。"

秧客麟难得直白地表达出对他人的评价，语气略显不屑。平时，他很少和悬案队以外的同事打交道，这也是林冬为什么一定要唐喆学带他出来走访的原因——干警察的，不和人打交道，天天抱着电脑、手机怎么行呢？别回头真的在办公室里长出蘑菇了。

车开进东湖分局的院里，唐喆学停好车下来，带秧客麟往刑侦队的办公室走去。曾经，他就是从这里出去的，一晃两年多了，一切还是老样子。进出办公楼的人里有认出他的，笑着打招呼，并没有多余的时间驻足忆往昔。

刚出电梯，就听到他前任上司史玉光同志的吼声响彻楼道："收网？现在收网能撬出真话来？证据固定了？涉案人员全都进入视线了？急功近利！照你们这么办案子，那大街上随便拽一个人都他妈能当警察了！"

"咚咚！"

唐喆学敲了敲会议室敞开的大门，史玉光回头的同时，脸上的怒意被惊讶替代："哟，你小子怎么来了？"

"来看老领导呗，还能干吗？"

唐喆学快速地扫视了一遍会议室里的几副生面孔，都是年轻人，个个都神情紧绷着。这让他不由得想起曾经的自己，因为父亲唐奎和史玉光是同门师兄弟，有过命的交情，他从小便认了史玉光做干爹。父亲猝死在工作岗位上后，他继承了父亲的遗志，主动申请调任到刑侦岗位。毕竟是新人，不挨骂不长进，那会儿史玉光骂起他来着实不留情面，今天这顿骂跟他那会儿挨的比起来，跟哄孩子差不多。

大概是爱之深责之切吧，他觉得，就史玉光对他那凶神恶煞的劲儿，不知道的还以为他俩有仇呢。

史玉光不屑道："呸！你小子能有那好心？无事不登三宝殿！"

"欸，我好心来看你，你还熊我。"唐喆学摆出无辜脸，装出自尊心受挫的样子。孝顺干爹的一大法宝就是，让对方永远拿自己当小孩，享受身为长辈的威信。

"少废话，我还不知道你？空手来看人啊？去！办公室等我。"史玉光说着，回手抓起桌上的一摞走访记录一摔，"该干吗干吗去！下午五点回来开会！要是还给我看这堆垃圾，都他妈给老子滚蛋！"

秧客麟跟在唐喆学身后往队长办公室走着，小声说道："副队，你以前就跟他啊？"

"嗯，凶吧？"

"比林队凶多了。"

"呵，他们不是一个带队风格。"唐喆学拧开门把手进了办公室，让秧客麟坐到沙发上，勾起嘴角，"咱队长那人呢，感情不外露，他也不是不会熊人，只是大部分时候觉得没那个必要……你待久了就知道了。"

秧客麟确实没见过林冬发火，过于严厉的话也很少听对方说。倒是有一次审嫌疑人的时候，秧客麟旁听讯问，四个多钟头过去，那嫌疑人嘴里就没一句实话。后来，不知道林冬贴着对方的耳朵说了一句什么话，一下击溃了对方的心理防线。那一刻，秧客麟看着林冬被光线分割出明暗界线的侧脸，意识到在与黑暗抗衡的过程中，唯有心向光明才能不被其吞噬。

史玉光推门进来，看看唐喆学又看看秧客麟，笑着问："行啊，你小子也混到带徒弟啦？"

"不是我徒弟，这是我们队的队员秧客麟。"唐喆学起身介绍，"秧子，这是史队。"

"史队。"

秧客麟正欲起身，却被史玉光一把按回原位："跟我不用那么讲究，坐，随便坐，喝什么？有矿泉水、饮料和茶。"

"别麻烦了，我们待不久。"唐喆学伸手拦了一把，示意史玉光坐下说话，"我们今天是来问'向日葵'那案子的，你和我爸当初都进过专案组，是吧？"

史玉光的屁股还没坐稳，突然一下又站了起来，神情激动："那案子有线索了？"

"啊……是有一点……你坐，先别激动。"唐喆学按着史玉光的肩膀，"我们拿到了疑似目击者的日记，上面记录了案发经过……日记的主人有待排查。"

史玉光"啪"地一拍大腿："这案子我惦记二十多年了，要能在你手里破了，我得写封信烧给你爸！"

　　说着，史玉光站起身，走到档案柜前拉开个抽屉，从里面翻出一个边缘泛黄的本子递给唐喆学："这是你爸的侦查笔记，有关'向日葵案'的侦查思路，他都写在里面了，你拿回去好好看看。"

　　唐喆学接过本子，感觉手里沉甸甸的。这是已故父亲用过的东西，边角有些磨损，封皮上刻有现在市场上很难见到的那种手写刻印的"工作日记"四个红字。说实在的，他对唐奎的印象并不深刻，父慈子孝的时光少之又少。唐奎总是忙个不停，回家就是睡觉，经常是唐喆学睡下了，唐奎还没进门，等他早晨起来去上学时，唐奎已经不见了人影。

　　唐奎没给他留下过什么谆谆教诲，曾经的他认为，维系彼此父子关系的只有血缘。可现在，他的感觉完全不一样了，手中的这个日记本，是父子间跨越时空的传承。

　　唐喆学和秩客麟回到局里的时候，文英杰和何兰也回来了，一行人一起去找林冬汇报工作。

　　"顾黎对我外公的画很感兴趣，报拍底价六十万，预估成交价一百五十万左右。我告诉他，不到四百万我不卖，家里又不缺那百八十万的……嗯，加了微信，已经按计划推进了……"

　　文英杰的外公是有名的画家，外婆和母亲是舞蹈家，可以说是艺术世家了。他今天带去的画是外公的遗物，自从他母亲出事后，外公便一病不起，没多久也走了。

　　至于老人留下的画，家里人从没想过卖。今天给顾黎看的这幅画是文英杰从大舅那儿借来的，用完还得原封不动地还回去。

"行，后面的联系，你们把控好节奏。辛苦了，下班了早点回去，别跟这儿熬了。"

说完，林冬转身拿起唐喆学带回来的侦查笔记翻看。刚干刑侦那阵子，他就在唐奎和史玉光手底下锻炼，严格来说，他算唐喆学的同门师兄。当初让唐喆学进悬案队，也是念着对方父亲的教导之恩。

在他的印象里，唐奎的性格是粗中有细型，看了这份侦查笔记，更加深了这一印象。其实大部分能在刑侦岗位干长久的警察，都得细致，不细致根本干不了这活。即便有了高科技辅助，刑侦工作的重点还是在人身上，分析受害者和嫌疑人的行为、摸排涉案人员的关系、探究作案动机、讯问嫌疑人，这些光靠电脑可做不到。

人性之复杂，不是一段代码、一个程序能分析清楚的。虽然有测谎仪的存在，可测试结果并不能作为呈堂证据，只能供讯问人员做分析。真正能拿到法庭上的，还得是嫌疑人一个字一个字如实招来的供词。

证词非常关键，有时候一句话便能左右生死。他刚跟着唐奎他们干刑侦那会儿，有个案子，是农科所的一个研究员，因为被同事在工作中使绊子，上门讨要说法时发生争执，一怒之下杀死了对方，证据确凿。讯问时，唐奎根据客厅里遗留的血迹和脚印，问凶手为什么杀人又去客厅里转了一圈。凶手说，他杀完人后意识到自己犯下了弥天大罪，原本想打110自首，结果才起了个头就没有勇气说下去了，最后谎称"搞错了"便挂断了电话，仓皇逃离了案发现场。

唐奎立刻让林冬调取了110接警中心的接听记录，证实凶手确实在案发后拨打过 110。法官量刑时考虑被告有自首行为，一审判死缓，二审改判无期。现在那位研究员还在监狱里服刑，他在里面传授种植技术，帮扶了很多狱友。一些人出狱后，能有一技之长开始新的生活，自己也因此立功而获得减刑。

有的人并非天生的恶徒，法律存在的意义是为了维护正义，公平公正地审判罪恶，而非剥夺纠错的机会。不过，凡事都有正反两面，不是所有杀人犯都值得网开一面。

问他们后悔吗？后悔。怕吗？怕。行刑前怕到号啕痛哭、胡言乱语，甚至大小便失禁的比比皆是。那当初为什么要杀人呢？鬼迷心窍或者失控了？不，林冬根本不相信这样的说辞。这些人无一不抱着侥幸心理，有的被抓后还会问警察"你们怎么知道是我干的"。

答案就是 —— 法网恢恢，疏而不漏。

清晨的第一缕阳光透进百叶窗，落在随着呼吸均匀起伏的肩章上。电子时钟正在无声翻动，这一刻，是难得的清静。

房间里响起了轻微的脚步声，很快，伏案安睡的人背上多了一件藏蓝色的外套。脚步声远去，过了半小时又回来，电子时钟旁多了一份散发着热气的蛋花明虾粥。

"副队，学籍记录 ——"岳林刚进屋拉开嗓子，注意到熟睡中的林冬，立即将音量降低，"已经弄完了。"

"我知道，队长给我发消息了。"唐喆学抬抬手，示意他出去说话。随后又看向伏案的林冬，只见对方已经将脸换个方向，显然是被他们吵醒了。虽然现在林冬的睡眠质量已经好很多了，不需要再熬到撑不住了才勉强睡上一会儿，但依旧睡得很轻。昨晚岳林加班弄学籍记录，林冬没当甩手掌柜，跟着一起熬了半宿。

三个小时的睡眠，对林冬来说已经足够支撑他运转一整天了。八点半，他准时通知队员开晨会，讨论针对顾黎的调查结果。

根据调查可知，顾黎至今未婚，且私生活混乱，交往对象有男有女，年龄跨度下到二十、上到七十，令人咋舌。一方面，顾黎用各种手段从年纪比他大的"金主"那儿拿钱；一方面，他又给年轻的情人们大手笔地赠送奢侈品。唐喆学看完资料后提出，顾黎是一个没有道德感的人，且是极端的利己主义者，极有可能是朱彬失踪案的主谋。

顺着顾黎的人际关系再往下查，发现与他相关的失踪人员不止朱彬，还有两个人。一个叫张菲，女，失踪时三十六岁，距今已有五年之久。另一个叫高胜，男，失踪时六十二岁，就是去年的事。这两个案子都没转到悬案队，张菲是因为不在他们的辖区内，高胜是因为失踪不到一年，还未被列入悬案。

"先查高胜的失踪案，这个案子时间近，好找线索。二吉，你带英杰和兰兰去调一下立案记录，走访家属，确认高胜失踪前的一切细节。"林冬说着，转头看向哈欠连天的岳林，"岳林，你和秧子今天跟我一起，把'向日葵案'的目击证人筛出来。"

"啊？"岳林哈欠打了一半，下巴都收不回去了，"小二百号人呢，队长，怎么筛啊？"

唐喆学接下话："童年时期遭受过精神重创的人，长大后要么需要接受心理治疗，要么有可能走上犯罪的道路。交叉对比这些孩子中有精神病入院记录或者犯罪记录的，缩小范围。"

岳林揉了揉眼："哦，这样啊，那……犯罪记录部分归我，精神病的归秧子。"

"什么就精神病的归我啊。"秧客麟从电脑屏幕后面歪出头来，昨天他难得回家好好睡了一觉，但黑眼圈依旧明显。

"行了行了，赶紧干活。"林冬拍拍手，示意众人行动起来。

"高胜失踪案"的报警人是他儿子高琦。唐喆学从派出所出来后就给高琦打了个电话，约了在对方公司楼下的咖啡厅里谈话。

接警笔录上记得很清楚：去年10月11日，高胜应邀回乡下参加聚会。10月18日，高琦按原计划去机场接父亲，但一直没见到人，打电话也关机，又等了一天一夜，还是没有父亲的任何消息，于是报了警。

根据警方对相关人员的走访调查，高胜根本就没有参加聚会，实际上，他连登机牌都没换领。高琦说，11日那天本来是由他送父亲去机场，但父亲说有朋友送了，他便没再坚持。随即警方调取了高胜家楼下的监控，排查11日当天进出过地库的车辆，可没一辆车是高琦认识的，也没看到高胜坐在哪辆车里出去。

好端端一个大活人，就这么凭空消失了。

见了面，唐喆学客套了几句，便让何兰拿出顾黎和常金轩的照片给高琦辨认。根据资金往来记录，高胜在不到两年的时间里，给顾黎的转账金额将近八十万，微信聊天记录上说是帮忙购买拍品。其实有经验的人只看照片就能发现，那些拍品只是做工精致些的工艺品而已，有观赏价值，但没有收藏价值。这种骗钱的手段很常见，尤其是针对退休后的老年人，已经形成了一定的市场规模。卖方吹得天花乱坠，承诺购买的拍品将来可以上世界级的拍卖会，到时候价值翻倍，以此哄骗人们"投资"。

高琦一眼就认出了照片里的顾黎，说父亲给他引荐过这个人，曾经想让自己跟着顾黎干拍卖，还说做这个比他在单位拿那点死工资强多了。高琦看穿顾黎干的是坑蒙拐骗的勾当，于是表面上应承父亲加了顾黎的微信，转头就把顾黎的账号拉黑了。然而高琦完全不知道父亲给了顾黎八十万，听唐喆学说出这个数字的时候，他的表情像被雷劈了一样。

"八十……八十万？"高琦的脸色"唰"地白了，"我爸……我爸一退休工人……哪来……哪来那么多钱？我结婚买房才……他才给了我二十万装修款……"

"你叔爷的老宅拆迁，原房契上有你爷爷的名字，但是你爷爷、你大伯还有你姑姑都去世了，等于你爷爷这一脉就剩你爸了，所以由他代位继承了一百万的拆迁款。"

文英杰拿出另一份资料递给高琦——《拆迁补偿协议》。

高琦粗略地看完那份协议，震惊不已："还……还有这事？他……他怎么没告诉我啊！"

唐喆学和队员们交换眼色，思路一致——这就得问你爸了。

"你什么时候见的顾黎？"唐喆学问。

"去……去年？"高琦被震惊得思绪有些混乱，"哦，不对，是前年年底，那天我儿子生日，他还带了礼物来。"

"后来没再见过面？"

"没有。"

"你爸也再没和你提起过他？"

"催过我两次去跟人家赚钱，都被我拒绝了。"此时此刻，高琦紧紧捏着《拆迁补偿协议》的复印件，脸色越发阴沉，"这么大的事居然瞒着我，我到底是不是他的亲生儿子！"

等高琦的情绪稍稍平复些，唐喆学继续问道："你父亲失踪后，顾黎跟你联系过吗？"

"打过一个电话，问我爸那些藏品的事，说愿意出十万回购。我说我爸不在，得等他回来定夺。"毕竟父子情深，高琦还是不愿接受父亲可能已经遇害的事实，言语间眼眶都泛红了。

唐喆学从这番话中推测，顾黎联系高琦是想打探消息。假设高胜真是被顾黎弄没的，根据嫌疑人的心理，他必然得想方设法盯着警方的动向，确认高胜到底是算失踪还是算被害。要是按失踪来调查，他便可高枕无忧。

和高琦结束谈话已近中午，唐喆学送他离开，然后带何兰和文英杰去隔壁的快餐店里吃饭。

何兰吃得不多，文英杰吃得更少，一碗汤泡饭，还不一定能吃完。见文英杰没吃几口就放下了勺子，何兰看不下去了，直说："英杰，你得多吃点有营养的，你看你比我还瘦。"

"我胃不好，不敢多吃。"

文英杰边跟何兰搭话边给秧客麟发消息。既已查明顾黎在高胜失踪后打探过对方的行踪，那么顾黎的嫌疑便被放大了，接下来就是秧客麟和岳林的活了。唐喆学让他们查车，查顾黎名下所有关联公司的公私用车，交叉对比高胜失踪那天，从所在小区地库里出来的车辆，看有没有对得上的。根据以往的办案经验，高胜有可能是躺在后备厢里从地库出去的。

"你多重啊？"何兰忧心忡忡地看着文英杰。

文英杰回忆了一下最近一次住院时的称重记录："一百一十斤吧。"

"天哪，你一米七八的身高，居然和我一样重！"何兰恨不得端起碗来喂他，"再吃点吧，算我求你了！"

文英杰忙不迭地点头："好，等我给秧子发完消息，我再吃点。"

坐在他们对面的唐喆学边吃饭边在心中偷笑，他看得出来，何兰对文英杰有意思。也难怪，文英杰长了一张帅气的脸，气质还忧郁。

文英杰忧郁的原因在于自身的病，但他从不主动告诉别人自己的病情。他认为活着就得有价值，而他实现自我价值的方式就是查案，只要有案可查，就能暂时忘掉自己还有那么糟心的病。

等待车辆对比结果的空当，唐喆学又投入追踪"向日葵案"目击证人的工作中。上午，秧客麟和岳林一共筛出五个人，林冬看过结果后已经排除了三个，还剩两个人值得关注：一个叫葛金晶，女，三十一岁，曾因故意伤害罪入狱，现已刑满释放；另一个叫陈钧，男，三十二岁，有长期的抑郁症病史。

葛金晶入狱是因为刺伤了男同事，在审讯过程中，她声称对方要强奸自己，所作所为是正当自卫。然而案发时的餐厅监控视频显示，那位男同事只不过是在过道上绊了一下，为避免摔倒，本能地推了一下她的后背，随即被她抓起托盘里的餐刀捅了。辩护律师以她患有精神疾病为由提出无罪抗辩，可通过法庭指派的专家鉴定，葛金晶虽有焦虑症，但不属于无刑事责任能力人，故法官未支持无罪辩护。林冬仔细翻阅卷宗后分析，葛金晶的言行举止和思维模式很符合慢性 PTSD 的症状，即创伤后应激障碍，有可能是年少时亲眼所见或亲身经历过不好的事情导致的。

至于陈钧，从调来的诊疗记录上看，他曾因抑郁多次自残甚至试图自杀。他所患的精神疾病为边缘型人格障碍，简称 BPD。BPD 的主要表现如下：情绪不稳定、有认同障碍、感受到压力后会做出极端行为，以及伴有抑郁导致的自我伤害行为。陈钧之所以会引起林冬的注意，是因为 BPD 的确诊患者大多为女性，在男性群体中比较少见，同样考虑是年少时的经历所致。

听着队长和副队长在讨论目击证人，文英杰忽然抬起头问："对了，那个保留日记的老师是自杀的吧？也是因为有病？"

"对，他有病，肝癌晚期，已经骨转移了，承受不住所以选择自——哎哟！"岳林屈膝搓着小腿骨，冲唐喆学不满地喊道，"副队，你踹我干吗？"

"啊？哦，不好意思，刚换姿势没注意。"

唐喆学脸上挂着不怎么真诚的歉意，其实他是怕一旁的文英杰听到那些话后会往自己身上联想。

"这样，我带兰兰去见葛金晶；二吉，你带岳林去走访陈钧。"说着，林冬朝岳林一抬下巴，"赶紧的，给他们打电话约时间。"

岳林抓起座机听筒："约什么时候？"

林冬要求道："越快越好，今天可以就今天。"

打完一圈电话，岳林说葛金晶约好了，明天中午十二点半，在她工作的地方见。而陈钧那边，他父母不同意警察跟陈钧见面，理由是陈钧还在住院治疗中，情况刚有所好转，不希望被警方刺激，有什么问题可以去问他们。

考虑到精神疾病患者的心理承受能力，林冬只能退而求其次："那就这样，二吉，我先和葛金晶见面，确定日记不是她写的，你再和陈钧的父母约时间见面。"

唐喆学点头同意，刚想出去抽根烟，手机就响了起来。是罗家楠打来的，说是"囤积癖"那案子的嫌疑人已经押回局里了，问他和林冬要不要下去旁听讯问，毕竟尸体是他俩发现的，有这个权利。

挂上电话，唐喆学转头问林冬去不去。林冬说之后看讯问记录就行。一旁的岳林说想去，他就喜欢跟讯问。

"行，你跟我过去吧。"唐喆学对岳林说。

两人刚出电梯，就闻到讯问室所在的那层楼道里飘着一股怪味。唐喆学对此还算熟悉，那天开锁师傅一打开门，尸臭味和垃圾场般的酸臭味扑面而来。而今天，连后勤处老大贾迎春都被熏出来了，捂着鼻子站在讯问室外头，强烈要求先带嫌疑人去洗个澡。

罗家楠的嗅觉神经早已被熏麻木了，把人从下水道里揪出来的时候，他自己也裹了一身的脏水，现在就跟个生化武器似的呼呼往外散臭气。屋里有只苍蝇，老围着他打转，还是欧健有眼力见儿，拿电蚊拍"啪"的一下给电死了。

案情明朗，嫌疑人很快就把作案动机及过程交代了。他患有社交恐惧症，但还是有生理上的需求，所以选择在网上招嫖。受害者到他家看到满地的垃圾，一脸嫌弃，扭头就要走。嫌疑人不肯放她走，当场加价，看在钱的分儿上，受害者勉强给他一小时的时间。结果办事的时候嫌疑人因过度紧张而无法行事，被受害者嘲笑了几句，深感自尊心受损，遂扼住受害者的脖颈猛掐，生生给人掐断了气。

嫌疑人杀人后，并没有着急逃跑，而是守着尸体待了十多天，直到尸体烂到他受不了的程度，才鼓起勇气走出家门。他白天不敢往人多的地方去，就窝在下水道里，等到晚上再出来捡垃圾果腹。这些天，他东躲西藏，与老鼠为伍，衣不蔽体，皮肤严重溃烂，要不是罗家楠带人找到他，估计就得死在下水道里了。

罗家楠钻下水道抓人的事，一阵风似的刮进了局里。年轻的觉得新鲜，过去凑热闹，无一不被熏了回来。岁数大的则不以为意，早些年蹲守嫌疑人一蹲就是十天半个月，赶上三伏天捂得那叫一个酸爽，又没地方打理个人卫生，就算不钻下水道，回家也能被媳妇嫌弃一番。

林冬听唐喆学回办公室跟队员念叨这事，说："我在你爸手底下实习那会儿，练就了拿一瓶矿泉水洗澡的绝技。"

"一瓶？"何兰惊讶不已，"一瓶都不够我洗头的。"

"我那会儿头发剃得可短了。"林冬举起右手拇指和食指比画了一下。

唐喆学笑着起哄："要是反黑队杨队那光头，一瓶盖就能洗完头了。"

林冬假装认真地想了想，否定道："不行，他头大，瓶盖的量不够。"

屋里爆发出一阵笑声。调侃同事乃日常解压良药，没有恶意，纯粹的插科打诨。

"林队，"秧客麟的声音在一片笑声中显得格外平静，"你过来看一下。"

林冬起身走到秧客麟的工位前，盯着电脑屏幕。通过交叉对比监控视频上记录到的车辆，秧客麟查到高胜失踪那天，常金轩名下的一家公司的车进出过地库。这家公司被债权人起诉了，又因拒不履行法院判决上了征信，正在走强制执行的法律流程，这辆车就在强执的资产列表中。

林冬沉思片刻，拨通电话联系执行庭的工作人员核实情况。挂了电话后，他让唐喆学明天下午跟自己一起去法院接执行庭的人，现场取证。

"你想查这辆车上有没有高胜的 DNA？"唐喆学清楚林冬的想法，既然不能明着来，那就借力而为。

林冬点点头："目前来看，常金轩和顾黎之间的合作一直没断过，虽然暂时不知道他们谋害高胜的原因是什么，但有了 DNA，起码能先确定他是失踪还是被害。"

"那得带上法医啊。"唐喆学想了想，"带高仁一起去？"

林冬一脸无所谓道："不用。借一套取证工具，发现血迹我自己取证，用不着兴师动众，等立案了再说。"

第二天，林冬见完葛金晶后，又返回局里接上唐喆学直奔法院。

发现林冬开车时一副若有所思的样子，唐喆学问："不是葛金晶写的日记，对吧？"

"不是。"林冬的语气中难掩惋惜之意，"就像我猜测的那样，她确实受过侵害，刺伤同事是她的本能反应，而且无论我和何兰如何劝说，她都坚决不肯站出来指证罪犯。"

"是她多大年纪的事？"

"从十五岁开始，持续到十八岁她考上大学。"

不用林冬细说，唐喆学已经猜到事情的真相。对青春期女孩持续地侵害，基本上只有关系非常亲近的人才可能做到，不外乎父亲、叔伯、舅舅、姑父、姨夫，甚至祖父、外祖父辈的男人。

而越是亲近的人，女孩子越是无法站出来指证对方。忍气吞声不光是为了自己的名誉，还涉及事件曝光之后家族成员间的关系，或者需要考量家庭经济收入。很现实的一个问题是，犯下这类罪行的男人往往是家里的顶梁柱，掌控经济大权的优越感给了他们作恶的底气。

所以，林冬他们劝不动葛金晶是很常见的情况，不是所有人都有勇气和能力直面生活的坎坷。

"那接下来……我们得把希望放在陈钧身上了，约陈钧的父母谈谈，能见到陈钧本人最好。"唐喆学想了想，又给岳林发了条消息，让他尽量说服陈钧的父母同意面谈。其实这种事由他或者林冬出面的成功率会高一些，但是要给新人成长锻炼的机会。

发完消息，"向日葵案"暂且放到一边，接下来得把注意力集中在常金轩名下的那辆车上。虽然有执行庭的人跟着，但他们没有搜查令，寻找证据的范围只能是眼睛看得到的地方。

确如预想的那样，执行庭的工作人员检查扣押资产情况时，常金轩公司里的一名员工始终脚前脚后地跟着，林冬不可能在人家眼皮子底下钻车里打手电筒翻找证据。

这种时候就得唐喆学上了。性格自来熟的他拉着那名员工山南海北一通聊，聊着聊着就给拉到远处抽烟去了，同时给林冬使眼色，让他抓紧时间找证据。

等唐喆学带那名员工走远，林冬打开车后备厢盖，朝里面喷鲁米诺试剂，等了一会儿再打开紫外光手电一照，悬着的心终于归位——

在后备厢靠近车尾灯的位置，有一小块疑似血迹的痕迹。

"你们提交的检材，与对比的样本吻合。"法医室里，高仁冷静地说道。

终于凿实了心中的推测，唐喆学从高仁手里接过 DNA 检测报告，感觉像打了一针强心剂。

"林队呢？"高仁左看右看。

"这次执行庭的人帮了大忙，他得去应酬。"

"啊？悬案队还需要应酬啊？"高仁备感不解。

唐喆学耸耸肩："人际关系也得经营起来啊，办案要是只靠我们几个人，把脑浆榨干也没戏啊。"

高仁把手往口袋里一揣，鼓起包子脸："那……我加班给你们出报告，你不犒劳我一下？"

唐喆学抬手看了下手表，愕然反问："啊？都这个点了，你还没吃晚饭？"

"我一直在法医室里干活，上哪儿吃晚饭？"

唐喆学连忙站起身："早说啊，走走走，我请你去步行街吃。先去换衣服，我在大厅等你。"

目送高仁欢天喜地地离开，唐喆学转头看向窝在角落里的秩客麟："一起吧，秧子，我看你也没吃晚饭。"

秧客麟的脸上映着显示屏投射出的幽幽光芒，他缓缓抬起眼皮，说："你请客？"

"嗯，我请。"

"那我去。"

秧客麟站起身，扯了扯皱巴巴的 T 恤。他这日子过的，用唐喆学的话来说，比后勤老贾还能算计。一天三顿都在单位食堂解决，从不点外卖，在外办案都没见他主动买过一瓶水，常年穿一身单位发的藏蓝色上衣和黑裤子，或者穿不超过五十块的网购货，不抽烟不喝酒，几乎没有娱乐消费。

问他干吗过得跟苦行僧似的，他说想攒钱买房，买一个不用贷款、完全属于自己的小空间。

像秧客麟这么年轻又没有家庭负担的男孩子会想早早买房，还决心全款购买的并不多见。听唐喆学念叨过后，林冬在局里打听了一下秧客麟的家庭背景，得知早在他三岁的时候，父母便已离异，各自成家后又都有了孩子，无论对父亲的家庭还是母亲的家庭来说，秧客麟都算是外人了。他的母亲虽然拿到他的抚养权，却把他放在大舅家代养，长期寄人篱下导致缺乏安全感，难怪他会渴望拥有一个"完全属于自己"的空间。

高仁换好便服出来，三人一起往步行街走去。他之前没怎么见过秧客麟的正脸，今天看见，不由得诧异："天哪，你黑眼圈好重，晚上不睡觉的吗？"

秧客麟一边打手机游戏一边回道："我基本一天只睡四个小时。"

他打游戏除了必充的点卡以外，不会多花一分钱，这对他来说是最省钱的消遣。

"那不行，会过劳的。"从专业角度出发，高仁认为自己有必要提醒对方，"你现在还年轻，等过了三十就知道了，熬一宿下来，人都废了。"

"到那时候再说。"秧客麟收起手机，抬眼望向夜幕下人潮汹涌的步行街，皱起眉头，"人真多啊，吃饭那里该不会还要等位吧。"

等他们到店门口一看，果然，排号排到四十多位了。秧客麟不想等，提议换一家人少的店，但高仁就想吃炸鸡，在店门口转悠着不肯走。秧客麟看他磨磨叽叽的，有点不耐烦地甩下一句"那你们等吧，我回单位吃"，转头走了。

高仁的包子脸倏地皱起，委屈巴巴地问唐喆学："他是对我有意见吗？"

唐喆学笑着说："不光对你，他对人类都有意见，能跟他过到一起的大概只有电脑和手机。"

"那不是和我师傅一样？"高仁不禁挑眉，"只能和尸体还有论文过日子。"

唐喆学挠了挠头："不至于吧，祈老师至少还能和楠哥聊到一起去啊。"

"呵，反正他平时也没怎么拿罗家楠当个人。"

……

唐喆学心想：这话可千万别让罗家楠听见，多伤人哪。

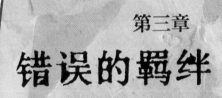

第三章

错误的羁绊

有了 DNA 检测报告，林冬决定对常金轩实施监视。令人意外的是，常金轩失联了，一同消失的，还有公司保险柜里的四十多万现金。

从表面上看，是常金轩自己携款逃跑了。他确实有逃跑的理由，因其名下的借贷款早已逾千万，还是夫妻连带责任，须共同承担债务。也就是说，他一跑，所有债务都压在了朱华一个人身上。所以发现联系不上丈夫后，朱华的第一反应是报案，但没报失踪，报的是失窃。

收到消息，林冬立刻打了申请，把失窃案从所属分局切来了悬案队。这是难得的正面接触朱华的机会，之前推测的是，常金轩和顾黎合伙杀人，朱华可能是知情人，至少在朱彬的案子上，她有嫌疑。还是那句话，哥哥失踪，妹妹不着急反而撺掇嫂子撤销报案，这里面必定有猫腻。

盗窃四十多万算数额巨大，分局一立案就调派了大量人手协助侦查。

写字楼的电梯监控显示，常金轩晚上九点半左右离开公司，走的时候拎着一个黑色的旅行包。他没开自己的车，出了大楼便打了一辆出租车。根据分局刑侦队警员对出租车司机的询问，得知常金轩去的是市北高铁站。秧客麟对比了高铁购票信息，往前查了两个月，都没有查到常金轩的购票记录。

现在搭乘火车是实名制加人脸识别，没票连候车大厅都进不去。如果常金轩没买票，那他到高铁站干吗去了？

综合研判已掌握的情况，林冬率先提出自己的想法："他应该是去接人。"

"带一大袋现金去接人？这……"唐喆学想了想，忽然一拍大腿，"他该不会是……"

看林冬随即点了下头，不理解两位领导之间交流方式的队员们大眼瞪小眼。紧接着又看唐喆学突然站起身朝办公室外走去，岳林连忙举起手说："林队，给点提示？"

林冬没说话，皱起眉头陷入沉思。就在刚才，他和唐喆学默契地达成了共识——常金轩携款失联，从盗窃案的角度来说虽然算数额巨大，但作为跑路经费就不算多了；去高铁站却没坐高铁，人还突然不见了，哪里都找不到；考虑到他所背的债务，短时间能挣快钱的方法除了赌博就剩贩毒了，所以他有可能是去"接货"，然后被缉毒警抓了。

唐喆学出了办公室就直奔缉毒队的办公楼层，他把庄羽从会议室里叫出来，好声好气地问："庄队，你们是不是抓了一个叫常金轩的毒贩？"

"没有。"庄羽干脆地答道。

但凡庄羽有一点迟疑，唐喆学还能信个三分。应得这么快，常金轩不是被他们抓走就有鬼了。用罗家楠的话来说，庄羽这脸皮比城墙还厚，睁眼说瞎话的本事全局第一。

"庄队，常金轩是我们队一个案子的重要嫌疑人，我们在他的车上发现了失踪者的 DNA，他是在高铁站失联的。要不您问问底下的人，是不是抓了还没报上来。"唐喆学想方设法地给对方台阶下，同时也怪自己光着急问情况了，没把利害关系说清楚。

这番话让庄羽的眼里闪过一丝疑虑，随后转身到楼道尽头打电话。唐喆学望着那笔挺的背影，站在原地耐心等待。涉毒案件和其他刑事案件的最大不同点在于，它有上下游关系网需要摸清，而毒贩向来警觉，其中一环被抓，如果不慎走漏消息或者被察觉有异，和其交易的毒贩便会迅速溜走。所以每次缉毒队抓了人，为确保消息绝对保密，不会轻易在案件结束前和同事共享任何信息，必要时，送嫌疑人进看守所都得用假身份。

很快，庄羽挂了电话回到他身边，公事公办地说："三组在高铁站抓了个毒贩，不知道是不是你们要找的人，不过他现在得先配合我们抓捕上游卖家，不太方便提审……你们的案子急吗？如果有特别紧急的情况可以去找方局，申请特事特办。"

言外之意是，你们悬案队的案子都悬了那么多年了，总归没我们这边紧急吧？

唐喆学听了不知道该怎么接话。就在他苦恼于如何组织语言时，电梯门开了，林冬从里面出来，走到庄羽对面。

四目相对，彼此无声地试探一番，林冬先开了口："庄羽，我不多要，就一小时，你让我见见常金轩。"

过分的直接让庄羽眉头微蹙。他认可对方的能力，同时也有自己的坚持："如果在这一个小时里，他的上家联系他了，他的情绪不对被对方察觉然后逃走，导致我们好不容易得来的线索断了，我问你，责任谁来负？"

林冬讨价还价道："那就半小时，什么时候可以见，你定时间。"

庄羽岂能听不出林冬的用意，脸上有了些许怒色："我怎么定时间？林冬，你也参与过缉毒工作，那些毒贩二十四小时随机'诈尸'，隔五分钟就给下家打一次电话的还少吗？"

"我不问案子，我只跟他聊天，保证不会影响他的情绪。"顿了顿，林冬想到了一个主意，"你把我安排成看守他的队员，这样也就不需要特地限制时间了。"

"你就不能有点耐心，再等等？"庄羽倾身向前，语气里带着压迫感，"他贩卖的是精神管控类药物，主要客户是备考的学生！这是一次绝不允许失败的行动！所以，你要审他，等这起案子结了再说！"

林冬的视线骤然犀利，气势丝毫不比庄羽弱："缉毒工作的紧迫性固然高于悬案，可常金轩也许背了不止一条人命，等你们收网、讯问、结案再移交审判，得等到什么时候去？一年？两年？庄羽，我当然能等，但那些死去的人，他们的尸骨还要等多久才能重见天日？"

庄羽感觉自己被道德绑架了，却找不到反驳的理由。不过想想当初林冬豁出性命在海里救在逃嫌疑人的举动，他确信，这个人对生命的敬畏，比他认识的所有人都高。

权衡再三，庄羽做出了让步的决定，却又并非全盘退让。他说："好，我给你机会，不过你得严格按照我的命令行事，我让你离开，你就必须离开，一秒钟也不能耽误，否则你就得做好悬案队被摘牌的准备！"

　　按照安排，晚上八点整，林冬以"替班警员"的身份进入暂时关押常金轩的房间。为防止常金轩情绪失控，庄羽和他一起搭班。

　　之前只见过照片，面对面时，林冬发现常金轩已是步入绝境的状态：花白的头发随意散乱，面色发灰，神情黯淡，衣服皱巴巴地套在身上，手足皆为镣铐所困。

　　过来之前，林冬从庄羽那儿了解到，近几年生意不好做，但常金轩花钱大手大脚惯了，加上和朋友的投资失败（林冬猜测这个朋友便是顾黎），而妻子管账又管得严，他只好不停地借钱来维持自己的体面。拆东墙补西墙，窟窿越来越大，最后选择铤而走险去贩毒。

　　眼下庄羽正坐在单人沙发上，用冰冷的视线盯着林冬和常金轩。这让林冬感觉房间里好像就一个警察，而他和常金轩都是罪犯似的。

　　常金轩瞄了瞄雕像般的庄羽，小声请求道："领导……能……给口水喝吗？"

　　林冬趁机表现，立刻拧开一瓶矿泉水递给常金轩。喝完水，林冬又问他抽不抽烟，他害怕地看了看一旁的庄羽，不敢应。

　　这时，庄羽的手机振动起来，他看了眼来电显示，严肃紧绷的表情柔和了一下，起身走到房间外面去接电话。待房门合上，常金轩才敢叼住林冬弹出烟盒的烟，就着打火机点上，深吸了一口。

　　"干吗要贩毒啊？不知道被抓着要重判吗？"林冬态度温和地问道，仿佛真的很关心对方一样。

　　"还能为什么，缺钱呗。"常金轩万分懊悔，一个劲儿地摇头，"再说我也不知道那玩意儿算毒啊！那不是药吗？谁想到能惹上……惹上你们缉毒警啊！"

"几乎所有的毒品一开始都是药，罂粟、大麻、吗啡、苯丙胺、麻黄素、芬太尼……但因为有严重的致瘾性，且过量服用会对人体造成不可逆的伤害，才会被管控被禁。"林冬语重心长地说，"你知道你卖的东西，孩子们吃了会有什么后果吗？"

常金轩迟疑着摇了摇头。

"会失眠、焦虑、抑郁……长期服用的最终结果就是精神分裂、器官损伤等一系列副作用，以后可能都无法正常生活。你不是在帮他们，你是在害他们！"

"我不卖了，我再也不卖了！"常金轩手中的半截烟掉落在地，年过半百的他泪如雨下，不知是在悔恨自己的所作所为，还是恐惧未知的审判，"领导，您和上头说说，我一定配合你们的工作，我……我戴罪立功！别判我死刑！求你们了！别判死刑！"

看着常金轩颤抖得不能自已的模样，林冬的脑子里忽然闪过一个念头——

他这样的人……会是杀人凶手吗？

打完电话回来，庄羽见常金轩哭得泪流满面，什么都没问，立刻把林冬轰出了房间。林冬也没多解释，毕竟人家有言在先，让他走，一秒钟都不许耽搁。

离开房间，林冬站在走廊上给秧客麟打电话。

"秧子，还在办公室？"

"在。"

"你马上查一下朱华的背景信息。"

"范围？"

"铺开了查，最好是从出生到现在。"

"什么时候要？"

"明早。"

"那我一个人可能来不及。"

"我带岳林过去帮你。"

没等秩客麟再说话，林冬挂了电话又给岳林拨了过去。一看是林冬的来电，岳林就知道今晚的睡眠时间得报废。

"喂，林队，有事？"

"嗯，你现在在家吧。"

"在。"

"我半小时后到你家楼下，一起回办公室加班。"

惦记着案件进度，第二天早上，唐喆学提前一个小时到了单位。进办公室没看见林冬，估计他是在补觉，转头直奔休息室。

今天休息室里的人不多，林冬裹着外套缩在铁架床上，眉心微蹙，看上去睡得不是很安稳。唐喆学轻手轻脚地走过去，拉紧窗帘，遮住照进来的阳光。旁边的秩客麟和岳林各占了一张床，岳林睡得都快趴墙上去了，秩客麟则是抱着枕头骑着被子，睡相都不怎么好。

唐喆学从岳林手里抽走平板电脑，滑开屏幕查看调查记录，看着看着，眉心微微皱起。朱华和朱彬只是法律层面的兄妹，实际上并没有血缘关系。朱华十岁时，自己的亲生父母因车祸身亡，随后被朱彬的父母收养。那时候朱彬已年满十八岁，去当兵了。可以想象，没有血缘的牵绊且没有太多共同的生活经历，兄妹之间的感情应该不深，这也就解释了为何朱彬失踪后，朱华并没有表现出着急的意思，反而罔顾亲情，将哥哥的公司从嫂子手里抢走。

朱华十八岁考上外国语大学，一路念到了硕士，毕业后进入朱彬公司的对外贸易部门。朱彬那家公司的主营业务正是进出口贸易，由此可见该公司的经营相当倚重朱华。进出口贸易的风向受国际局势影响，变动频繁，在互联网还不发达的年代，比同行更早获得外界的消息才更好赚钱。所以朱华在朱彬失踪后，把公司攥到自己手里也是必然的，她虽然股份占得少，但精力肯定投入不少。

还有先前调查顾黎时发现的那个失踪五年的女人，张菲，一查朱华就把她扯出来了。她是朱华所读大学泰语系的系主任的女儿，所以说她不光认识顾黎，还认识朱华。至此，调查记录到了末尾，下面标了一条待办事项——找"张菲失踪案"所在地的派出所调取案件记录。

抬眼看着睡姿各异的三人，唐喆学想起昨天晚上林冬打电话对他说，常金轩有可能对朱彬、高胜的失踪都不知情，所有的事都是朱华和顾黎干的。

现在看来，他家队长那无法形容的直觉又要应验了。

早餐合并晨会，林冬提前半小时起来去冲了个澡，岳林叼着勺子又差点睡着，秧客麟一如既往地拿黑咖啡灌自己。

"从昨天的交谈中可以看出，常金轩的性格懦弱，倒卖处方药大概是他能做的最出格的事，所以我决定，重点查朱华。"林冬垂着眼搅拌碗里的粥，长睫毛抵在镜片上，"现在朱华的嫌疑加大了，她、张菲、顾黎三人之间的关系绝不会是巧合那么简单……至于高胜和张菲的失踪，暂时还没有头绪。"

"高胜的失踪应该是和钱有关，顾黎从他那儿骗了八十万呢。"文英杰应道。

"张菲的话，会不会和感情有关？"何兰竖起筷子，说出自己的推测，"也许她和顾黎有过一段？"

林冬将视线投向低头敲水煮蛋的唐喆学，问："二吉，你觉得呢？"

听林冬点自己，唐喆学抬起眼，慎重地说道："我觉得你们说的都有可能，不管顾黎的动机是什么，怀疑他杀人我觉得没什么问题。可朱华呢？再怎么说朱彬也是她名义上的哥哥，她和朱彬之间又没有必须置对方于死地的矛盾，谋财害命，对她来说似乎没有必要。"

"也许朱华也不知情？"岳林边打哈欠边发表意见。

林冬摇头否认："她和常金轩必然有一个是知情的，毕竟宝马车不是在顾黎手里丢的。"

岳林懊恼地敲了敲后脑勺："抱歉啊林队，我脑子不转了，把这事给忘了。"

一旁的秧客麟伸手拿过岳林的马克杯，倒了半杯黑咖啡进去。关于案情讨论，他一向是静静地听大家发表意见。这不代表他没有想法，从他的工作笔记上，林冬能看出这孩子的思路还是挺活跃的，脑子里并非装的全是代码。

"那就这样，等'张菲失踪案'的文件发过来，兰兰、英杰，你俩做一下分析；二吉，你待会儿和我去找一趟朱华，以调查盗窃案为由探探她的口风。"

林冬说完喝了一口粥，发现粥都凉了。

朱华看起来是典型的女强人，气质干练，能说会道。通过交谈，林冬发现她对丈夫的失踪并不关心，更关注的是钱的去向。

"日防夜防，家贼难防。"提起丈夫，朱华毫不掩饰自己的失望，"没真本事，还老爱在外人面前打肿脸充胖子，要不是为了维护他的脸面，我才不跟他签那些贷款协议！现在好了，他跑了，债主快把我的手机打爆了！"

正说着，办公桌上的手机催命似的响起。朱华看了一眼来电显示，手一甩，手机"咚"的一声砸到了地毯上。

林冬走过去拾起地上的手机，轻轻放回桌面："朱女士，麻烦您带我们去一下常金轩的办公室。"

朱华有些不耐烦："还去？之前不是已经取过证了吗？"

"我们还需要再确认一下。"

"保险柜在财务室。"

"既然认定了钱是被您丈夫带走的，我想去他办公的地方看看能不能找到线索，推测他去哪儿了。"林冬堆起公式化的笑容，"早一天把钱追回来，不也是您所希望的吗？"

一听林冬提钱，朱华没辙了，不情不愿地站起身，带他们去了常金轩的办公室。

林冬和唐喆学观察起办公室的摆设，一套实木办公桌椅正对着门口，一组靠墙书柜，右手边一排沙发，沙发上方挂着个非洲风情的木制挂饰。比起朱华那间近五十平方米的董事长办公室，常金轩这个总经理的办公室略显狭小。

林冬用食指抹了下电脑主机的开机键，发现上面已经积了一层灰尘。常金轩从携款失踪到现在不过三天，还不足以积尘至此，看来，他平时在办公室里连电脑都不开。可能就像朱华说的那样，常金轩没什么真本事，在公司里就是个摆设，总经理的名头只不过说出去好听而已。

书桌旁的抽屉里有几份文件，下面扣着一个相框，翻过来一看，里面放着一张青年的照片，看着也就二十上下的年纪。林冬拿起相框问朱华："这是——你们的儿子？"

"是的。"朱华垂眼看向地板，长叹了一口气，"我这一天天的，拼命挣钱是为了谁啊，还不都是为了孩子。他倒好，自己怎么舒坦怎么来，对孩子不管不顾。"

"多大了？"

"今年刚满二十岁。"

"在哪儿上大学？"

朱华没接话，只是烦躁地催促道："你们看完了没？"

唐喆学正低头看青年的照片，听到催促，给了林冬一个"我看完了"的眼神。林冬将相框摆回原位，和唐喆学一起离开了常金轩的办公室。

随后，两人又去了一趟财务室，向会计询问了一番，没有得到更多有用的线索，便向朱华告辞了。

去往地下停车场的路上，林冬摸出香烟分给唐喆学一根，问："你刚刚看出什么了吗？"

"嗯，那孩子好像有点问题。"唐喆学用手点了点人中，"他做过唇腭裂修复手术，疤痕不明显，但仔细看还是能看出来。"

林冬点了下头："告诉秧子，查查这孩子还有没有别的疾病。"

"嗯？"唐喆学一愣，"为什么？"

"我刚才问朱华，孩子在哪儿上大学，她没接话。我觉得，有可能这孩子就没上大学……"

"上不了大学的人可多了。"唐喆学不以为意，不过还是拿出手机给秧客麟发消息。

"不，现在的家长把孩子的学历看得很重，更何况两年前他们还是有钱人。"林冬缓缓呼出烟雾，眼中凝起一丝疑虑，"其实我一直在想，常金轩是在哪儿接触到他卖的那种'聪明药'的。如果说家里有个正在上学的孩子，倒是一个契机；如果他儿子没上学的话，就不太合理了。"

"也没那么绝对吧，他是做生意的，接触的人三教九流都有，说不定还是顾黎给他介绍的呢。"

林冬没再说话，只是默默地抽着烟。一根烟抽完，秧客麟的消息也回过来了。唐喆学点开图片快速浏览了一遍，表情有些愕然："你还真说对了，这孩子上不了大学，他的智商只有六十。"

查到朱华的儿子常子言目前住在一家疗养院，从朱华的公司离开后，林冬带上唐喆学直奔疗养院。

到了院长办公室，林冬提出要查看来访登记。邱院长面露难色："我们这里是家庭式疗养院，不是精神病医院，来访不需要登记。"

"那这个人是不是住在你们这儿？"唐喆学给她看常子言的

照片。

"常子言啊，他在我们这里住了两年多了。"说着，邱院长惋惜地摇头，"我们这里绝大多数都是老年人，他是最年轻的一个，却一身病。"

林冬问："他都有什么病？"

"他有比较严重的癫痫和先天性心脏病，心脏是动过手术的，同时患有'AMBD'，可以理解为'成人多动症'，免疫系统也不太好。他的主治医生说，他能活到三十岁就是奇迹了。"邱院长眼神一变，好奇地问道，"他……惹上什么麻烦了吗？"

"没有，我们只是想了解一下，平时都有谁来看他。"

"他妈一个星期来一次，有时候待一小时左右，有时候待一下午。"

"他爸呢？"

"不经常来。"邱院长无奈地叹气，"当爹的总归是没有当妈的上心。"

林冬看了唐喆学一眼，示意他拿出顾黎的照片，问："这个男人有没有来看过常子言？"

邱院长只看了一眼便点头道："有，子言今年的住院费是他缴的。"

林冬顿时眼神一亮："多少钱？"

"他给子言选的是最高级别的护理套餐，一个月三万五，按年缴的话有优惠，只收十个月的，额外送一次三甲医院的全身体检。我们这边最低收费的床位是五千块一个月，但是护工得自己另外花钱雇，不如选一万块一个月的套餐划算……"

听着邱院长滔滔不绝像推销似的介绍，林冬陷入沉思——一年三十五万的花费，只是朋友的孩子，这么舍得花钱?

片刻的沉默过后，林冬说："麻烦给我们看一下常子言的用药单。"

这一要求让邱院长略感意外，她迟疑了一下，问："看用药单? 我们都是按医生的处方发药，但用药单——这属于个人隐私，要不等我给他的监护人……"

她后面的话还没出口，就看唐喆学抬起手："邱院长，这是在进行刑事案件的调查，请务必对今天的谈话内容保密，否则我们有权追究您的相关责任。"

邱院长目光一沉，很快又端起了职业笑容，拿起了座机听筒："真拿你们这些警察没办法，稍等，我让人送过来。"

林冬回以同样客套的微笑："请给我们一份复印件，要他入院以来的所有记录。"

邱院长笑得不情不愿。

拿到用药单，林冬拍照发给祈铭后，就和唐喆学去房间看了看常子言。小伙子长得倒是不矮，站起来比林冬还高一点，就是瘦得有些可怜，看起来还没文英杰重。他倚在窗边，目光呆滞地盯着窗外，神情木讷，房间进了人也没反应。

对于常子言的表现，祈铭在收到林冬发去的用药单后给出了解释："用药单里有利他林，同时用药人患有癫痫，日常需口服丙戊酸钠，在这两种药的共同作用下，就是脾气火爆的罗家楠也能稳重得像修道院里的修女。"

听筒外放，正在开车的唐喆学笑出了声。很少听到祈铭拿罗家楠打比方，但不得不说，还挺简明易懂。

"利他林？"听到药名，林冬眉心一皱，问，"利他林的主要成分是？"

"哌甲酯。"

"好，谢谢。"

挂上电话，林冬又忙着发消息。唐喆学瞥了一眼，问："忙什么呢？"

"给庄羽发个线索，哌甲酯，就是常金轩卖给学生吃的那种'聪明药'。不过，他卖的不是处方剂量，是高度提纯的，也许是个调查方向也说不定。"

"原来如此，你要常子言的用药单，是为了给庄羽提供线索？"

"是啊。"林冬收起手机，向后倚上座椅靠背，"还得再麻烦庄羽一次，就当提前送谢礼了。"

唐喆学不明所以："还找他干吗？"

"让他帮忙从常金轩身上提取 DNA 样本，看看常子言到底是不是他亲生的。"

"你有常子言的 DNA？"

"嗯，我刚从他房间的垃圾桶里捡了点用过的卫生纸。"

"你可真不嫌脏……"

"我戴着手套呢。"

回到局里，林冬先去地下二层，把从常子言房间的垃圾桶里掏来的卫生纸交给祈铭。没多久，缉毒队的吴天也下来了，他转交了常金轩的 DNA 样本，是几根带有毛囊的头发。

在等待 DNA 检验结果期间，林冬带队里的人把"张菲失踪案"的卷宗整理了出来。不出所料，他们发现了问题：张菲是在宁市出差期间失踪的，而她途经的上一站正是本市。但她公司的人说，是她临时更改了行程，不然该直接从寿城飞往宁市。她来本市到底是见谁、办什么事，当时负责案件的警员并没有调查，现在更因为时间久远而无从知晓。

没有监控可调、没有证人可问、没有明显的线索可以追寻，案件陷入僵局，然而对悬案队来说，可以是一切的开端。林冬汇总完已有的信息，当即下达指示："秧子，查一下从本市到宁市的飞机票和火车票的购票记录，看看常金轩、顾黎和朱华他们三个人中，是否有人在张菲失踪期间去过宁市。"

机械键盘的敲击声响起，秧客麟抬头汇报："都没有，林队。他们有可能是用了其他交通方式？不过排查起来需要一些时间。"

办公室瞬间陷入寂静，几乎所有人的视线都不约而同地聚集到林冬身上。

线索千千万，常常有用的却只有一条。收集上来的信息要分析研判再排除，是案件调查的必经之路，如何高效地做出判断，又是需要经验和智慧的。林冬站起身，面朝窗户负手而立，保持这个姿势几分钟后，他突然侧过头，沉声道："查高胜。"

秧客麟把高胜的身份证号输入查询系统，很快，屏幕上出现了他在张菲失踪前三天去往宁市的火车票购票记录。看到结果，林冬释然地呼出一口气，转身对队员说："我现在的想法是，高胜才是真正动手杀人的那个，也许是其中有利益捆绑，他在顾黎的指使下一次次犯下大错，而他自己，最终被顾黎灭口。"

"高胜？"文英杰略感疑惑，"可是他一直给顾黎钱啊。"

"那是为了投资，他非常信任顾黎，你们去见他儿子的时候不是也听到了吗？他还要推荐自己的亲儿子跟着顾黎干。"林冬屈指敲了敲桌面，"你还记得，高胜退休前是在哪儿工作的吗？"

文英杰回忆了一下，说："他是肉联厂的职工。"

"我明白你的意思了，队长。"唐喆学接下话，"高胜是肉联厂的退休职工，那么在毁尸灭迹这件事上，他有着独特的心理优势——习惯于处理尸体。"

DNA 检验结果证实，常子言和常金轩没有血缘关系。同时，林冬联想到顾黎对常子言不合常理的关心——常子言大概率是顾黎和朱华的孩子。

这份报告足以打破朱华的心理防线了。坦诚的代价太大，特别是当答案握在别人手里，竭力维护的秘密就像肥皂泡一样易碎。

继续深挖失踪者与顾黎、朱华有交集的信息，确认细节、固定证据、提交上级研判，该走的流程都走完了，接下来，林冬将朱华"请"进了局里。

因为没有针对故意杀人立案，目前调查的还是失踪案，所以朱华没有进讯问室，而是进了会谈室。林冬将装满饮用水的一次性水杯朝朱华推去，现在的朱华看起来十分憔悴，即使画着淡妆，脸色依旧黯淡，眼底是藏不住的疲惫。

她快要被债务压垮了，唐喆学和岳林去找朱华时，还碰上了一拨讨钱的人。唐喆学把那些人轰走了，只是他管得了一时，却管不了一世。

债务危机、老公失联，还有个智力低下的儿子需要照顾，眼下的朱华已是极端的脆弱。她看了看林冬给的高胜的照片，疑惑道："他是谁？我不认识这个人。"

"你确定常金轩也不认识？"林冬倾身向前，施加无形的压力，"好好想想，他有没有提起过。"

朱华笃定地摇头："没有，老常平时几乎不管公司的业务。如果是客户或者供应商，都是经我的手对接。"

从肢体语言和面部微表情判断，朱华没说谎。林冬收回照片，又将张菲的照片拿起："那，这个人，你认识吧？"

只瞟了一眼，朱华的目光瞬间怔住。她心虚了，不管是因为什么，她握在纸杯上的手指明显在收紧。

林冬给何兰使了个眼色，示意接下来由她进行询问。

何兰清了清嗓子，重复着林冬的问题："朱华，你认识这个人吗？"

"认识，她叫张菲，是我上大学时的系主任的女儿。"说完，朱华微微低下头。

何兰又问："她失踪五年了，你知道吗？"

"知道。"

"她失踪前来过本市，你们有没有见过面？"

朱华犹豫了一下，不怎么情愿地点了点头："我请她……吃了顿饭。"

"她有没有跟你说过，来这儿是干什么的？"

"她们公司是专门打造文旅品牌的，说是来考察一个项目。"

"什么项目？"

"不清楚，她没细说。"

"吃饭时就你和她两个人？还有别人在场吗？"

朱华的目光四处躲闪，没有回答。

林冬不动声色地观察着，对方的神情已经说明了，除了她和张菲，还有另一个人在场。

这个人，很有可能是顾黎。

"她不是来考察项目，而是来找你和顾黎要钱的，对吗？"何兰敏锐地捕捉到机会，拿起顾黎的照片，步步紧逼，"五年前，她通过你的介绍给了顾黎三百万投资藏品，然后她发现自己被骗了，来找你们要钱。你们给不出，就指使高胜杀人灭口。"

"没有！我没有！"朱华高声尖叫起来，"我不认识什么高胜！顾黎是我老公的朋友！我跟他一点都不熟！"

戳破谎言的时机已到，林冬直视着朱华，缓缓说道："是吗？我们今天能来这里，不会什么准备都没有。常子言到底是谁的孩子，你跟顾黎到底熟不熟，我建议你再好好想想。"

最后一根稻草压下来，一瞬间，朱华面如死灰，接着整个身体一晃，顺着椅子栽倒下去。

"啊？进医院了？"

唐喆学预感到可能会出事，但听到朱华进医院的消息，还是很担心。要是真把人逼出事，林冬绝对吃不了兜着走。

"医生说没什么事，就是紧张过度，加上之前压力太大，一时间受不了刺激，就晕了。"林冬看向病房里躺着的朱华，"晚上我不回去了，在医院盯着，等她醒了继续问。"

唐喆学松了一口气，叮嘱道："你可悠着点啊，别闹出人命来。"

"不会的，医生给她做了检查，心脑血管都没问题。"林冬突然想起了什么，问道，"对了，你今天去见陈钧的父母，有什么发现？"

一直在忙系列失踪案，"向日葵案"处于停滞阶段，唐喆学今天才有空去见陈钧的父母。以目前掌握的线索来看，陈钧是唯一一个可能的目击证人，只可惜他在精神病医院里，他父母还不让见。

唐喆学发愁道："别提了，一问三不知。陈钧念小学的时候，爸妈根本就不在身边，是爷爷奶奶带大的。"

"还是得找机会问问他本人……等这边忙完，我去做他父母的思想工作。"林冬打了个哈欠，"早点睡，你这几天也没睡好。"

"遛完吉吉就睡。"话音刚落，就听见听筒里传来几声狗叫，像是吉吉在催促主人带自己出去，又听唐喆学不耐烦地说，"你就用我的时候热情！去去去！自己把牵引绳套上！"

林冬无奈地笑了笑。

在医院里躺了两天，朱华断断续续地把压在心底的秘密和盘托出：她和常金轩早就没了感情，维系夫妻关系的只剩下利益。某天，她陪常金轩出席同学聚会时遇到了顾黎，原本只想客套几句，没想到两人志趣相投，越聊越火热……一时间相见恨晚，她出轨了。

后来她怀孕了，但不知道孩子到底是丈夫的还是顾黎的，考虑到婚后多年仍膝下无子，她最终决定留下这个孩子。然而不知道是什么原因，她出现了先兆流产的迹象，不得不住院保胎。住院期间，顾黎以朋友的身份来探望过她几次，他们之间那种微妙的互动，被同样来探视的朱彬看了出来。

在朱彬的逼问下，朱华承认了出轨的事实。随后朱彬调查了顾黎的背景，发现这个人不仅风流成性，赚的钱也不干净，当即找上门警告对方。然而顾黎没有把朱彬的话放在心上，依然和朱华藕断丝连。朱彬一气之下以告诉常金轩作为要挟，逼顾黎放手。

顾黎仍不理会，他太了解常金轩了，懦弱又死要面子，对于妻子出轨的事情，他相信常金轩早已有所察觉，只是碍于面子和钱，不敢跟妻子撕破脸。后来在顾黎的怂恿下，常金轩挪用了公司两百万的公款用于非法集资，这下彻底激怒了朱彬。

朱彬后来到底又对顾黎说了什么、做了什么，朱华不是很清楚。她只知道朱彬失踪了，一同消失的还有他开出去的、挂在常金轩名下的宝马车。

顾黎没有当着朱华的面承认过自己杀了朱彬，而宝马车也通过他身为保险理赔员的职务便利，用被盗的理由搪塞过去，还帮朱华拿了三十多万的赔偿金。

张菲是朱华介绍给顾黎认识的，在顾黎的游说下，张菲陆续投资了三百万购买拍卖行的藏品。五年前的某一天，张菲来找他们，说自己的公司要在宁市启动一个文旅项目，急用钱，希望能以先前购买的藏品作为抵押，换取流动资金。顾黎在张菲投资时便承诺过，如果需要用钱可以用藏品抵押，然而这只不过是句空话。当张菲发现自己可能上当受骗后，她限顾黎一周内还钱，否则就法庭见。

再后来张菲也失踪了，这让朱华意识到，顾黎当年杀害朱彬并不是为了保护她的名誉，纯粹是为了钱。正所谓一步错、步步错，为了掩盖出轨的丑事，她不得不成为顾黎的帮凶。

至于高胜，她确实不认识，她只知道顾黎有个"忠诚的朋友"，能帮顾黎解决难题。

看过朱华的供词，唐喆学给出自己的意见："这都是间接证据，对付顾黎这号心理素质过硬的人，光靠这些不足以让他坦白，我们还是得找到实打实的证据证明他杀了人。"

林冬点头肯定："确实，朱华的供词仅仅是印证了我们的调查方向。"

"现在怎么办？"唐喆学往垃圾桶上的金属托盘里弹了下烟灰。

显然林冬已经有了自己的想法，他平静地说："这种时候就得让顾黎自己带我们去找线索了，以前他杀人，有高胜帮忙处理尸体，可杀了高胜，谁帮他处理尸体？"

唐喆学抬头想了想，说："你的意思是，打草惊一下蛇？"

"嗯，我待会儿去找一下盛副局，让她安排发一则线索征集通告，就说发现了无名尸骨，需要广泛征集死者身份线索，具体信息按照高胜的身高、体重、年龄等数据发布。以顾黎之前向高琦打探高胜的情况来看，他大概率会去抛尸地确认尸体是否被发现。"

"好，我去安排监控工作。"唐喆学领命行事。

就在盛桂兰那边发布通告第二天的上午，负责盯梢的岳林汇报说，顾黎驾车前往了常子言所在的那家疗养院。

疗养院位于山区，征地后周围没有居民居住，如此说来确实是个"合适"的抛尸地。顾黎会把高胜埋在哪儿呢？整个疗养院占地近千亩，周围山林密布，进行地毯式搜索显然不现实……

第四章

藏尸地

林冬和唐喆学决定再去一趟疗养院。

之前顾黎把车开到疗养院里面就停下了，大约一个小时后，他驱车离开。如果说他确实是来看埋尸地是否被人发现的，那么从停车的位置到埋尸地，方圆应该不超过半小时的路程。但那也是很大的一片区域，且眼下申请不到针对疗养院的搜查令，无法进行大范围排查搜索。

出门前，唐喆学找同事借了一只警犬，又把自家的金毛犬吉吉一并带了过去。吉吉也是受过训的工作犬，主要工作是导盲，由于体格成长过大不适宜牵引盲人，后被唐喆学领养。而警犬是一只狼青系昆明犬，名叫贝勒。贝勒立耳长吻，严肃稳重，体重虽不及吉吉的三分之二，却很有气势。

吉吉上车后发现有新的伙伴，立刻凑上前闻来闻去。贝勒稳稳当当地卧在后座上，任由吉吉劈头盖脸地舔，始终不为所动。

唐喆学在心里感慨，以前觉得吉吉挺懂事的，可和训练有素的警犬放在一起，气质就被比下去了。另外有可能是和猫一起生活太久的缘故，以至吉吉的某些举动不像狗，倒像猫。比如现在，唐喆学从后视镜里看到，吉吉正像猫一样伸爪去摆弄贝勒的耳朵。

对此，林冬的评价是："什么人养什么狗。"

"它也是你养的好吧？"唐喆学不服气地反驳。

"吉吉是你带回来的。"林冬看向车窗外苍翠的山林，"你看冬冬，我捡的，性格就像我。"

唐喆学小声嘀咕："是，和你一样一肚子主意。"

"嗯？"林冬没听清。

"我说，冬冬像你一样聪明。"

到了疗养院停好车，唐喆学把贝勒和吉吉一起带下车。贝勒明确自己的任务，下了车便不停地到处闻。而平时吉吉看着挺聪明的一只狗，眼下却像个傻子似的跟在贝勒屁股后面，人家闻哪里它就闻哪里。

不一会儿吉吉就刨起了土，一分钟不到，吉吉把从土里刨出来的东西叼到主人跟前，兴奋地摇着蓬松的金棕色尾巴，一副"快夸夸我"的样子。

眼前所见让唐喆学不禁捂脸："我看得找时间把吉吉送警犬队去训一训了，这傻孩子。"

林冬低头看着吉吉嘴里叼着的塑料袋，伸手摸了摸吉吉的脑袋，违心地称赞道："好样的，继续找。"

这时，邱院长朝他们走了过来。对于两位警察的再次到来，她显得有些错愕："你们这是……"

"哦，上次来的时候觉得环境不错，所以今天带家里养的狗过来走走。"唐喆学朝狗的方向偏了下头，脸上堆着不怎么真诚的笑意。

"狗？"邱院长一愣，"那……那是狼吧？"

贝勒没穿制服背心，尾巴又垂着，乍一看确实像狼。听到有人喊"狼"，它的尾巴一下向上卷起，并"汪"了一声自证身份。一旁的吉吉显然不知道贝勒是什么意思，听贝勒叫了，自己也跟着叫了起来，还玩心大起地往贝勒身上扑，结果一百多斤的体格"咕咚"一声把贝勒扑了一跟头。贝勒立即翻身爬起，冲吉吉凶狠地龇出牙齿，喉咙里发出阵阵不满的低吼。

"贝勒！吉吉！"

唐喆学及时喝止了即将出现的打架场面，朝远处一指，示意它们继续工作。听到指令的贝勒立刻敛起情绪转身走开，而吉吉则皱着眉头，一脸"我哪儿做错了"的模样。

邱院长并不相信唐喆学的说辞，看着嗅来嗅去的狗，不满地抱怨："二位警官，这是正规经营的疗养院。你们要是怀疑我们这儿有违法犯罪的行为，请带合规的手续来，我们一定配合调查，弄两只狗在这里刨……这草坪可是花了大价钱铺的。"

"我们不是来添麻烦的，邱院长。"林冬含笑致意，"正好您来了，我想核实个情况——上午顾黎来看常子言了，他都去哪儿了，您有印象吗？"

邱院长摇摇头："上午我不在，这得问子言的护工。"

"好，那我们去子言的房间看看。"

说完，林冬和唐喆学一起往常子言住的那栋别墅走去。

进了常子言的房间，他还是像之前那样，呆呆地倚在窗边，望向窗外。

唐喆学询问常子言的护工，问顾黎来时都去了哪儿。护工说，顾黎哪儿都没去，就陪着常子言站在窗边看风景。

不得不说这个答案让他们略感意外。顾黎真是来看常子言的？不是确认自己的抛尸地有没有被发现？

林冬沉思片刻，转身走到常子言身旁，与男孩并肩而立，迎着夕阳遥望远方。常子言似乎感觉到旁边多了个人，机械地挪了下眼珠，很快又摆正视线。世界在他眼里是什么样的，林冬无法探寻，他所能探寻的，是顾黎站在常子言身边时，看到的一切。

那是一片林木茂盛的山岭，其中有一棵缀满白花的乔木，周围都是深浅不一的绿，唯有那茂盛的树冠之上，如雪花满布。

"你认识那是什么树吗？"林冬问。

唐喆学刚要应声，见林冬一挥手，意识到对方是在问常子言。

男孩没反应，眼神直勾勾的，面无表情。林冬又问了一次，还是没得到回答。房间内安静了下来，过了一会儿，男孩忽然眨了一下眼，有些塌陷的上唇轻轻动了动，含混地说："椤……木……石……楠……"

林冬立即回头，用眼神示意唐喆学查这棵树。唐喆学不知道是哪个"LUO"字，在手机上试了好几次，才查询到和那棵树相似的照片，然后把手机递给林冬。林冬接过手机，看了看有关椤木石楠的介绍，神色一变，转身朝门外走去。

唐喆学想了想，快步跟上，边走边问："你认为，顾黎把高胜的尸体埋在那棵树下面了？"

林冬点了点头："那种树到处都有，可你长这么大，知道它叫什么吗？"

唐喆学摇头。

"我也是才知道，而一个智商仅仅六十的人却能清楚地记得，这肯定是有人反复提起的结果。"出了大门，林冬顿住脚步，估算了一下到那棵树的距离，"把狗叫过来，过去看看。"

唐喆学抬手抵在唇边打了个响哨，两只狗立马跑到身边来。

车只能开到路边，然后要徒步走杂草丛生的小路过去。有道是望山跑死马，看着不远，可等两人两狗站到树下，天色已经完全黑了下来。

唐喆学打着手电四处查看，周边似乎没有任何人类活动的痕迹。贝勒绕着那棵椤木石楠转着圈地嗅，绕了两圈忽然坐下，竖起耳朵"汪"了一声，表示自己有发现。这让唐喆学和林冬感到一丝兴奋，连人带狗，四只手四双爪子一起刨。

刨着刨着，唐喆学突然蹦了起来。林冬吓了一跳，连忙回头看向一脸惊魂未定的人："怎么了？"

两只狗也扬起脸，莫名其妙地看着唐喆学。只见他强迫症似的拍着手臂，表情有些尴尬："好像有蜘蛛落在上面了……"

林冬无奈地皱了皱眉。

在刨出一根肋骨后，林冬和唐喆学立刻联系了局里，申请痕检法医出现场。后又历经近四小时的挖掘，一副被植物根脉裹缠的尸骨终于重见天日——这么说也不算准确，刚过凌晨三点，离日出还有点距离。

原本人迹罕至的山坳里，现在人头攒动，发电机隆隆作响，探灯照亮警戒带内外。两只狗在车里睡觉，林冬和唐喆学坚守在挖掘现场，生怕错过第一手线索。后续的挖掘工作由技术人员完成，根据祈铭的初检判断，遗骸为男性，年龄在六十至六十五岁之间，身高等细节基本符合高胜的体貌特征。

"能看出死因吗?"唐喆学蹲在挖掘遗骸的坑边,问高仁。

"目前来看,骨骼上没有明显的伤痕,嗯——"高仁龇牙咧嘴地撑着蹲麻的腿站起身,转头看向祈铭,"师傅,你觉得呢?"

祈铭摇摇头:"死亡时间初步判定在一年左右,死因从外观上看并不明确,没有锐器造成的骨损伤,也没有钝器打击造成的骨折。"

"可能是窒息而死。"技术科老大杜海威的声音吸引了大家的注意,他用镊子从遗骸头部下方的土层里夹出一片破碎而肮脏的东西,谨慎地举起,"这是塑料袋,基于发现的位置,我推测,凶手可能是用塑料袋捂死了受害者,掩埋尸体时没有拿走塑料袋。"

蹲在坑尾的林冬起身走到坑头,借着光源仔细观察了一番杜海威手中的证物,认可道:"根据我们的推测,以往都是高胜帮顾黎处理尸体,而到了他自己处理尸体的时候,因为没经验,所以就连'凶器'也一并掩埋了。"

"从接近白骨化的尸骨上寻找窒息死亡的证据很难,不过……"祈铭垂手指向还有部分埋在土中的指骨,"如果是类似捂死的行凶手段,那么受害者必定会因缺氧窒息而剧烈挣扎反抗,所以,指甲里极有可能残留着凶手的 DNA。"

唐喆学补充道:"同时他也抓伤了自己,所以会在车后备厢里遗留血迹。"

祈铭点头道:"是的,窒息的过程非常痛苦,他很有可能抓伤了自己的手臂或者胸口。"

"好,辛苦你们了,麻烦回去尽快出报告。"

林冬站直身体，脱下沾满泥土的防护服，回手交给站在一旁的警员，喊唐喆学一起去警戒带外透透气。

警戒带外，罗家楠正向大半夜被叫起来的村干部询问情况。村干部接过唐喆学递来的烟，皱着眉头说道："我也不知道那东西是哪里来的，我们村里没人失踪，再说这一片都靠近水源保护地，之前不允许私人承包，要不是开发商来建疗养院，连水泥路都没钱修。"

接着询问了一些常规问题，罗家楠把村干部打发走，转头问林冬："林队，那真是高胜的尸骨？"

"在 DNA 结果出来之前，我不能肯定，但按照我的推断，是。"

林冬回身凝望灯火通明的挖掘现场，默默地叹了口气。尸体找到了，可目前的证据链还缺少重要的一环——顾黎是怎么和高胜搭上的？高胜又为何如此信赖顾黎，不但为他解决"难题"，还将大额资金交给对方进行投资？他们之间既无友情又无亲情……

口袋里的手机振动起来，林冬一接通，就听秧客麟急促的声音从话筒中传出："林队，刚刚顾黎用手机软件订了早上八点去尚城的高铁票！还订了一张后天从埠南机场直飞法兰克福的机票！"

林冬眉心一蹙，抬眼朝疗养院望去，只见黑漆漆的别墅群中，独有一扇窗户透出亮光，窗边立着一个黑影——那是常子言的房间，原来他一直凝望着这个位置是有原因的，他给顾黎通风报信了！

"二吉，上车！去高铁站！"来不及考虑手头的证据是否足够羁押顾黎，林冬快步奔向停车的位置。

　　仓促出逃的顾黎并不狼狈，他衣装得体，头发梳得一丝不乱，在候车大厅被拦下盘查身份时，依然从容应对。然而，他眼中的慌乱是无法掩饰的。

　　出示完证件表明来意，唐喆学和林冬把他带上车。路上仓促，没带富余的人手，好在后座上有两只狗，一左一右地坐着，刚好把顾黎夹在中间。左边那只长得像狼，右边那只金毛体形彪悍，看着都是分分钟能把人撕了的主儿。顾黎左瞟右瞟，大气都不敢喘。

　　一路上，林冬不停地给祈铭发消息，催促对方尽快出尸骨上残留的他人的 DNA 结果。没有羁押手续，针对顾黎的盘查留置时间只有二十四小时，最长也不能超过四十八小时。虽然放了他还可以继续监视，但对林冬来说，已经到手的嫌疑人再放出去显然不符合他的行事风格，他绝不允许这样的情况发生。

　　让他感到窝火的是，自己轻敌了，没想到智商只有六十的常子言还能被顾黎利用——他就像一个活的瞭望哨，随时监控藏尸地的情况。

　　来不及送吉吉回家了，唐喆学只好先把它带进办公室。吉吉曾是一起入室抢劫案的证狗，被他收养之前在局里待过一段时间，因为乖巧又通人性，大家都很喜欢它。

　　听说吉吉来了，很快，唐喆学的办公桌上就堆了不少从食堂刷来的牛肉干。熬了一天一夜，唐喆学已是饥肠辘辘，不得已，拿了一包同事给吉吉买的牛肉干吃。

　　工作一忙起来，三餐不定时是常态，能吃一口是一口，进讯问室前，他给林冬也塞了两块牛肉干。

讯问室里，顾黎安安稳稳地坐着，听见门响，还扭头冲林冬领首致意。林冬把相关案件卷宗往桌上一拍，厚厚一摞，发出的声响颇有分量。

"顾先生，你好，我再自我介绍一次，我姓林，是市局悬案队的负责人，旁边的是我搭档，唐警官。"林冬并未坐到讯问桌后面，而是倚在桌边，反手撑住桌面，以一种掌控全局的姿态面对顾黎，"根据我们的调查，关于朱彬、张菲还有高胜的失踪，你有重大嫌疑。今天请你来配合调查，我希望你能如实交代。"

证据链不完整，那就打心理战，先发制人。

顾黎抬眼看看林冬，又看看负责记录的唐喆学，轻笑一声说："我没什么好交代的，他们是失踪又不是死了，和我有什么关系？"

林冬心里暗叹对方的精明，面上依旧稳如泰山："高胜已经死了，我们找到了他的尸骨，你不是已经从常子言那儿得到消息了吗？"

"什么消息？那傻孩子什么也没说啊，他就是依赖我罢了，没事老爱给我打电话。"顾黎故作无所谓状。

"是，他虽然不聪明，但很听你的话，毕竟——"林冬故意拉了个长音，随即往前微微探过身，"你才是他的亲生父亲。"

顾黎的眼角抽了一下。现在他知道警方的调查有多深入了，在那无人知晓的隐秘角落里，他亲手藏下的秘密也被挖出来了。

那么，还有什么是警方不知道的呢？

被林冬揭穿了见不得光的秘密，顾黎陷入了沉默，他闭上眼，拒绝沟通。林冬没有急于逼问，而是把人送回了留置室。时间虽然不多，但祈铭那边回复了，说已经让高仁先带检材回局里了，正在加急检测，保证在羁押时限内出结果。

为了鼓励高仁提高工作效率，唐喆学顶着炎炎烈日和一天一夜没睡的困倦跑去买奶茶，顺带给自己和林冬一人来一杯提神醒脑的黑咖啡。

嘬着冰凉爽口的海盐葡萄味奶茶，高仁抱怨道："我这腰围就是你和罗家楠用奶茶撑起来的，你们还笑我胖！"

"没有没有，你不胖，身材正好。"唐喆学困得哈欠连天，一边挤眼泪一边赔笑，"一杯奶茶也没多少热量，你看你站着干活，两小时就消耗掉了。"

"行了，你别盯着我了，回去睡会儿吧。你站这儿也没用，每个步骤都需要时间，机器可不认奶茶。"

被高仁轰出检验室，唐喆学拍拍脸，决定回办公室枕着狗睡会儿。现在他就算喝了黑咖啡也扛不住了，自从悬案队正式挂牌以来，虽然还会熬夜，但这种通宵连轴转的情况已经很少见了。

一进办公室，唐喆学就发现自己来晚了——林冬蜷在角落里的行军床上，枕着吉吉睡得正香。这真是困到极致了，那么挤，人和狗还能睡着。

听到秧客麟在噼里啪啦地敲键盘，唐喆学问："你查什么呢？"

"林队让我查顾黎经手的理赔案，和高胜有关的。"

"查到了吗？"

"还没，他做财险，投保人、收益人大多是公司，我还在交叉对比股东姓名，看有没有高胜名下的。"

唐喆学仰头枕到座椅靠背上，阖目凝思。现在正是午休时间，办公室里只有机械键盘的敲击声在耳边回响。

查案，归根结底查的是三个字——为什么。凶手为什么杀人？受害者为什么被杀？而在大的框架之下，还有许多细枝末节的"为什么"。只有把每一处疑点都破解了，形成完整的、逻辑清晰的链条，案子才算是真的破了。

过于困倦的唐喆学枕着椅背就睡着了。不知道睡了多久，他突然惊醒，睁眼一看，林冬已经起来了，正弯着腰撑在秧客麟的办公桌边，镜片上映着电脑屏幕的幽光。

"没查到？"打了个哈欠，唐喆学抬腕看看手表，才睡了不到一个小时。

林冬神情凝重地摇摇头，忽然抬手一指，说："秧子，你退到刚才那个界面，我看下录入时间。"

秧客麟应声照办。

林冬盯着电脑屏幕，眉心微蹙："录入时间最早在1995年，也就是说，1995年之前的理赔记录，没有电子化。"

唐喆学也凑过去看了一眼电脑屏幕，心中升起不祥的预感："那就得……去保险公司的档案室翻了？"

"嗯，先申请询证函吧。"林冬抬手拍了拍秧客麟的肩膀，"来，是时候见识下古老的取证手段了。"

秧客麟的表情有点蒙。

保险公司的档案储存量，远超悬案队众人的想象。一摞摞比人还高的箱子里，存放着数万份理赔单，而1995年之前的理赔档案，因为时间久远，储存方式有些简单粗暴，只在箱子外面贴了张字条，上面标着年份和出险因由，如果不打开一份一份地查看，根本不知道里面记录的是什么。

习惯了在电脑前敲键盘找线索，秩客麟对纸质档案有着本能的抵触。摸了摸落灰的档案箱，他干咽了一口唾沫说："林队，能再缩小点范围吗？比如投保公司类别、理赔金额、投保标的……"

林冬也觉得不能漫无目的地找，沉思了片刻，他说："高胜在肉联厂工作，那么，和肉联厂有关的，都有什么行业？"

"运输、包装、食品加工。"文英杰首先发言。

"餐饮、防疫、养殖场。"何兰补充道。

岳林也想说话，可别人把他想到的都说了，琢磨了好一阵才试探着说："肉联厂应该有很多边角废料吧，可以做肥料。"

"你们说的都对，但范围还是太广。"看着那堆倒下来能砸死人的箱子，林冬摇了摇头，"还得缩小范围，我们剩的时间不多，羁押顾黎的时间只有不到三十个小时了。"

众人陷入沉默，努力在那繁杂的关键词中寻找关联性。时间紧迫，按理说应该分秒必争，先把箱子搬下来开始干活才对。然而悬案队的办案方针是，把时间花在思考上，有的放矢，才能节省动手的时间。

"冷库！"唐喆学忽然抬起头，对上林冬审视的目光，"肉联厂的产品出来，得进冷库保存。常金轩以前就是管冷库的，肯定跟高胜所在的肉联厂有业务合作，顾黎和高胜是通过常金轩认识的可能性很大。"

林冬安静下来稍做分析，随即肯定道："好，就按这个方向，两人一组，从1994年开始，往前查！"

接下来的时间里，整个档案库房只有"唰唰"的翻纸声。中间林冬接了个电话，是好消息，高仁在遗骸脱落的指甲上检出了顾黎的 DNA，可以名正言顺地扣押顾黎了。五个小时后，文英杰在一份 1993 年的理赔单里找到了高胜和常金轩的名字，理赔员正是顾黎。

顾不得身上沾了多少灰，此时所有人都围在一起阅读分析那份理赔单。那是一起车祸，冷藏车制动失灵，撞上了冷库的外墙，司机当场死亡，高胜是跟车人，只受了点轻伤；出事那天是常金轩当班，作为目睹事故现场的当事人之一，他在调查时也做了说明，故而在理赔调查单里签下了自己的名字。

仔细看过事故现场的照片，林冬说："我知道顾黎是怎么收服高胜的了。你们看，副驾驶座那边明显比主驾驶座损毁严重，车门几乎挤进驾驶舱了，要死也应该是死副驾驶座上的那个人，可死的是司机。"

唐喆学认同道："所以开车的是高胜，当时为了掩盖真相，他把副驾上的司机拖到了主驾驶座上，而这个举动被作为理赔员的顾黎发现了，但是，由于某种原因，顾黎没有把他揪出来。"

林冬朝秧客麟抬了抬下巴："查一下高胜有没有驾照。"

秧客麟摸出手机点了点，随即摇摇头。得到答案，林冬呼出一口长气："高胜没有驾照，车祸还死了人，他涉嫌无证驾驶和过失杀人，必须坐牢。顾黎的隐瞒帮他免去了牢狱之灾，他自然会死心塌地地报答顾黎……"

经过一天一夜的关押，顾黎的状态明显不如昨天在高铁站见到时那样精神，他的头发稍显凌乱，面庞有些浮肿，神情黯淡。而见到曾经要卖画给自己的文英杰后，他的眼里掠过一丝诧异，最后认命般泄了气。

从他的表情和肢体动作中，唐喆学看出了放弃的意思。接下来的讯问中，顾黎表现得很顺从，思路清晰且坦诚地交代了自己犯下的桩桩罪行——

他和高胜的交情，一如林冬推测的那样，是在冷藏车事故理赔案中结下的。肉联厂和冷库有业务来往，出了事故后，常金轩收了高胜的钱，接受调查时声称自己当晚喝了酒，记忆不深，把自圆其说的机会完全留给了高胜。常金轩不仅是因为钱才替高胜打掩护，他原本就和高胜相熟，平日里称兄道弟，关系不错。后来保险公司介入调查，派来的理赔员便是顾黎。

当时的顾黎虽然年轻，但脑筋"灵活得很"，在保险公司里早已混得风生水起。常金轩与顾黎是同学，为了帮高胜，便求顾黎高抬贵手。顾黎也不是第一次干这种事，有钱拿还能搭个顺水人情，于是帮着高胜一起骗过了保险公司的多重审核，帮高胜逃过了牢狱之灾。

从此之后，高胜便对顾黎感恩戴德，只不过那时候顾黎没什么用得上他的地方。直到和朱彬起了摩擦并将对方杀死后，顾高二人才真算是绑在一条绳上的蚂蚱了。

至于案发经过，顾黎说，那天朱彬约他见面，指责他和朱华之间的事，把他们骂得一文不值。这激怒了顾黎，他忍无可忍和朱彬动了手。朱彬随身带着一把瑞士军刀，掏出来就要捅他。他拼尽全力把刀夺过来，随即在盛怒之下反杀了朱彬。

之后他就愣住了，守着朱彬的尸体，过了好久才缓过神来，找高胜帮忙处理尸体。由于满车都是血，他不能把车还给常金轩，所以在勉强擦拭后，他把车开去了一家因工作认识的报废车处理厂，给了老板一点好处费，找工人把车大卸八块，按零配件卖给了一家修理厂的老板。随后又利用自己的工作便利，为那辆车办理了全车盗抢的理赔手续，瞒天过海。

至于朱彬的尸体是怎么处理的，他说高胜不肯告诉他，对方只说他不知道为好。其实不问也能猜到，肉联厂里什么样的机器没有？朱彬很可能已经尸骨无存了。

然后是张菲。和张菲碰面后，对方强硬地要钱。顾黎意识到，如果不让这个女人"消失"，自己就会坐牢。于是安排高胜去张菲要出差的城市提前落脚，他自己则开车去了那里，不敢坐火车或飞机，怕实名制购票留下证据。等张菲到了之后，他假装在外面偶遇对方，说自己也是来出差，想要找个地方一起吃饭，顺便谈谈藏品办抵押贷款的事。张菲对他没有防备，只想着能把钱拿回来就行，不想上了顾黎的车后，突然又上来一个男人。那个男人就是高胜，是他亲手用塑料袋捂死了张菲，随后搭顾黎开的车，将尸体抛至人迹罕至的断崖下。

最后就轮到高胜了，顾黎说，他没想杀高胜，还一直帮对方投资。突然有一天，高胜说要去参加知青聚会，说初恋女友就在那儿，他要去看她。当初高胜说要娶她，最终因为返城政策等原因未能兑现承诺，得知对方这些年过得不太好，他决定给她在县里买一套房子作为补偿，便找顾黎要一百万。顾黎表示，不是拿不出这一百万，而是当时高胜找他要钱时的态度让他感受到了危机。当时，高胜始终把朱彬和张菲挂在嘴边，意思很明显——你不给我这笔钱，咱们就鱼死网破。

于是，他把高胜用在张菲身上的那招儿故技重施，以送对方去机场为由，在地下停车场监控摄像头的盲区，用塑料袋捂死了高胜。杀掉高胜后，他把尸体埋在了疗养院对面的山坳里，叮嘱常子言替自己留意那个位置的情况，一旦发现有人挖掘，立刻打电话通知他。

至此，三起失踪案的前因后果终于水落石出，除去已经无迹可寻的朱彬，还需要联系宁市当地警方帮忙寻找张菲的遗骸。悬案队和重案队要带顾黎过去指认抛尸地，不过在那之前，他们还得兑现答应过顾黎的事——让顾黎和常子言见上一面。

岳林已经把常子言从疗养院接来了，陪他在会谈室里等待讯问结束。见到儿子那一刻，顾黎失声痛哭，抱着他不停地说"对不起"，说不该把他带到这个世界上，害他受尽别人的白眼和病痛的折磨。

单向镜旁，唐喆学看着"父子情深"的场面，感慨道："唉，队长，我觉得我这回看走眼了，顾黎好像也不是那么冷血，至少对儿子的感情是真的。"

林冬没说话，只是默默地注视着眼前的一切：顾黎的声泪俱下和常子言的冷漠呆滞形成鲜明对比，完全是父亲单方面地倾诉感情，儿子却不为所动。

感觉很怪，但又不知道怪在哪里。

哭了半个多小时，顾黎终于平静下来了，他握着常子言的手，轻声细语地叮嘱着。他的声音太小，以至于负责监视他们会面的文英杰和岳林都没听清他说了些什么。

这时，林冬表示时间到了，要把顾黎押送回留置室。今天太晚了，得等明天再办手续送他去看守所。

文英杰和岳林带常子言走在前面，唐喆学和林冬押着顾黎跟在后面，一行人穿过走廊往电梯走着。常子言一路上左顾右盼，眼里流露出无限的好奇。林冬第一次见他表现出对外界的探知欲，可能是在局里待了一天没吃药，现在开始活跃起来。

林冬正想提醒文英杰和岳林送常子言回去的路上小心点，眼前赫然出现了让所有人都意想不到的一幕——

身形瘦削的常子言忽然往右侧猛地一撞，狠狠撞向体格比自己更单薄的文英杰！仅仅一步之遥，林冬和唐喆学都没来得及拽住文英杰，眼看着他生生被撞飞，跌落到楼梯下面，连楼道上路过的同事都被这突如其来的惊变吓得当场愣住了。

"英杰！"

岳林一嗓子喊岔了音，顺着楼梯飞奔下去查看义英杰的伤势。要是换个人还好，摔一下也就摔一下了，可这病秧子……

唐喆学的第一反应也是下去查看文英杰的伤势，却听到林冬的吼声："二吉，控制住常子言！"

下一秒，唐喆学跨步上前迅速将常子言按倒在地。常子言脸朝下被压在地上，双手被反拧着铐住，霎时间，他像个四五岁的孩子那样大声哭闹挣扎。其他同事从震惊中回过神，都围了上来，摁人的摁人、救人的救人。

此时林冬强压着愤怒和担忧，将视线转向冷眼旁观的顾黎，咬着牙挤出声音："你刚刚和常子言说，让他找机会攻击我们其中的一个，对吗？”

　　一直表现得颓废又失落的顾黎低头笑了一声，随即迎上林冬灼人的视线，他得意扬扬地应道："这可就冤枉我了，林警官，子言那孩子情绪起伏大，而且时常表现出攻击性。我只能说，对于文警官的遭遇我感到抱歉，谁让你们事先没把子言的情况问清楚呢？"

　　"你利用常子言无须承担刑事责任的便利来报复警方，行，顾黎，你有种。"林冬气急反笑，同时抓住顾黎的手臂倾身靠近他的耳侧，一字一顿地说，"这笔账，我也给你记下了。"

第五章

枕边的
刽子手

文英杰的骨头没断，只是摔出了一堆软组织挫伤。唐喆学看他没精打采的样子，抬手摸了摸他的额头，滚烫，赶紧又把他送进了隔壁的内科诊室。鉴于他有白血病病史，且体温高达 39℃，医生直接安排了住院。

这下唐喆学也不敢走了，安置好文英杰，就到大楼外给林冬打电话汇报情况，告知对方晚上得留在医院陪床了。林冬表示如果扛不住，就把岳林派过去，轮流照顾文英杰。

提起岳林，唐喆学不由得笑道："我可是第一次见那小子发火，把常子言抓起来就要揍，当时好些人差点没拽住他。"

"我说过他了，让他以后注意点。常子言已经被铐住了，他再打人就违反纪律了。"

"行，不跟你多说了，我得去给英杰买点吃的。"

"嗯，你也……啊？等下。"听筒那边传来细碎的说话声，片刻后，林冬说，"你把病房号给秧子发过去，他说一会儿去医院看英杰。"

"好，挂了啊。"挂上电话，唐喆学把病区和病房号发给秧客麟，随后朝街对面的食品店走去。

过了大约一小时，秧客麟来了，一起来的还有另外一个小伙子。秧客麟介绍说,这是他的房东,姓荣名森。荣森个头不高,也就一米七二左右的样子,长相白净秀气,瘦瘦的,骨架子看着比文英杰还窄。大夏天的穿着长衣长裤,也不见他出汗。本来是荣森开车路过市局时,问秧客麟要不要搭顺风车回家,结果被拉来一起探病了。

有人帮忙看着,唐喆学终于能出去抽根烟了,听他说要出去抽烟,荣森也跟了出来。

两人在吸烟区站定,荣森摸出烟盒敲出一根烟递给唐喆学。接烟时,唐喆学瞄了一眼烟盒,好奇地问:"哎!现在还有'黑狐'卖啊?"

荣森点了点头,弹开打火机帮他点烟。黑狐是唐喆学他爸那个年代的人抽的,已经很多年没见过了,印象中只觉得这烟呛喉咙,现在抽起来反而觉得有点淡,还有一丝薄荷味的清凉。

"我爸以前就抽这款烟,有点想他了。"唐喆学说。

话音刚落,就看荣森抬起脸,目光中包含着些许忧伤:"你的父亲也不在了?"

听他用"也"字,唐喆学意识到对方和自己有同样的伤痛,点点头说:"是啊,前两年走的。"

叹息随着烟雾一同呼出,荣森说:"我爸走了二十年了……他以前爱抽黑狐,那天偶然在街边的一家便利店里看见,忽然想起他,就……还挺好抽的,我喜欢里面有薄荷的味道。"

"生病还是?"

"嗯,是生病。"

"你那会儿还挺小的吧。"

"十岁。"

"啊？那你现在三十啦？真看不出来，我以为你比秧子小呢。"

荣森又低下头，听声音有些不好意思："嗯，我偶尔会被人当成高中生。"

"你是做什么工作的？"

"自由职业。"可能是不想被打探隐私，荣森摁熄烟头，转移了话题，"我去买水，你要喝什么吗？"

"不用，我带了矿泉水。"唐喆学婉拒了。

目送荣森那纤瘦的背影远去，他意识到自己的职业病犯了，只是第一次见面，又不是审犯人，问这么多太唐突了。

回到病房，唐喆学见秧客麟和文英杰正在聊天，催促道："秧子，你回去吧，英杰得早睡觉。"

"要不今晚还是我留下来陪床吧，副队。"秧客麟主动请缨，"你最近挺累的。"

唐喆学摆摆手："没事，我在这里一样能睡，有折叠床。"

"要我说，你们都回去，我有事按铃喊护士就行。"文英杰面露歉意，"我还没到生活不能自理的程度。"

唐喆学假装不满："留家属陪床是医生的要求，不然我早回去了。"

三个人在病房里继续聊了一会儿，等荣森买完水回来后，秧客麟便跟着一起走了。他们走了，文英杰也露出疲态，缩进被窝里睡觉。

唐喆学去租了一张折叠床，隔壁床的护工见他没被子没枕头，帮忙找了一套。看了一眼隔壁床的老人，唐喆学随口问道："老爷子什么情况？我看他一直睡着，连口水都不喝。"

"耗日子哪，没几天活头了。"护工压低嗓音，"这老爷子也是命苦，儿女一大堆，可没一个来的。"

唐喆学拧瓶盖的手一顿，问："刚刚来看他的那个女人，不是他儿媳妇吗？"

护工讳莫如深地一笑："那是他媳妇。"

媳妇？

唐喆学给文英杰办住院手续的时候碰到隔壁床的家属了，一个四十多岁的女人，打扮得挺精致，听口音不是本地人，还以为是老人的儿媳妇。

目光飘向隔壁床床尾护栏上的病历卡，唐喆学确信自己看到的是八十三岁，略感意外。难怪儿子和女儿都不来看他，估计孩子们的岁数比这后妈还大，十有八九是为遗产闹翻脸了。

护工是医院里的"包打听"，话匣子一打开，滔滔不绝。正如唐喆学猜测的那样，老人是拆迁户，名下有四套房产，本来说是给四个孩子一人一套，结果这小妈一来就把老人名下的房子全卖了，转头重新买了两套房子，婚前财产一下就变成婚内财产了，剩下的钱也不知去向。老人自从半年前开始就在医院里进进出出的，身体状况越来越差。然而医生也查不出病因，只说年纪大了，内脏器官都不灵了，就在医院里耗日子吧。

唐喆学点点头，说："那小妈做得这么过分，孩子得跟她吵吧？"

护工一拍手："那当然了！儿子和女儿都在医院闹过事，小女儿最后一次来时跟后妈吵架，说要法庭上见。最近这次老人住院，孩子们气得连面都不露了。"

唐喆学从专业角度来判断，除非老人处于神志不清、失去行为能力的状态下被变卖房产，否则这官司打不了。听护工那意思，老人的身体是突然垮掉的，第一次住院还只是有点不舒服，第二次就连话都说不清楚了。

聊了一个多小时，唐喆学感到困意上头，于是也关灯睡了。不知是换了地方还是身处医院有心理暗示的缘故，这一夜他睡得噩梦不断，那些亲历过的现场和在照片上看到的死亡，如走马灯一般接连出现。他明明知道自己是在睡觉，却无论如何也离不开梦境，上一秒以为自己清醒了，下一秒又跌入另一个虚幻的空间。

突然，梦里出现了一只黑色的巨型蜘蛛，他吓得立马挺身坐起，终于从梦境中挣脱出来。睁眼一看，旁边的护工和文英杰都被他吵醒了。

文英杰担心地问道："副队，你没事吧？"

"没事没事，做了个噩梦。"唐喆学拿起手机看了看时间，才夜里一点半，随即躺回床上，向探身查看的护工摆摆手，"不好意思啊，吓到你们了，都接着睡吧。"

望着将近一米九的高大身躯蜷在一米六的折叠床上，文英杰愧疚地说："要不你还是回家睡吧，我真没事。"

"来回折腾更累，你别管了，赶紧睡。"说完，唐喆学抹去额头上的冷汗，皱眉闭上眼。

他怕蜘蛛，但很少会梦到，不知道今天是怎么搞的，梦见蜘蛛祖宗了。

唉，要是队长在就好了，可以求个安慰。

祈祷奏效，唐喆学早晨醒来，林冬已经站在折叠床旁边和查房的护士说话了。

林冬回头一笑，说："我给你带了牙刷、毛巾和换洗的衣服过来，先去洗个澡吧。"

唐喆学接过林冬递来的袋子，又看了一眼病床上的文英杰，见对方的气色比昨天好些了，于是放心地去卫生间洗漱。

洗漱完毕，唐喆学找林冬一起吃早饭，边吃边念叨隔壁床的家事。林冬听着听着，眼神一变，说："我之前在分局刑侦队的时候，碰到过一起案子，和你说的这个情况差不多，也是老人卖完房子，突然人就不行了。儿女来报案，非说是后妈给亲爹下毒。"

"然后呢？"唐喆学顿时来了兴趣。

"我去医院走访，主治大夫说老人没中毒。"林冬无奈地耸了耸肩，"我去给老人做过笔录，他说孩子们就是想要钱才诬陷后妈……其实我当时想接着往下查的，但是你知道，立案的都查不过来，何况这没立案的，家属后来也撤销立案申请了，所以就不了了之了。"

"那老人呢？"

"不知道，后来也没联系。"

过了半晌，唐喆学放下筷子："唉，清官难断家务事啊。你赶紧吃，我去给英杰打包一份粥。"

等唐喆学买完粥回来，林冬也吃完了，起身和他一起回医院。回去的路上，林冬接到岳林打来的电话，说已经和宁市警方联系好了，随时可以带顾黎过去指认抛尸地。林冬听他的意思是想出这趟差，于是和唐喆学商量带岳林和秧客麟一起去，留何兰在办公室里做后勤支持。

唐喆学有点不乐意，出门在外，不是人越多越好，尤其是还得押着嫌疑人跑来跑去，什么情况都有可能发生。

"只要还干刑侦，他们早晚得过这一关，不实操，哪来的经验。"林冬知道唐喆学是怕带着新手出纰漏，"我们也是这样被老警员带出来的，忘了？"

马路对面的红灯亮起，唐喆学伸手拦了林冬一下："带岳林一个不够吗？秧子本来就不爱出外勤。"

林冬语重心长地说："所以得练他啊。"

听着自家队长那老父亲般的语气，唐喆学无奈地笑道："你啊，恨不得手底下的人全都跟你一样全知全能。"

"你不是也练出来了？"

"嗯，谢谢你当初收留我这只'菜鸟'。"

"变灯了，赶紧过马路。"

回到病房，唐喆学见隔壁床老人的那个年轻媳妇来了，主动和对方打了声招呼，女人回过头，笑着对他点了点头。随后视线和林冬撞上，两个人的表情都是一怔。

"林……队长？"女人放下汤碗站起身，笑容变得有些不自然。

"花女士，好久不见。"林冬没再和女人多说话，叮嘱文英杰一声"好好休息"，便将一脸疑惑的唐喆学叫出了病房。

在走廊尽头站定后，林冬问："她是那老人的媳妇？"

唐喆学点点头："是，你跟她认识？"

"我刚跟你说，儿女报警说后妈给亲爹下毒的案子，那后妈就是她。"林冬感到不可思议，"这也……太巧了吧。"

职业的敏感性让唐喆学意识到，林冬说的"巧"，不是指在病房里遇见曾经的案件当事人，而是那个花姓女士的两任老公，都是在财产变更为她可以合法继承之后，身体素质突然变差。

"要……查查她吗？"唐喆学提这个建议的时候没什么底气，毕竟上一次什么都没查出来，这一次，他们有必要揽事吗？

沉思片刻，林冬拿出手机给岳林发了消息。过了一会儿，岳林回复说这女的记录很干净，没有任何前科，结了两次婚，第一任老公已经死了。林冬追问死亡时间，得到岳林给的答案后，他握在手机上的手指骤然泛白。

"怎么了？"唐喆学问。

挂了电话，林冬闭上眼，平复了下情绪说："死亡时间是六月十七日，我走访他的那天，是六月十一日，仅仅过了一周时间他就死了……"

唐喆学很是惊讶："你怎么记得那么清楚？"

"因为那天是齐昊的生日，他请队里的人吃饭，我跟他一起走访的，然后从医院直接去了餐厅……"

说到这儿，林冬垂下眼，神情有些落寞，唐喆学轻拍对方的后背以示安慰。齐昊是林冬牺牲的七位战友之一，也曾是搭档，比起其他战友，林冬对齐昊的思念最为沉重。

听到身后传来脚步声，林冬收起情绪，说："回去吧，我下午还得跟领导开会。"

回到家，林冬没吃饭就进了书房。吉吉把冬冬顶在头上，溜进房间陪他。这对猫狗特别会察言观色，但凡主人有一点情绪波动就会主动上前撒娇。然而今天这招儿似乎不管用了，没一会儿，吉吉就顶着冬冬出来了，冲唐喆学"呜呜"叫着，好像在说"你去安慰安慰他吧"。

唐喆学切好苹果端进书房，塞了一块给林冬，说："刚才岳林打电话了，问订什么时候去宁市的票。"

"去宁市的车次太少了，直接开车去，一千多公里而已，一天就能到，随时出发也方便。"嚼着脆甜的苹果，林冬的情绪很快调整至工作状态。

"那我们什么时候过去？宁市那边还在等消息呢。"唐喆学问。

林冬说："明天一早就出发，顾黎背着三条人命，得尽快解决。"

唐喆学拿出手机发消息，让岳林通知兄弟单位做好准备。距离张菲被害已经过了五年，日晒雨淋不说，根据顾黎的交代，尸体还被抛在断崖下，光靠他们几个很难找到。另外还得让法医、痕检待命，少不得麻烦人家。

各自和猫狗玩了一阵子，唐喆学出去夜跑，顺便遛吉吉。一小时后，满身是汗的唐喆学带吉吉回家，看见林冬躺在沙发上，两边眼眶各扣着一只不锈钢勺子，唐喆被逗得蹲在地上哈哈大笑。一旁的吉吉不知道什么情况，一个劲儿地拿脑袋拱他。

伤痛还需时间来治愈，眼前的美好必得珍惜。

早上七点出发去宁市，没想到高速路上出车祸了，一路堵车，直到中午，车才开了不到四百公里。林冬让唐喆学在下一个休息区停下，连加油带解决午饭。

到了休息区，唐喆学把车停到饭店门口，下车去买饭。天色看起来不太好，阴沉沉的。买完饭出来，他先给站在车旁的林冬递了一份，剩下的连塑料袋一起朝后座递过去，让岳林他们自己分。

刚把饭盒盖子打开，顾黎就要求上厕所。岳林顿时脸色一沉："刚才问你去不去，你说不去，这才几分钟就要去？故意不让我们吃饭？"

自从顾黎使坏伤了文英杰，岳林就对这人没有半点好脸色。那天要不是一群人拉着他，他恨不得把顾黎揍一顿。

"你们吃，我和队长带他去。"唐喆学把饭盒放到座椅上，掏出钥匙递给秧客麟，"把铐解开。"

顾黎的左手是和秧客麟的右手铐在一起的，把铐打开换到唐喆学手上后，秧客麟又抓起一件衣服把对方的手一裹，让开了位置，方便他下车。

"上厕所"是在押嫌疑人最容易逃跑的时间点，追回来就罢了，追不回来，负责押送的警员就麻烦了。所以不管嫌疑人上大号还是小号，他们都得紧跟着。

等顾黎上完厕所去洗手的时候，林冬笑眯眯地说："如果你再动歪脑筋，我就把你拴在车后面，让你跟着跑。"

顾黎刚想骂人，有个男人这时候进来上厕所。唐喆学立刻用衣服盖住手铐，拖着顾黎往外走。林冬在后面关水龙头，转身时"哐"的一下被进来的人撞到了肩膀。

对方没道歉，瞪着眼直奔小便池。林冬看了对方一眼，匆匆追上唐喆学他们。

"刚才那个人，像吸了毒的。"他小声告诉唐喆学。

唐喆学顿时定住脚步，下意识地回过头。等了一会儿，那男的出来了，还是那副眼神呆滞的表情，朝着一辆大货车走去。货车上满载货物，如果此人确实是毒驾，极易引起交通事故。当年林冬的战友们就是被一辆毒驾的大货车撞下了山崖，即使拼尽全力阻止，仍然无力回天。

林冬深知毒驾的危害，立刻交代唐喆学："把顾黎押回车上，让秧子他们看着。还有，通知人过来检查，我先把那司机扣下。"

"我去吧，万一他真吸毒了，可能会有暴力倾向。"

说话间，唐喆学已经把自己手腕上的手铐打开，扣到林冬的手腕上，接着拔腿就朝那辆货车跑去。林冬连忙把顾黎押回车上，把手铐打开，再把顾黎和岳林铐在一起并交代了几句，拿出手机打110。

林冬正和接线员报警号，那辆大货车突然启动，幸好唐喆学躲避及时，不然肯定要被碾到半人高的车轮底下。

"二吉！"

在林冬惊恐的喊声中，唐喆学朝着车上跳去，扒着敞开的车窗边缘，对着司机的脸"哐"的一拳。然而大脑被毒品控制的司机异常扛揍，竟猛踩油门加速行驶，全然不顾驾驶室外还挂着一个大活人！

林冬见状把手机往后座一扔，坐进驾驶座，直接挂挡狠踩一脚油门，冲向疯狂逃窜的重型货车。后座上的岳林举着林冬的手机，紧张得连110接警台的人说什么都听不见了。

大货车冲入高速路疾驰狂奔，林冬加速超车，并向中线试图别停对方车辆。谁知那司机根本没有刹车的意思，看着后视镜中疾速放大的货车车头，情况越发惊心动魄，一旦撞上必然车毁人亡。

一念之间，林冬猛地打轮向左闪避，两辆高速行驶的车堪堪擦过，险些把挂在驾驶室外的唐喆学挤成肉泥。

眼下最可行的解决办法就是制伏司机，取得车辆的控制权。如果车辆是静止状态，唐喆学还能直接上手，可现在这重型货车像受了刺激的野牛似的在狂奔，分秒差池都有可能导致重大交通事故发生。

"停车！靠边停车！"唐喆学的吼声一出口便被疾风卷走，神志恍惚的货车司机充耳不闻。

路的尽头压着厚重的乌云，一闪而过的电光划亮云层底部，雷声滚滚而至。台风要来了，路面湿滑更易出事故，再不把车停下，后果不堪设想！

车辆疾驶中的风压极大，这时候松手变换姿势极为危险，然而被逼迫得到处闪避的车辆容不得唐喆学多想，他毅然松开抓在左后视镜上的手，紧跟着车体一晃，整个人差点被甩下去。所幸左手钩住车门上方内侧的把手，手臂上的血管暴起，他绷紧腹肌用力一提，右脚踩住车窗边缘，左脚狠狠踹向了货车司机。

司机当场被踹晕，双手离开方向盘，半个身子倒向了副驾驶座。货车失去控制，正斜着朝右侧护栏的位置撞去。

"副队！"

紧随其后的汽车上，岳林惊呼出声。眼下是桥梁路段，如果货车失控冲破护栏，连人带车必得砸到离路面数十米高的干枯河道上。

分秒之间，只听刺耳的刹车声传出，骤停的车轮在地面摩擦生烟，狠狠地搓出灰黑色的刹车带，车身擦着护栏边勉强停住。

"吱——"

林冬立马刹车停在货车前面，心脏狂跳之余仍不忘告诉手下："秧子，放三角警示架提示后车避让！岳林，看好顾黎！"

岳林下意识地扭头查看顾黎，见对方脸色发白、嘴唇发抖，立刻把顾黎压向秧客麟那一侧的车窗。没等秧客麟叫声，顾黎朝窗外吐了个翻江倒海。吐完，他还控诉了一番林冬的惊险驾驶："我有罪，你们可以枪毙我！不带这么折腾人的啊！"

他嚷嚷他的，林冬无心理会，下车跑向大货车，在看到唐喆学抱着手臂冲自己强挤出笑意时，眼眶瞬间泛红。遇到违法犯罪行为，职业赋予的责任感往往会让他们忘却潜在的危险，他们是人，不是计算机，不可能精准预判到所有突发状况。刚刚那段搏命之举不过两三分钟，却已数次与死神擦肩而过。

铐好被踹晕的司机，林冬撑着唐喆学从一人多高的驾驶室下来，关心地问道："手臂怎么了？"

"把方向盘的时候一下子拽猛了，可能脱臼了。"唐喆学右手托着左臂，强忍着痛说，"没事，等下了高速，找个诊所看看就行。"

简单的脱臼复位，林冬会，但怕唐喆学除了脱臼还有韧带损伤，没敢上手，只好把唐喆学轰回车上休息。

高速交警迅速抵达现场，得知林冬一行人的身份后，他指着车载电脑上同步的监控视频说："行啊林队，你这车开得够野的。"

林冬谦虚地笑笑："我这不算什么，局里还有两位高手，重案队的苗红和缉毒队的庄羽，简直是拿命缉捕嫌疑人。要是他们在，可能就没后面这出了。"

　　扣车、押人、做笔录，前前后后折腾了一个多小时。暴雨倾盆而至，眼看今天到不了宁市了，林冬提前下高速，找了家县级医院送唐喆学去正骨。医生诊断唐喆学的手臂为桡骨小头脱位，拍了片子，确认韧带没事，又帮他正了骨。一旁的林冬见状终于放下心，联系当地公安局，把顾黎暂时安置进去过夜。

　　经过白天的一番折腾，顾黎看起来彻底老实了，不过林冬照样不能让他离开自己人的视线，在招待所开房睡了两个小时，晚上就去公安局替盯班的秧客麟。

　　第二天下午三点，一行人抵达宁市。在当地同人的支持下，众人于晚上十一点在顾黎指认的抛尸地找到了部分骸骨。遗骸附近还发现了一个高度腐烂的皮包，包里有张菲的证件，遗骸的身份还需要 DNA 检验结果加以证实。

　　入夜时分，崖底依旧灯火通明，技术人员和警犬还在周边搜索。唐喆学拖着疲惫的身子坐到同样被汗水和泥土包裹全身的秧客麟旁边，拿出香烟点上。

　　秧客麟抬手挥散烟雾，轻声问道："值得吗？"

　　唐喆学一愣："你指什么？"

　　"昨天和今天。"秧客麟往旁边挪了挪，避开顺风而来的烟雾，"昨天为了抓一吸毒的，你差点把命搭上；今天这么多人顶着高温和成群的蚊子，就为找几块尸骨，值得吗？"

　　唐喆学皱眉笑笑："昨天，我是怕那个人毒驾引起重大交通事故；今天，这么多人为几根骨头埋头苦干，是为了给死者以及死者的亲属一个交代……秧子，知道队长为什么一定要带你来吗？"

秧客麟迟疑地摇摇头。

"因为他希望你能体验一下咱们这行真正的艰辛。我爸也是警察，他那代人破案的时候可没现在这种便利，坐在电脑前面噼里啪啦敲键盘就能查案。"唐喆学仰头望向繁星闪烁的夜空，"现在有天网，有大数据，有卫星监控，有人脸识别，还有指纹、足迹、DNA数据库……他们那时候有什么？就靠两条腿、一张嘴、一双眼睛去寻找线索……当年的他们，为了一个可能的线索要走多少路、熬多少夜？工作量之大，根本无法想象。"

秧客麟静静地听着，脑海里像幻灯片似的播放着翻看过的卷宗。那些泛黄的纸张、陈旧的证据、一笔一画写上去的记录，无一不刻印着前辈们的辛劳。

"副队，你为什么要做警察？"他问。

唐喆学轻声笑道："我小时候一个月都见不上我爸一回，我来当警察就是想知道，做警察是不是真的那么忙。"

秧客麟扭头看向唐喆学，摆出一副"我不信"的表情："就为了这个？那你还玩命？"

"你再干两年就明白了。"唐喆学将烟头摁灭，撑着地面站起身，"走，继续干活，争取天亮前收工。"

林冬留下岳林等张菲的家属前来认领骸骨，然后带唐喆学和秧客麟押着顾黎返回市里。路上，接到文英杰打来的电话，说这两天从护工那儿了解到隔壁床的妻子的一些情况——

花玖妹，四十六岁，比现任老公小三十七岁。林冬之前接的那起案子的当事人，也就是花玖妹的前夫，比当时的花玖妹大四十岁。花玖妹曾经也是医院的护工，但她是单干的，所以能从官方搜集到的信息很少，没有缴税和社保记录，也没有办理过居住证。

护工说，他看到过一个好像三十多岁的男人到医院找花玖妹，两人说的是家乡话，他听不懂，从语气里听出沟通得不是很愉快。护工觉得是来要钱的，因为男人走的时候，花玖妹把身上带的现金都给了他。

"嫁给风烛残年的老头，继承人家家产，又给年轻男人钱。"唐喆学自言自语地念叨着，同时看向被夹在自己和秩客麟中间的顾黎，"这不是和你一样嘛，从富婆富老头那儿骗钱，然后包养小情人？"

顾黎没吱声，扭头看向另一侧车窗，见旁边还有秩客麟瞪着他，干脆闭眼不予理会。

林冬问电话那头的文英杰："她是天天给老头送饭吗？"

"嗯，每天早晨来喂点汤，和查房的医生聊几句就走了。"

"明天她再来喂汤，你借机取个样给技术那边做下毒理检测。"

"我取完了，刚让高仁拿去送检。"文英杰嘿嘿一笑，"我故意碰翻保温壶，一壶汤全撒我裤子上了，可烫了。"

林冬眉头一皱："辛苦了，记得让护士给你上点烫伤药，下次取证别这么冒险。"

"没事。哦，对了，我刚问过医生，我明天就能出院了，出院后我直接回单位。"

"你再休息两天吧。"

"不用不用，你开车吧，我先挂了啊。"

电话挂断，林冬望向热浪蒸腾的高速路，默默叹了口气。文英杰头脑灵活，执行力强，笔头也利索，如果不是被那副病恹恹的身板拖累，前途必定光明。天妒英才吗？也许吧。然而，人在浩瀚的宇宙中过于渺小，即便多活几十年，对滚滚历史洪流来说也不过是弹指一挥间。

押顾黎回看守所，交接材料，向局长汇报工作，开案情总结会，回复各部门的行政事务邮件，阅读会议文件……林冬完成了所有的工作后，疲惫感如潮水般涌遍全身。

离开办公室，沿着水泥楼梯一级一级向下走去，脚步声回荡在楼梯间里。办公楼于二十世纪八十年代建成，翻建前只有六层，建筑面积比现在小将近一半，七层以上都是加盖上去的，包括扩建的面积。因为地处太平洋地震带上，局里人笑称"要是来场大地震，最先需要救援的恐怕会是市局"。玩笑归玩笑，这栋大楼已经默默矗立了四十年，是当之无愧的正义的象征。

穿过步行街行至海滨大道，深呼吸，海洋的气息沁入鼻腔，疲劳感瞬间得以缓解。沿着人行道走了十几分钟，林冬伸手拦下一辆出租车，坐进副驾驶座。

"这么晚才下班啊？"出租车司机大多爱聊天，他们有的是素材，堪称流动的情报站。不管车上坐的是什么身份、职业、年龄的客人，不出三句总能找到共同话题。

"嗯，加班来着。"

以前林冬不怎么爱接司机的话茬儿，如果是打车回局里，他基本上会在离单位至少还有一站地远的位置下车。这是他的习惯，不愿让陌生人知道自己是干什么的，不然总会被问东问西，徒增烦扰。

车子开出一个街口，司机又问："你在银行工作啊？"

迟疑片刻，林冬想起自己刚上车的位置是在一家银行的门口，随口"嗯"了一声。

"现在银行不好干吧？老百姓的钱不光被资本家盯着，搞电信诈骗、套路贷的也和你们抢生意，是不是？"

果不其然，没超过三句话就找到共同话题了。虽然不主调诈骗类的刑事犯罪案件，但天天耳濡目染的，林冬对这类案件的关注度也没低过。网络犯罪日益猖獗，因其存在隐蔽性强、组织结构庞杂、跨区域甚至跨国界导致取证难等问题，警方不得不调动大量警力去侦查。还有，很多事主即使被骗了也不报案，他们抱着不切实际的幻想，以为骗子能良心发现把钱退回来。

"是啊，防不胜防。"林冬沉思了一阵，回复道。

终于得到客人的回应了，司机瞬间打开了话匣："欸，你说这电视广播里天天说、天天说，社区工作人员和片警动不动就走街串户地做反诈宣传，怎么还有人上当呢？这骗子也太好干了吧？聊几句就能把钱弄走？"

林冬没接这话茬儿，转而跟他拉起家常："师傅，你这一天得跑多少个小时啊？"

"啊？"话题猛地切换，司机愣了一下，"我跑一轮班要十二个小时。"

林冬的态度变得十分恳切，同时将视线投向对方："这么辛苦，是为了孩子吧？"

司机一副找到了知音的语气："那当然，不为孩子，谁受这份累啊。"

"你真是个有责任心的好爸爸……"

"生了就得养嘛，总不能扔大街上去。"

"家里几个孩子？多大了？"

"两个，大的上初中了，小的前年才出生。"

"正是用钱的时候呢。"

"可不是嘛，老大上补习班一节课三四百，老二的奶粉一罐也三四百。唉，早知道这么费钱就不生了。"

"将来他们长大了，有你享福的时候。"

"哎哟，将来别啃老，我就知足了。"

至此，林冬收回视线，望向夜幕下被路灯照亮的街道，淡然笑道："师傅，就刚才那番对话，我已经大致摸清了你的身家和家庭结构。如果我是骗子，会有专门针对你这个类型的一整套行骗话术，而你对我全然不设防。"

司机的笑意凝固在脸上，快速看了林冬一眼，沉默一阵后庆幸道："你不说我都没发现，我还真没反应过来你是在套我的话，就以为是闲聊天呢。"

"因为我是你的顾客，你就没往那方面想，你只是在一开始稍稍迟疑了一下，然后马上就顺着我的话接下去了……真正的骗子只会比我刚才更让人难以察觉其真实意图，一旦建立起基本的信任，要么竭尽所能投你所好，让你心甘情愿地把钱交出去，要么放大你的焦虑，让你一步步失去正确的判断力，以为他真的能帮你用钱生钱。"

司机一个劲儿地点头。

林冬接着感叹："被骗的没一个是傻子，都是输给了自己的欲望，那些骗子把人性都研究透了……有的人急于求成，或者过分善良，就被骗子用花言巧语或一时的卖惨迷惑了，等到发现被骗已经晚了。"

"你说话可真有水平。"司机由衷地称赞，"行，谢谢啊，有你打这预防针，我肯定不会被骗。"

林冬暗自嘀咕：那可难说，要是换个方式，保不准就把你绕进去了。归根结底还是一句话，只要不信天上能掉馅饼，骗子便无用武之地。

唐喆学约了陈钧的父母上午见面，林冬则留在办公室，一是有例会，二是祈铭说他们之前要的那份药材汤的毒理检测报告，今天中午之前应该能出。

其实，唐喆学不太支持林冬调查花玖妹的事，既然医生说没下毒，那应该就是没事。不过，林冬的直觉一向是出奇地准，就像顾黎的案子，如果不是林冬看过重案队的调查卷宗察觉到朱彬失踪一事的蹊跷，杀人犯到现在还逍遥法外。

十点整，林冬接到祈铭打来的电话，毒理检测报告出来了——检材中不含有工业毒物、生化毒素等有毒物质，有一些中草药成分，同样未检出致命毒素。

没确凿的犯罪证据就不能正式立案，这让林冬有些失落，又觉得对不起文英杰，毕竟人家为了帮他拿到检材，腿上都烫起泡了。好在祈铭的下一句话给了他希望："我对中草药的了解比不上杜老师，我把他喊来法医室了，让他帮忙辨别那些草药放一起煮会不会有相冲的风险，你也过来听听吧。"

"行，我马上下来！"林冬喜出望外。

杜海威可是个全才，大家都说他那脑袋不是人脑袋，是个百科全书书库，而且他还乐于助人，随叫随到，久而久之就有了一个"中央空调"的外号。

听祈铭和林冬介绍完情况，杜海威逐一检查起那些晒干又返潮的草药，给出的结果和毒理检测报告基本一致："这里面没有致命的毒草，你们看，这是杜仲，这是淫羊藿，这是何首乌，这是肉苁蓉，这个是……嗯，看着像锁阳。"

"我怎么听着……都像补肾的？"林冬眉头一皱。

"确实，这草药是炖给多大岁数的人的？"

"八十三岁。"

杜海威一愣。

埋首于学习中草药知识的祈铭感觉周围一下子安静了，抬头问道："八十多岁，不能补肾了？"

"不是不能补，而是容易虚不受补，得严格按照医生开的药方来补。"杜海威垂手点了点铺在桌面上的草药，"对于八十多岁的老人来说，可能会加重慢性病的症状，反之亦然，身体强壮的人也不能乱补。"

林冬接着问："有没有可能，花玖妹就是靠这招儿弄死前夫的？"

杜海威摇头否认："不太可能，即使她有那个意图也很难做到置人于死地，而且入院后医生会根据患者的检查结果给药，这里面也没有十八反，不至于死人。"

"十八反是什么？"祈铭问。

"中药配伍的禁忌，简单来说，是药物搭在一起会发生致命的化学反应。"杜海威回忆了一下，继续陈述，"半蒌贝蔹及攻乌，藻戟遂芫俱战草，诸参辛芍叛藜芦……另外中药配伍还有个十九畏——硫黄原是火中精，朴硝一见便相争，水银莫与——"

"行了老杜，你晚点再给祈铭上中药课，先解决我这边的问题。"林冬抬手打断。

杜海威略加思索，问："那你知不知道她为什么执着于给老公补肾？"

林冬耸了耸肩："指望和八十多岁的老头再生个孩子多分家产？"

"这跟生孩子没关系，其实很多人都误会了，补肾不是补性功能，而是固本培元，中医称肾经为……"注意到林冬的脸色要变了，杜海威讪笑一声，"好了我不讲课了，说正经的，就算她有这个意图，光靠中药补，老实说效果也不大，还不如直接喂颗壮阳药。"

"所以你到底在查什么案子？"祈铭问林冬。一般来说，悬案队的案子，重启调查之前都会先找他过一遍初始尸检报告，但这次上来就给检材，还是新鲜的——哪年的悬案啊？汤渣能保存这么长时间？

"还没正式立案，目前正在寻找证据阶段。"说着，林冬转身推杜海威出门。

林冬在法医室里解惑的时候，唐喆学正带着岳林走访陈钧的父母。

陈钧的家简洁整齐，家具款式老旧，但干净得没有一丝浮尘，地板光可鉴人。住在这里的是一对勤俭善良的夫妇，追求的也是平淡安稳的生活，只是天不遂人愿，独生子早早患上了精神疾病。陈钧的入院记录将近十年，病情反反复复，在本该上大学的年纪，却只能和另外一群精神病患者为伍。

简单的寒暄过后，唐喆学说明来意，陈母立刻皱起了眉头："唉，那时候一听说那案子是发生在他的学校，我跟他爸都吓了一跳。坏人真是太残忍了，居然对那么小的女孩下手。"

事实上她说得并不准确，案发地不是在学校，而是在距离学校两站地的校办厂仓库内。当时，警方怀疑是校办厂的工人干的。只是那时校办厂已经停工，厂区等待拆迁，除了一个看门的老大爷，就没有什么人进出了。老大爷有午睡的习惯，相当于他一觉睡过去，没看见有谁进出；睡醒了，嫌疑人已经逃离了现场。后来是班主任发现女孩下午没去上课，联系家长才发现女孩失踪了，找到尸体时已是黄昏时分。

警方不能公布案件细节，当时谣言满天飞，说什么的都有，闹得人心惶惶。家里有女儿的家长都提心吊胆，这样的状况持续了半年之久，因为一直没有嫌疑人被缉捕归案，媒体的注意力转移，人们也就渐渐淡忘了这件事。后面的两三年间不断有新的线索和新的证人出现，但追查下去都没有实质性的进展，最终只能将其归为悬案。倒是还有参与过调查的老警员仍在关注此案，向方岳坤局长转交疑似目击者日记的，就是"向日葵案"曾经的侦查员。

"我们拿到一份日记，你们看看，是不是小学时的陈钧写的。"岳林从文件袋里抽出日记复印件，谨慎地递上。

复印件在陈父陈母的手中转了一圈，互相看完都摇了摇头。陈父有些不好意思地说："年轻的时候我们都在光江打工，直到孩子上初中时才回来，他小学时写的字……我们实在认不出来。"

唐喆学点点头，收回复印件转交给岳林，问："那么，他有没有和你们提起过这件事？"

陈母皱眉沉思，陈父也回忆了一番："距离这件事发生大概一个多月的时候吧，我爸给我打电话说，陈钧半夜惊醒了几次，有一次还尿了床。我没当回事……要按你们这么说，他是被吓着了？"

"如果这篇日记确实是他写的，那么很有可能是被吓着了。"唐喆学点点头，"今天上门走访，也是希望你们能允许我们和他面谈，当然，你们可以在场。"

陈母顿时激动得扬手拍腿："我就说，我们钧钧不可能平白无故得那样的病，老陈啊……"

见夫妻俩还在商量是否让他们见儿子，唐喆学提出要看看陈钧的房间。这一点没理由拒绝，于是陈母把他带进了房间。

一如在客厅里看到的，陈钧的房间也很简洁，屋子里的东西不多，一套带书桌的组合柜，一张床，一把椅子。书桌上放着一台笔记本电脑，后面摆着几个动漫手办。

看着收拾得整整齐齐的床铺，岳林随口说："这也是您收拾的吧。"

"不是，是钧钧自己收拾的，他爱干净，他住院的时候，我每天进来帮他擦擦。"说着，陈母又红了眼圈，"我家钧钧命苦啊，那么小就得了病……"

唐喆学一边递纸巾，一边和陈母就陈钧的病情聊了聊。陈母表示，陈钧最近一次发病是在上个月，他早上离家，到晚上还没回来。父母四处寻找，最后在警方的帮助下，在一块礁石上找到了他。他是退潮时走过去的，涨潮之后四面环水，他坐在不足半平方米大的礁石顶部，静待海水将自己吞没。

说到伤心处，陈母失声痛哭，埋怨自己年轻时忙于赚钱，忽略了儿子的心理健康，才导致他患上如此严重的精神疾病。唐喆学趁机安慰她说心病还需心药医，如果当年陈钧真的目睹了一切，那么解决这个案子，很有可能会改善他的症状。

陈母明显是心动了，转头去找丈夫商量。很快，两人给了唐喆学肯定的答复，让他明天下午两点过来接他们，一起去医院见陈钧。岳林听了直嘟囔，心想：自己嘴皮子都快磨破也没成的事，怎么副队三言两语就解决了？

回到车上，听岳林在旁边嘀嘀咕咕的，唐喆学笑道："你小子啊，慢慢学吧。给队长打个电话，我有事向他汇报。"

岳林拨通林冬的手机，点开外放。

"可以见陈钧了。"唐喆学说。

"他们同意了？"虽然是疑问的语气，但林冬心里已经有了答案。如今的唐喆学不再是当年那个愣头青了，说话办事越发稳重可靠，不然上面不可能只面试一次，就批准他来做悬案队的二把手。

唐喆学一边发动汽车一边应道："嗯，明天下午两点。"

"好，我跟你一起去。"

唐喆学整理完明天要问陈钧的问题，林冬又说要去走访花玖妹的邻居。看他铁了心要查出个子丑寅卯，唐喆学也不好打击对方的积极性，拿上车钥匙出门，一起去花玖妹家。

花玖妹和现任丈夫盛国辉居住在东岛新区，盛国辉的户口尚未从原居住地迁出，现在的具体住址要找物业问一下。

物业提供的住址是 B 栋 1802 室，一梯两户，于是，林冬敲响了 1801 号房门。

来开门的是一位年过半百的女士，看过警察证，问清来意后，她将他们请进了家里。

房间面积很大，且光照充足。临窗眺望，海景一览无余。近处有白色的邮轮静静停泊在港湾中，远处海天交接一线，偶有海鸟飞过。视野所及，蓝天白云，碧海波涛，着实令人心旷神怡。

那位自称姓邓的邻居阿姨主动说道："对面那家人啊，我跟他们来往不多，不过他家的保姆人挺好的，有时候会给我送一些老家带来的土特产。"

保姆？林冬和唐喆学交换了下眼神，问："他们家有三口人？"

邓阿姨微微一愣："没啊，就两口，老爷子和保姆。"

"那不是保姆，是他媳妇。"林冬如实告知。考虑到花玖妹和盛国辉的年龄差，不了解的人确实很难想象他们是夫妻。

邓阿姨表情瞬间错愕，恍然道："我说呢，她提起盛老爷子的时候，那语气就跟自家男人似的，总说'我家老盛'怎么怎么的，原来真是两口子。"

林冬未做评价，又问："他们起过争执吗？"

邓阿姨想了想，摇摇头："我没听他俩吵过架，就是有一次我下楼买菜，碰上一个男的来找花儿，我听盛老爷子在屋里嚷嚷了一句'别让他进我的房子'。后面就不知道了，我进电梯了。"

"多大岁数的男的？有什么特征吗？"

"好像三十来岁吧，个子蛮高的，听口音像西北人。"

"大概什么时候的事？"

"这个……得大半年了吧，是春节前的事。"

林冬点了下头。这应该就是护工说的，曾经去医院找花玖妹要钱的男人。看来盛国辉知道那男人的身份，并且不愿意看到对方出现在自己的视线之内，究其缘由，大概是他会问花玖妹要钱。从年纪上看，他未必是花玖妹的情夫，可能是远房亲戚之类，不过目前掌握的信息不足，不好妄下定论。

"他们家是出什么事了吗？"犹豫了许久，邓阿姨还是没忍住好奇心。

唐喆学立刻接话："没什么事，就是有点经济纠纷，需要核实下情况。"

"是房子的事吧，我见过他儿子儿媳来闹。"邓阿姨叹了口气，"大半夜的砸门，还带着个吃奶的孩子，那孩子哭得我直心慌。我老伴说报警，我没让，家务事，警察来了也没用……其实这种事在我们小区不算新鲜，这里的房主有一半以上都是拆迁户，有的是子女和父母闹，有的是兄弟姐妹之间闹，有段时间派出所的人几乎天天来。"

林冬抬头看向挂在墙上的大幅结婚照，问："您家有几个孩子啊？"

照片上的老两口笑容满面，男人发色霜白，沧桑却不失俊朗；女人花白卷发，妆容精致、眉眼秀丽。

"没那福分，我们……没孩子。"邓阿姨苦笑着摇头，顺着林冬的视线，回头凝望自己和老伴的结婚照，落寞的神情又盈起了幸福感，"前年他把老房子卖了，换了这边的房子，说这边能让我天天在海边散步，还补拍了结婚照。这是年轻人干的事，我们加起来都一百多岁的人了，还去凑热闹。"

邓阿姨这边的温馨浪漫与隔壁花玖妹的步步算计形成了鲜明对比，结束谈话，林冬望着盛国辉家的大门，竟感到一丝凄凉。

一大早，饭香飘入鼻腔。唐喆学迷迷糊糊地从床上翻身坐起，看见大开的卧室房门外，林冬的背影正忙碌着。

发现唐喆学起了，林冬扭头催他赶紧出来洗漱吃早餐。已经七点了，上午还得去省厅开会，下午得赶回来见陈钧。

吃完收拾完，两人驱车去省厅开会。中午连饭都来不及吃又往回赶，到陈钧家接上对方的父母，再马不停蹄地去往医院。

到达精神病医院住院区，四人在工作人员的带领下穿过一道道门，终于在413号病房见到了陈钧。明明才三十岁，他却已经满头花白，不过自身收拾得挺干净，衣服整洁，脸上也没有胡楂。

见到父母，陈钧没说话，只是默默地站起身，从隔壁病床那边搬来一把椅子。陈母把保温桶放到小餐桌上，问儿子要不要吃点她做的菜。陈钧摇摇头，将疑惑的目光投向站在床尾的林冬和唐喆学。

"我们是市局悬案队的警察，我姓唐，这位是我搭档，姓林。"唐喆学友好地做着自我介绍，"陈钧，我们征得你父母的同意，今天想对你进行有关多年前的一起案子的询问，你可以配合我们吗？"

陈钧没立刻接话，而是低下头，略显不自在地扯着病号服的边缘。过了好一会儿，他才小声地问："你们……想问什么？"

林冬轻声说："金婉婉，你记得这个名字吗？"

陈钧全身一抖，脸色"唰"地煞白。他下意识地扭头看向父母，眼神显露出惊恐。

林冬说的是"向日葵案"被害人的名字，时隔二十多年，他听到这个名字的反应还这么大，想必是在记忆深处留下了不可磨灭的印记。

考虑到父母在场会影响病人的情绪，唐喆学说："二位，要不你们去医生办公室等吧，我们单独和他谈谈。"

陈母原本不愿意，但想到之前唐喆学说过查明案子有可能解除儿子的心病，只好狠心答应。出病房前，她反复叮嘱千万别刺激孩子，说陈钧的症状主要就是自残，他好不容易才消停一段时间。

林冬一边答应着一边送陈家夫妇离开，然后让陈钧坐回病床上，自己和唐喆学也在一旁坐下，平心静气地说："陈钧，我这里有一份日记，你看看，认不认识是谁写的。"

垂眼看向唐喆学手中的复印纸，陈钧抿了抿嘴唇，说："我写的。"

"为什么要写这样一篇日记？"

"因为……我……我不知道能……告诉……告诉谁……"

"是金婉婉吗？你看到她被伤害了？"

林冬的话消散在空气中许久，陈钧才轻轻点了点头，声音颤抖："我不敢……不敢告诉大人……他们……他们会打死我的……"

"谁？谁会打你？"林冬倾身向前，握住陈钧颤抖的右手，"慢慢说，别着急。"

陈钧使劲地摇头，语气胆怯，宛如回到了儿童时代："我不知道……不知道他们叫什么……他们总在学校附近劫……劫零用钱……我被他们劫过好几次……那天……那天中午……他们……他们欺负婉婉的时候……还逼……逼我给他们……放风……"

"你目睹了全过程，但他们威胁你不让你说出去，是吗？"唐喆学握住陈钧的另一只手，发现对方的手心里全是冷汗。

陈钧紧紧闭上眼，不甘心地点头承认。这件事压在他心里太久太久，他不知道能向谁倾诉，更害怕真相被揭开后，自己会受到种种责罚。待到情绪平复，他终于说出了事发经过——

案发那天中午，爷爷奶奶不在家，他打算去学校附近的小卖部买面包当午饭。在那里，他碰上了曾经劫过自己钱的小混混儿，毫无意外地，他又被打劫了一次。饿着肚子的他只好跑到操场后面的洗手池旁，打开水龙头灌自来水果腹。

当时天很热，蝉鸣燥人，他看到那两个小混混儿和金婉婉一起，一人一支雪糕，有说有笑地路过操场。他认识金婉婉，因为爷爷和金婉婉的爸爸是一个单位的，两家互有来往。金婉婉看见他在喝自来水，招呼他过去一起吃雪糕。

单纯的少女完全不知道自己已经被恶魔盯上了，还和小混混儿一路聊着天，偷偷进了校办厂的院子里摘杜果。

"当时是那个高一点的小混混儿抱着金婉婉的腿，把她举起来去摘杜果。一阵热风吹过，印有向日葵图案的裙子被吹起，金婉婉的腿很白……

"突然……一切就失控了，"陈钧越说越激动，"他们……撕了婉婉的裙子，她开始尖叫……他们捂住了她的嘴，她哭了……他们把她拖进仓库……让我看着……看着门口……我吓傻了……

不知道该……该怎么办……婉婉……婉婉……哭着哭着就没声了……我害怕极了……然后他们……他们把我抓过去……踢我……踩我肚子……说我要是敢说出去……就打死我……"

陈钧说不下去了，嘴唇止不住地颤抖。林冬抬手示意他暂停一下，随后抽出一张纸巾塞到他手里，让他擦掉额头溢出的汗水。

通过陈钧的叙述可以判断，他患上精神疾病，有很大原因是出于对当年目睹金婉婉被害时无法上前解救导致的愧疚。看到相熟的伙伴被欺辱致死，自己却什么都干不了，换作谁都会留下心理阴影。

"我们这次过来就是为了抓住欺负婉婉的坏蛋的，你的证词能够帮助我们重启调查，也是在帮婉婉，别太自责了。"唐喆学轻抚陈钧的后背，"当年的你也是身不由己……大家都会理解的。"

"不！都怪我！要是我，要是我……呜呜——"陈钧涨红的脸色又深了一度，气息越发不稳，"我……我要给婉婉赔罪……所以我……所以我……"

陈钧忽然从病床上站了起来，哆哆嗦嗦地解开了裤子上的抽绳，向他们展示丑陋的疤痕——那个地方，被切了。

唐喆学和林冬也算经历过大风大浪，可眼前这一幕是无论如何都没想到的。那狰狞的疤痕，直看得人头皮发麻。

"好了好了，你把衣服穿好吧。"唐喆学感觉自己手心里冒了层汗。

"我有罪……我经常能梦见婉婉……她问我为什么不救她……为什么……呜呜——"陈钧开始擦眼泪，肩膀一抽一抽的，攥着纸巾的手也在发抖。

林冬叹了口气："你可以找警察的。"

陈钧的视线转向唐喆学手中的日记复印件，吸了下鼻子说："我不敢……我怕那两个人报复我……后来，后来就……写在日记里了……可是郑老师他……他不相信我……"

林冬问："你是怎么跟他说的？提到金婉婉的名字了吗？"

陈钧摇摇头："郑老师问……问'向日葵'是谁……我……我不敢说是婉婉……警察来了学校好多次……带走了……带走了好多人……我怕……我怕他们也带走我……"

林冬与唐喆学对视一眼，陷入沉思。陈钧说的郑老师，应该就是保存这篇日记的人，郑云健。当年陈钧还那么小，在受了恐吓的前提下不敢告诉大人还情有可原，可一个身为人民教师的成年人，金婉婉的事情又闹得那么大，郑云健为何不在得到线索后立刻上报给警方？他是不相信陈钧的话吗？如果他不相信，为何又要将这篇日记保存下来？

见林冬不出声，唐喆学接着问："那他问你是谁干的了吗？"

"问了，我也说了。"陈钧笃定道，"郑老师跟我说，如果还看见他们，一定……要告诉他。可是自从婉婉出事那天后，我再没……再没见过那两个人……"

唐喆学点了下头，给予陈钧鼓励的肯定，又问："那你现在还能给我们描述一下那两个人吗？多大岁数？有什么明显的体貌特征？"

"他们看起来还……打扮得还挺成熟的……高一点的那个，头发染了，黄黑黄黑的，这里有一道疤，"陈钧指向膝盖外侧的位置，"他说是被人拿刀砍的。"

唐喆学一看他指的位置，忍着没出声——那八成是半月板做手术留下的疤痕，还拿刀砍的？医生砍的吧。

"矮的那个……眼睛老这样……"陈钧挤了几下左眼，"好像……控制不住的样子。"

这些算很明显的特征了，唐喆学顿时看到了希望，连忙说："有没有外号之类的？他们怎么称呼对方？"

"我听高个儿喊矮个儿的'虎牙'，然后矮个儿的喊高个儿的'哥'。"

"他们是兄弟？"

"不像，长得也不像。"

"那你能给素描师描述一下他们的长相吗？"

"我……记不清了……"

陈钧皱起眉头，显得有些烦躁，同时左手开始挠右手的皮肤，眼球出现不自然地转动。他该吃药了，唐喆学立刻起身到外面喊护士。

这一喊，把陈钧的父母也喊过来了，他们一直提心吊胆，生怕孩子被警察的话刺激到。

"今天就到这儿吧。"林冬小声对唐喆学说，"先按已有的线索去查，明天让英杰过来画嫌疑人素描。"

唐喆学又去和陈家夫妇约明天见面的时间。两人明显不太乐意，不希望儿子频繁接触警方增加心理压力。经过好一番劝说，才同意他们下个星期再来，把间隔时间拉长一点。

两人离开病房，默默地走到停车场，站在车边点上烟，各自呼出一口长气，心情仍然无法平静。主要是陈钧的所作所为过于震撼，别说把"那东西"切了，就是被踹一脚……光是想想都觉得疼。

不远处传来声响，唐喆学下意识地转头看了一眼，随即示意林冬朝自己的视线看去。

林冬看着那个刚从一辆轿车上下来的男人，问："你的熟人？"

"那是秧子的房东，叫荣森，之前和秧子一起去医院看过英杰。"

虽然只看见侧脸，但唐喆学确信自己没认错。一是荣森那副比同等身高男性偏窄的骨架，二是他走路姿势有一点"内八字"，不严重，但仔细看能看出来。

眼看荣森踏上不远处的台阶进入住院部大楼，林冬说："像来看人的，你要去打个招呼吗？"

"不用。"唐喆学在垃圾桶上摁熄烟头，"我跟他不熟，就一起抽过烟，聊了几句。"

"那你对他的印象还挺深。"

"嗯，他抽的是我爸以前爱抽的烟。"

"黑狐啊。"

等了一会儿旁边也没动静，林冬扭头一看，唐喆学正眼神发直地凝视着前方。意识到他可能是因为提起自己的父亲有些伤感，林冬抬手拍了拍对方的肩膀："还有点时间，要不要去烈士陵园看看你爸？"

"不用了，还有事要忙呢。"

沉默片刻，唐喆学咧开嘴，露出了标志性的笑容。

尸检和物证检材记录表明，金婉婉手上确实有杧果树的黏液，陈钧没有说谎。现在的重点是追查那两个真正对金婉婉实施侵害的小混混儿。突破口是打开了，接下来的进展却卡了壳，时间隔得太久，黑黄毛和虎牙无迹可寻。案发地派出所的民警，要么是案发后才调任到这片辖区，要么警龄还没案发时间长。而案发时在此地工作的民警，要么病逝，要么退休去了别的地方养老，能联系上的都说没什么印象。学校的老师也是这般情况，周围的居民几乎都搬走了，一时间查不到有用的线索。

岳林被走访的一位老太太当成孙辈的备选相亲对象，聊着聊着就开始查家底了，尴尬得不行；文英杰去见了陈钧，带回的画像跟抽象派名作差不多，不是他技术的问题，人家好歹是美院的研究生，是陈钧的描述就那么魔幻；对着魔幻的画像，何兰查户籍信息查得直抓狂；而由于缺乏明确的关键词，秧客麟那边也查不出什么。

整队人折腾了一个星期，调查进度依旧停滞不前，林冬习以为常，毕竟时间会带走太多的东西。看到队员们从斗志昂扬到萎靡不振，他决定请大家吃顿饭提提士气，同时让唐喆学把罗家楠也叫上，这哥们儿以前干特情工作的时候认识的人多，找人应该比他们有效率。

荣华饭店的某个包厢里，悬案队的队员们和罗家楠一起聊着生活琐事，偶尔抱怨，偶尔大笑。不知不觉两个小时过去，桌上的菜已经被吃得差不多了。唐喆学找准时机，对罗家楠正色道："楠哥，说正事，我们队有个案子，嫌疑人查不出来，你帮个忙。"

"什么案子？"一听是工作上的事，罗家楠就精神了，跟换了个人似的。

"'向日葵'那案子，你知道吧。"

"知道，那阵子我爸让我天天送我妹上下学……怎么，你们又开始查了？"

"已经找到一名目击者了，但两名嫌疑人还找不到。"

"都找到目击者了，还这么费劲？"

"案发时他才九岁，而且精神出问题了，对嫌疑人的外貌形象记忆完全扭曲了。"

说着，唐喆学让文英杰给罗家楠看手机里的素描照片。

罗家楠一看那两张"超现实主义"风格的人像素描，眉头皱起："这都没个人样了，给我我也查不出来啊……不是，等等，九岁？"

"他后来还自己把这里给切了。"唐喆学手指朝下比画。

罗家楠当场愣住："这孩子现在在哪儿？"

"精神病医院。"

"我去，让我一枪崩了自己都比 ——"罗家楠突然噤声，显然是知道不能代入过多情绪。他清清嗓子，继续问，"那两个嫌疑人呢，什么情况？"

在林冬的示意下，何兰现场做了案情简报。听完何兰的陈述，罗家楠说："我觉得啊，这俩人可能是犯事后出去避风头了，不太可能还留在本地。"

林冬和唐喆学也是这样认为的。黑黄毛和虎牙既然混社会，那找现在还在当地混的，或者以前混过的，应该和他们有过交集。

这方面是罗家楠的强项，不用林冬再提示，直接说："他们不是在复兴小学那附近劫过小学生的零花钱吗？我认识一个在那边混起来的，找他问问看。"

"谢谢楠哥，用我跟你过去吗？"唐喆学问。

"你要闲着没事就一起去呗，正好你没喝酒能开车。"罗家楠办事一向雷厉风行，说话间已经把电话拨了出去，"喂，牛子，你在哪儿呢……废什么话！我找你还能干吗？啊？什么……灿城，你上灿——"

那边把电话挂了，罗家楠表情一沉，转头对秩客麟说："秩子，帮忙定位一个电话号码。"

只要有手机有网络，秩客麟就能查。定位显示，那个号码离他们的所在地不到三十公里远。罗家楠立马掏出车钥匙往唐喆学手里一扔："走，跟我抓人去！"

"我也去，我也去！"岳林兴奋地站起身，说完才想起得经过自家队长的同意，回头看了一眼，得到默许后，便欢天喜地地跟着罗家楠出了包间。

虽然不知道抓谁，也不知道以什么罪名抓捕，但对岳林来说机不可失，跟着前辈学习准没错。

到目的地一看，居然有三四十人，在一个废弃的厂房仓库里聚众赌博！依照以往的经验，八成还有溜冰吸粉的。仓库外面还站着七八个打手似的人物，他们这边就三个人，白送给人家都不够打。

三人下了车，小心翼翼地躲在草丛里观察情况。罗家楠已经通知辖区公安局的人过来支援，心想：绝不能让里面的人跑了。刚刚在电话里隐隐听到有人喊"开了开了"，他就觉得不对劲儿，紧接着牛子急匆匆地挂他的电话，当即判断这小子绝对没干正事。

早些年，罗家楠以"王平"为化名当卧底的时候，牛子是他的手下。那时候，牛子就沉迷于赌博了，被债主砍掉了三根手指，还赌。要不是后来罗家楠帮他一把，他可能连命都没了。这些年，在罗家楠的教育下倒是规矩了不少，原本罗家楠听说这小子成了家，也找了份正经工作，以为他改好了，没想到终归是烂泥糊不上墙。

第一次碰上这么多违法犯罪人员，岳林紧张得不行，蹲在草丛里大气也不敢出，连蚊子趴在脖子上大快朵颐都没感觉。大约半个小时后，分局支援的人发信息给罗家楠说到了，正在远处待命。行动指挥负责人安排了无人机高空飞行取证，结合罗家楠这边给的消息，迅速制订抓捕计划。

罗家楠收起手机，压低声音对岳林说："一会儿抓捕行动开始，我们负责仓库西北角的位置，你管那个穿黑色背心的，把他摁住，听见没？别怕，他要敢反抗，照着这些地方踹——"罗家楠朝膝窝、肋下、腹股沟逐一指去，并再次叮嘱，"记住了，别踹重点部位，哪里踹出毛病了你都担不起，听见没有？"

岳林点头如捣蒜，紧张得一个劲儿地咽唾沫，汗珠直往下滚。其实遇上这种场面没有不紧张的，老警员也一样，只是人家心理素质好，面上看不出来而已。

忽然，警笛乍响，仓库里里外外的人转眼间四下奔逃。一眨眼的工夫，罗家楠和唐喆学蹿出草丛，与宛如神兵天降的同人们分头冲向既定的抓捕目标。岳林原本还蹲着等命令，见前辈们都冲了，心跳陡然飙至极限，脑子里霎时一片空白，也蹦起来朝那个"黑背心"扑了过去。

这时候根本顾不上紧张了，叫声、喊声，一个比一个嗓门大。当岳林回过神的时候，"黑背心"已经脸朝下被他撅着手臂压在地上，趴在那儿哇哇大叫。旁边的特警上前，把岳林和"黑背心"一起从地上揪了起来。

见岳林还撅着"黑背心"不松手，特警劝道："行了行了，松手，再撅就骨折了。"

行动干净利落，无嫌疑人漏网，只过了十几分钟，抓捕现场进入收尾阶段。罗家楠和唐喆学一人干倒两个，身上还都没蹭多少灰，现在正和行动指挥负责人沟通情况。而岳林则滚了一身的土，一脸兴奋地目送同人押解他亲手抓捕的嫌疑人朝警车走去，整个人还处于亢奋的状态中。

讯问室里，牛子战战兢兢地说自己没赌，可他帮赌场拉人头了，组织赌博罪肯定跑不掉。罗家楠气得一进讯问室就要开骂，吓得牛子直缩肩膀。唐喆学作势拦了一把，拉过椅子安抚罗家楠坐下，开始问有关黑黄毛和虎牙的信息。

这是个立功减刑的机会，牛子是过来人当然明白，可唐喆学问的人，他还真是没有半点印象。

"要是本地的小混混儿，在复兴小学那片地方跟我岁数差不多的，没有不认识的，可这……"牛子有些苦恼，边说话边瞄罗家楠的表情，"楠哥，能……能给根烟抽吗？"

"给个屁！你给有用的信息了吗！"罗家楠一拍桌子。

牛子被罗家楠一瞪，立马低下头。唐喆学摆摆手，示意罗家楠别撒气，掏出一根香烟递给牛子，又帮他点上，继续问："你再好好想想，还有没有别的人可能认识，他们在那片地方混，不是一天两天的事。有证人说，被他们劫过好几次零用钱。”

“那肯定不是我们的人，我们那帮人都是复兴小学毕业的，不劫那儿的孩子。”牛子想了想，说，“有可能是外来务工人员的孩子？他们也有个小团体，可一点规矩都不守，我们还跟那帮孩子打过两次架呢。”

“我让你吹牛来啦？赶紧说有用的！”罗家楠又恶狠狠地瞪了牛子一眼。

牛子一哆嗦，闭眼又想了一会儿，忽然睁眼：“对了，他们那伙人里有个叫二发的，好像在这边定居了，家里是开面馆的。你们可以去问问他，说不定他认识。”

唐喆学精神一振：“面馆在哪儿？”

“以前开在联发广场的美食街里，不过这么一说也有十几年了，不知道还在不在。”

唐喆学刚提上来的劲唰地散去。去年，承包联发广场美食街招商项目的公司，因股东挪用资金引起了租户和业主的纠纷，被市局经侦的人办了。亏空的资金缺口太大，导致接连倒闭了很多商户，不知道这二发还在不在那儿开面馆。

不过，有线索总比没有好。

联发广场果然是金玉其外败絮其中的模样。临街的商铺开得依然红火，可就一堵墙，里面就萧条不已了，家家都是卷帘门紧闭，有一些是业主自行在卷帘门上贴了招租的字条，A4复印纸上面写了姓名、电话号码、外加“招租”二字，仅此而已。这让唐喆学想起自己刚去悬案队报到的时候，办公室连块门牌都没有，也是贴着一张写有"悬案队"的 A4 复印纸，倍显寒酸。

唐喆学带着文英杰绕着整个广场里里外外转了一圈，也没看见一家正在营业的面馆。可能二发他们早就不在这里干了，只能再去物业管理处问问，看能不能找到租赁记录。

正是午饭点，管理处就一个前台小妹。得知他们的来意，小妹说主管出去吃饭了，让他们下午两点以后再过来。没办法，两人只好先去吃饭。

唐喆学随便找了一家快餐店，进去点了两份铁板炒饭。文英杰问他喝不喝奶茶，见隔壁奶茶店有买一送一的活动。

反式脂肪酸对于唐喆学这种严格控制体脂率的人来说，实属大忌，可看文英杰一脸期待的样子，不好扫人家的兴，便准备起身去买。文英杰死活拦着，说每次出来都是他付饭钱，今天怎么也得让自己请一杯奶茶。唐喆学只好让他去买了。

等文英杰买完奶茶回来，唐喆学笑着说："要是带秧了来就没这出了，那小子一向是喝矿泉水就满足了。"

提起秧客麟，文英杰嘬了一口奶茶，轻快地说："我那天去给陈钧画像的时候，碰见秧子的房东荣森了。"

"我和队长去的时候也碰见了，但离得远，就没打招呼。"唐喆学更确定自己那天没认错人，"他是去看谁的？"

"他妈妈，病了十多年了，最近这些年越来越严重，他一个人照顾不过来，只好送去住院，一周去看一次。"说着，文英杰叹了口气，"那天他不是来医院看我了嘛，我想着礼尚往来，也去看看他妈妈。他没同意，说他妈妈病得挺厉害的，只要来个男的就当作他爸，怕吓着我。"

唐喆学皱眉道："花痴症？"

文英杰耸了耸肩，表示不清楚。

这属于唐喆学的专业领域。花痴症是青春型精神分裂症的一种类型，顾名思义，患者的表现是爱犯花痴，有的是对所有异性表现出好感，有的是把异性当成某个特定的人，比如丈夫、男友。如果不及时治疗，病情就会逐渐加重，发展成重度精神分裂，导致患者在幻觉和妄想的影响下出现严重的暴力行为。

"啊，那秧子知道荣森这个情况吗？父亲早逝，母亲又精神分裂，这一家人挺惨的。"唐喆学略带惋惜地说。

"没听他提过，可能不知道吧，他平时就不太关心别人的事。"文英杰无奈地笑笑。

这时店员来上餐，两份铁板炒饭，五颜六色的，上面还打了一个温泉蛋，底下垫着翠绿的生菜，看着挺勾人食欲。唐喆学边吃边问："他们很早就认识了？"

"是吧，好像是秧子念书的时候就一起做过某些企业的外包项目。秧子大学四年没跟家里要过一分钱，还有助学贷款没还清，怪不得那么节俭。"文英杰用勺子拨弄着盘子里的炒饭，最后把炒饭泡到套餐搭配的汤里。

这样的饮食习惯让唐喆学不禁皱眉："荣森也是程序员？"

"不，他是做 UI 设计的。"

"你们聊得还挺多。"

"嗯，他跟我专业相近，那天见面加了微信好友，随便聊了聊。"说完，文英杰埋头吃起了炒饭拌汤。

吃完饭，歇到两点，他们又去了一趟物业管理处。在主管的帮助下，找到了一家名为"美河面馆"的管理费缴纳单。单子已经是五年前的了，签名看不清楚，只能模糊地辨认出第一个字是"高"字。而个体工商户注册复印件上，注册人名叫孟津生。

有这两份资料就好查了，即使高、孟二人不是二发，肯定也是关联人员。唐喆学拿上资料正要返回局里，接到了林冬的电话，说医院的护工刚给报了信，那男的又来找花玖妹要钱了，让他赶紧去调监控。

最近这段时间忙着追黑黄毛和虎牙，唐喆学以为林冬已经放弃查花玖妹的事了，没想到他还在医院里埋了个线人，挂了电话，顿时有些哭笑不得。

既然领导发话，那就去呗。唐喆学开车直奔医院，拷完监控再回局里，已经快到下班的时间点了。好在秧客麟手快，迅速把监控里那个男人的背景信息查出来了——刘广韬，二十九岁，有吸贩毒前科，还因聚赌和嫖娼被行政处理过。

他不是花玖妹的情夫，是她的儿子，亲生儿子。

看到刘广韬的档案，林冬陷入了沉默。黄赌毒，沾一个也跑不了，许多案例还是一家子跟着玩完。怪不得花玖妹到处找拆迁户结婚分家产，原来是有这么一个不长进的儿子。可这看着不犯法，一个愿打一个愿挨，追查下去最大的可能也就是查出个家庭伦理剧。

"别追了，"唐喆学忍不住出言劝阻，"她本来选的就都是风烛残年的老头，我们手里一点证据都没有，想提人都提不回来。"

林冬回手搓了搓额角，认真地反思自己的执着是否有意义。必须承认的一点是，花玖妹的事，是他和齐昊当年一起接的，没追下去，就仿佛缺了点什么。如果当时就发现异样了，不管家属撤不撤立案申请，他们都会义无反顾地追查下去。事实证明，之前是子虚乌有的事，现在也一样。

"那就……"睁开眼，林冬不怎么甘心地对上唐喆学的视线，"放——"

"丁零零——"

手机铃声响起，唐喆学示意他稍等，然后接起电话。只听那边传来似曾相识又惊慌失措的声音："唐警官，你快来！出事了！"

第六章

既是善人，
也是罪人

　　打电话的是邓阿姨，就是林冬他们之前去走访过的花玖妹的邻居。今天邓阿姨从外面回来，看见花玖妹家的门虚掩着，于是喊了两声，里面没动静。她感觉哪里不对，走过去推门，只见花玖妹倒在地板上，不省人事，身下流出一摊血，客厅里一片凌乱。邓阿姨说她当时都吓蒙了，回过神就赶紧给唐喆学打了电话，没打110是因为下意识地想找个认识的警察，正好之前谈话的时候，唐喆学给她留了电话。

　　唐喆学没法跟她一句话说明辖区的管理制度，只能一边赶过去，一边让她打110报警。

　　到那里的时候，辖区派出所、分局的人也都到了，花玖妹已经被送去医院抢救了。邓阿姨在接受询问，她的丈夫也在，看起来比照片上还要瘦一点。此时，他正将妻子护在怀中，轻声细语地安慰着。

　　出警的警员对于市局悬案队同人的出现略感意外，听唐喆学解释完前因后果，便根据提供的照片，在小区监控中找到了刘广韬。

　　监控显示，刘广韬于下午四点零七分进入了B栋住宅楼，此时他手里没有携带任何物品，而当他于下午四点五十八分离开小区时，手里就多了一个黑色的塑料袋。卧室内的衣柜和抽屉有翻找过的痕迹，根据现场了解到的情况和之前搜集到的信息，案情推定为刘广韬来要钱，花玖妹没给，于是起了争执，还动了手。推搡中，花玖妹跌倒撞碎了茶几，玻璃碎片插入颈部，造成大量失血。

可以说，这个案子没有悬念。当然还得查盛国辉的子女，他们也和花玖妹有纠纷。不过这就是分局刑侦队的工作了，人家也委婉地表示"这是我们辖区的案子，你们就别跟着受累了"。

雨过天晴，林冬的心结也被这突发情况化解了。

唐喆学在小区楼下简单吃了点东西便去遛狗了。他出门前林冬就在打电话，回来了还在打。他在一旁听了听，应该是在跟局长汇报工作。好不容易汇报完了，林冬又给东岛分局的人打电话问花玖妹的情况，跟车去医院的警员说，花玖妹的命大概能保住。

凌晨时分，唐喆学被拍门声惊得一下子坐起。下床开门，只见林冬语气严肃地说："刚才杜海威给我打电话，说东岛分局的痕检，在新发生的案件中提取到的指纹，牵扯到一桩悬案。"

新案中检出旧案嫌疑人的指纹不是新鲜事，但"东岛"二字让唐喆学瞬间睡意全无："花玖妹那案子？"

林冬点了点头："牵扯到一桩悬了近三十年的'灭门案'，负责该案的办案人员形容嫌疑人为'黑寡妇'——一种会吃掉配偶和孩子的毒蜘蛛。"

牵扯到悬案的指纹采集自"花玖妹案"案发现场的大门上，四指连排，完全符合黑寡妇案的案件记录。林冬和唐喆学连夜赶回局里，一看系统内的嫌疑人追逃画像，心里"咯噔"一沉——是邓阿姨，虽年华老去，但那秀丽的眉眼一下就能认出来。

林冬抱臂于胸，盯着屏幕上的画像，表情复杂。

杜海威边看平板电脑边复述案情："1992年2月10日，上午十点左右，村委会主任去受害者家拜访，一进门就看见一家人倒在血泊中，遂报警。受害者共计四人，均为男性，法医尸检确认，其中三人死于失血性休克，一人死于机械性窒息。案发后，家里的大儿媳下落不明。根据专案组的研判，推断她为制造这起灭门案的凶手。

"最小的受害者只有八个月大，是大儿子和大儿媳的亲生儿子……

"用利器砍杀大人，然后掐死孩子……"

林冬闭上眼，不用看案情介绍，依然可以想象出案发现场的血腥与残忍。

"大儿媳姓邓？"唐喆学还是不愿相信，那位看起来温柔善良的阿姨竟能犯下如此骇人的惨案。

杜海威在屏幕上往后翻了一页记录，说："村里没人知道她叫什么，办案人员通过走访确认，她是被受害者一家买回去给大儿子当媳妇的。"

唐喆学叹了口气，问："那平时村里人怎么喊她？"

"村里人说她没出过家门，那一家三口轮流下地出工，确保有一个人在家里看着她，不让她跑了。"

唐喆学陷入了沉思。

拐卖妇女儿童一直都是严厉打击的犯罪行为，但这样的案子数不胜数。现在悬案队办公室里还堆着好几起失踪人口案，怀疑就是人贩子干的。

杜海威低头轻咳了一声，继续说："现场遗留的凶器是一把砍柴刀，上面有行凶者的指纹，和这次东岛分局提取到的完全一致。"

林冬垂手搭住杜海威的转椅靠背，看向他手中的平板电脑，提出疑问："她一个弱女子，如何制伏三个身强力壮的男人？"

"尸检表明，三名成年死者都处于醉酒状态，现场的血迹喷溅模式也证实被害人与凶手没有扭打的过程，都是一刀毙命。"杜海威快速滑过几张现场照片，里面有一张小婴儿的，他滑得最快，"我比较疑惑的是，她为什么要连孩子也杀了？"

林冬直起身，转眼对上唐喆学惋惜的视线，轻声叹道："那就得问她自己了。"

为确保万无一失，林冬协调东岛分局刑侦队，以花玖妹遇袭案的调查为由，密取了邓阿姨的指纹。二次指纹对比结果显示，"黑寡妇案"的追逃嫌疑人，即为这位名叫邓梅的女性。

悬案队的人去邓梅家里提人时，老先生的反应比邓阿姨自己还激烈。他死死地拽着唐喆学的手臂不松手，不停地说："你们抓错人了！抓错人了！"

错不错的，先不提指纹，回去对比一下孩子的 DNA 就知道。那时的 DNA 检测比较难，加之没有对比样本，所以虽然法医取了检材却没送检。来之前，林冬已经连夜通知了案件提报地，让他们把尘封了近三十年的检材送过来，最晚应该后天就能到。

面对警察，邓阿姨一言不发，只是穿好衣服，简单整理一下仪容仪表，便和他们出了门。老先生哭得直往地上跪，岳林和何兰两个人都拉不起他。

担心老先生突发心脑血管急症，林冬安排岳林在家里陪着他，等能接手的亲戚朋友到了再走。

回到局里，林冬没急着审，而是先把邓梅安排进了留置室，办理羁押手续。宣布她因涉嫌故意杀人而被拘传时，林冬没在她的眼里看到一丝一毫的慌张，有的，只是无尽的失落和遗憾。

第二天，案件归属地的警察到了。那边来了两个人，年长的叫付满君，案发时还是警队的新人，现在都快退休了。年轻的叫彭博，和岳林、文英杰他们差不多的岁数，是付满君的徒弟。他们带来了检材，现在已送去法医室检验。

付满君说，没想到自己退休之前还能看到这案子有结果。这是他师傅、他师傅的师傅，还有他自己，三代警员牵挂的悬案。就是因为这案子，他几次有机会外调都没下决心离开刑警队。他是亲历现场的警员，那日的惨状，他到死都记得清清楚楚。

拘留证下来，唐喆学照章办事，向邓梅宣讲了她所涉的罪行和应有的权利。听完，她只是机械地眨了眨眼，又坐回椅子上，随后阖目不语。留置室内没有卧具，出于对她年龄及身体状况的考虑，唐喆学找老贾要了一套被褥过来。他多少还是有点同情邓梅的，再怎么说也是被拐卖的，命运悲惨，尽管他无法原谅对方亲手杀害一个婴儿的事实。

然后就是通知家属。老先生已经下不了床了，现在由侄子在家里照顾。那侄子见警察上门，一点好脸色都没有，进出房间拿放东西，也故意弄出很大的声响。

唐喆学和岳林准备离开时，那侄子还在屋里责怪："你们毁了这个家！"

岳林有些气不过，本想和他理论两句，但被唐喆学拦住了。

"邓梅的家属到现在都坚定地认为我们抓错人了，不肯接受现实也是人之常情。"唐喆学拍了拍岳林的肩膀，说。

来自受害者或犯罪者家属的诛心之语，有时候比破不了案更能给警方压力。语言具有的破坏力虽是无形的，但往往比实际的暴力行为更难以抵挡，网络暴力便是最有力的实证。岳林还不太会像唐喆学他们那样学会自我调节，回局里的路上一个劲儿地说"那老人不会因为过度刺激而死吧""你看我对他们的态度是不是还可以""夜里我守了老人好久，都不敢走开呢"等各种担忧的话。唐喆学理解岳林的心情，这是每个警察都会经历的事。

"你已经做得很好了。"唐喆学对他说。

过了一会儿，唐喆学接到林冬打来的电话，说刘广韬已被缉捕归案，出于对他们提供信息帮助快速侦破案件的感谢，东岛分局刑侦队邀请悬案队出人去旁听讯问。林冬那边话音刚落，唐喆学的余光瞄到岳林在旁边眼巴巴地看着自己，遂告诉对方，他会带岳林过去。

东岛分局，岳林不是第一次来，他以前就在下辖的派出所工作。不过，他在职的时候主要负责搞治安和反诈宣传，处理的多是偷鸡摸狗、邻里纠纷、打架斗殴之类的案子，还没进过分局的讯问室。当初分局从各派出所选拔新人进刑侦队，都没把他选进去。没想到有心栽花花不开，无心插柳柳成荫，后来却进了市局刑侦处的悬案队。

讯问室隔壁，技术员打开声音外放，让在场旁听讯问的都能听到里面的对话。分局刑侦队的人说，他们逮捕刘广韬的时候，对方刚吸完毒，神志不清，一路上在车里玩命地折腾，现在又蔫头耷脑地歪在讯问椅上，说话有气无力的，没个人样。

细说下来，这小子就是个人渣。他十八岁从老家到大城市投奔母亲花玖妹，以为她在这边过得很好，因为她每年都往家里寄不少钱。得知母亲是给人家当护工、清洁工的时候，他就觉得抬不起头了。因为父亲去世早，母亲又不在身边，刘广韬从小被爷爷奶奶惯得不成样子，不好好念书，整天就知道泡网吧打游戏，根本不理解母亲赚钱的辛苦。

到了大城市后，花玖妹给刘广韬介绍了不少工作，但他一个都干不下去。游手好闲了两三年，他在网上认识了一个本地的女孩，然后在现实中相恋了。尽管他没本事，但有一副看得过去的皮囊，因此女孩死心塌地地跟着他。没过多久，女孩怀孕了，没钱没工作的他根本负担不起一家之主的责任，所以又去找母亲要钱。

花玖妹觉得儿子成家是大事，必须为他倾尽所有，于是到处借钱，给儿子和儿媳出了首付买了一套两居室的房子，又催着刘广韬去找了一份餐馆的工作。刘广韬凭借着高大俊朗的外形，刚去工作没多久就被提拔成了领班。花玖妹以为儿子终于出息了，结果还没开心几天，儿媳妇挺着大肚子来找她，说"你儿子跟餐馆老板娘好上了，家都不回了，你要是不给个说法，我就去医院把孩子打了"。

花玖妹跑去跟儿子一番寻死觅活，刘广韬才服软回了家，也辞了工作。然而他又开始游手好闲，还迷上了赌博。后来，花玖妹的儿媳妇实在受不了了，在孩子两岁的时候提出了离婚，协议分割财产的时候才发现，他们的房子已经被刘广韬抵押出去了。儿媳妇万念俱灰，拿到抚养权便带着孩子走了。

孙子没了，儿子还得管。俗话说十赌九输，刘广韬为了翻本，不惜借高利贷，欠的债像滚雪球似的越滚越大。花玖妹跟熟悉的姐妹都借过钱，依然堵不上儿子欠的窟窿。这时有人给她出主意，说可以趁着她还有几分姿色，找个拆迁户结婚。她一开始没想走这条路，奈何刘广韬被债主逼得走投无路，抱着她的腿哭着求她。于是花玖妹咬咬牙，一改往日的素面朝天，化了妆、烫了头，各种讨好自己伺候的拆迁户老头。

为了能尽快得到老头的遗产，刘广韬还给花玖妹出主意，说给老头喂那种带刺激性的壮阳药，这样老头死得快……

所以林冬的直觉没错，花玖妹确实给前夫和现任丈夫下药了，但下这种药不犯法，再说老头自己也乐在其中，不然早报警了。这就叫一个愿打一个愿挨，色字头上一把刀。

花玖妹从第一任丈夫那里拿到两百六十万的遗产，不但帮儿子把窟窿填上了，还有四十多万的余款。然而她没想到的是，刘广韬早就沾上了毒，不仅自己吸，还以贩养吸。后来他被警察抓了，因贩卖少量毒品，判了一年零六个月的有期徒刑。好不容易盼到儿子出狱，她以为一切终于回归正轨时，刘广韬不但没收手，反而变本加厉地赌，很快就把花玖妹手里的那点存款掏空了。

花玖妹只得故技重施，搭上了现在的丈夫。其间，刘广韬多次上门找她要钱，每次都被老头骂了出去。昨天，他去找花玖妹要钱，没想到这次母亲一分钱都不给，还对他一顿骂。他当场气昏了头，狠狠推倒了母亲。至于后面发生的事，都已经记录在案了，和警方一开始的推测一样。

讯问他的警员问他为什么不打 120 救母亲，他"呵"了一声，说："既然我妈不管我了，我为什么还要管她？她又不是没钱，她只是不想给我而已。"

监听室里，岳林低声骂了一句——

"说他是畜生都侮辱了畜生！"

DNA 结果证实，邓梅的确是"黑寡妇案"中年龄最小的受害者的亲生母亲。祈铭根据尸检报告的内容告知林冬，邓梅在杀死自己的孩子之后，对尸体进行了擦洗。窒息死亡导致大小便失禁在成年人身上都不可避免，而发现尸体的时候，这个不足周岁的孩子，身上竟没有沾染任何排泄物。

林冬判断，邓梅对孩子是有感情的，或者，痛下杀手之后心存悔意。他想以此为突破口，击垮邓梅的内心防线。让他意外的是，这个看似弱不禁风的女人，却比他审过的亡命徒都更倔强，翻来覆去就一句话——"要是我有罪，你们就判我吧"。

还是得深挖她的过往，仅凭现在手头掌握的资料无法动摇她的内心。目前最了解她的肯定是她的丈夫，只能去问问那位老先生了。去的人不宜多，林冬决定把优先知情权交给案发地的同人，留唐喆学在局里继续追查二发的进度，自己则带付满君和彭博去邓梅家里。

到了邓梅家一看，老先生还是半死不活地躺在床上，面对警方的询问也是爱搭不理的。看得出来，他打从心底不愿相信，与自己同床共枕多年的女人是杀人犯。

对于这样的心态，林冬自有化解的方法："叔叔，能给我讲讲你们相识的过程吗？我知道您很爱邓阿姨。"

听到这话，老先生终于睁开了眼。他眼里满是血丝，神情悲切，语气里却带着回味幸福时光的温柔："那年我去寿城出差，在回来的火车上遇见了她……她就坐在我对面，列车员查票的时候，她躲去厕所了，我想她肯定是靠月台票上了车……她很漂亮，气质也好，看着就是读过书的人，很难想象她会逃票，我猜她一定是遇到了什么难处。

"等列车员走开后，她回到座位上，我和她攀谈起来……她说她是护士，来这边进修，可是钱包丢了，车票和现金都在里面。我是在制药厂工作的，就跟她聊了点有关医院方面的事情，确认她是医护人员，后来帮她垫付了车费……她很感激，要走了我单位的电话，说有钱了立刻还我。我其实没指望她还钱，过了一个多月，突然有一天她打电话到我单位，说要还我钱，那时我才知道，她叫邓梅。"

老先生的声音忽然顿住，看向林冬他们的目光中，流露出一丝乞求："她是叫邓梅吧？"

林冬点点头："是的，警方核实过她的身份信息，是真实的。"

像是沉浸到记忆深处曾经心动的时刻，老先生闭上眼说："她那天穿了一条黄色的连衣裙，给我的感觉就像太阳一样，会发光……我请她吃饭，她没答应，说晚上还要上课……之后过了一个多星期，她又找我，说因为身份证丢了，问我能不能找关系帮她补一张身份证。那个时候不是没联网嘛，异地办理不方便，得托人才能办。我一想她是外地人，人生地不熟的，就找朋友帮忙给她办了。

"拿到身份证的时候，她主动提出请我吃饭……然后跟我说，她之前没说实话，其实她是逃出来的，因为丈夫滥赌，把她抵给了债主，债主又把她卖去了山里……她好不容易才逃出来，根本不敢回家，只能换个地方重新开始……警察同志，这个，她说的也是实话吧？"

"对，她确实是被拐卖的。"林冬确认。

"后来她找房子、找工作什么的，我都帮忙了，那时候我自己一个人住单位宿舍，她经常过来帮我收拾，我看她那么体贴人，就……"提及感情方面的事情，老先生的语气紧张起来，"那个……我也没想太多，毕竟她是结了婚的人。直到有一天她跟我说，她从老家的亲戚那儿打听到她男人死了，我才……才动了和她结婚的念头……哦，对，她男人是死了吧？我没犯重婚罪吧？"

"是的，她第一任丈夫在很多年前就已经去世了。"林冬肯定道。

从老先生后续的描述中，林冬能感受到，邓梅是真心想和对方好好过日子。婚后，邓梅重新考取了护士资格，并一路做到了妇幼保健院新生儿病区的护士长，退休后成为荣誉副院长。如果不是被捕，她现在应该在单位里给新人做培训。

不过这多少有点讽刺，一个亲手杀了自己孩子的人，居然会去妇幼保健院照顾新生儿。她是良心发现想要弥补过错，还是别的什么原因？

想到这儿，林冬问："你们没有孩子，是因为不想要，还是不能生？"

老先生惋惜地皱了皱眉，言语间满是失落："在她们医院查过，是她的问题，生不了孩子……其实我还是挺喜欢孩子的，唉，就没那个命吧。"

林冬没直接挑破邓梅的谎言，又对老先生说："那她有没有向您提起过，她以前 ——"

"叔，别搭理他们了！"侄子突然从外面进来，语气强硬地下了逐客令，"我给婶婶找到律师了，有什么话，让他们问律师去！"

问话被迫中断，林冬被半推半赶出了邓梅家。

一回到办公室，林冬就去找唐喆学："二发那边查到什么了？"

唐喆学答："查了一下那个面馆的个体工商户注册信息，孟津生是店主，在缴费单上签字的叫高萍，是他的妻子。孟津生的名下没有实名注册的手机号码，暂时联系不上。高萍倒是联系上了，但她说已经跟孟津生离婚了，好几年都没联系过了。"

"孟津生就是二发？"

"不是。"

"那二发呢？高萍认不认识？"

"说有可能是孟津生的外甥，本名叫李彭发，之前一直在他们店里帮忙，后来去珍城打工了，也有十多年没联系了。"

"先把孟津生找到，他应该有李彭发的联系方式。"

"让高萍帮忙打听了，她说尽快给消息。"唐喆学伸手拿过林冬的杯子，到饮水机那儿接满水，放到办公桌上，"从邓梅的丈夫那儿问出什么了吗？"

林冬喝了口水润嗓子，然后把询问所得转述给众人。唐喆学听完皱起眉头，提出了和林冬内心同样的疑惑："邓梅能生孩子啊，她为什么要骗自己的丈夫呢？"

何兰歪头想了想，说："可能她怕自己有一天被抓，会连累到孩子吧。"

"有道理。"唐喆学认同道，"还是女人了解女人。"

林冬没发表意见，他放下水杯，翻开原始卷宗。无论看多少次，那些现场照片依旧触目惊心：三名成年死者中，父亲和大儿子趴伏在饭桌上，尸检记录表明，没有防御伤，也就是说他们完全没有任何防备就被砍杀了；小儿子则死在了门槛上，头朝外，脚朝内，表明死前被人追砍；血迹从堂屋一路延伸至东侧卧室，在那里，邓梅八个月大的孩子于熟睡中被扼杀。

他反反复复地看那些照片，想在其中寻找未知的蛛丝马迹。忽然，他注意到了什么，朝旁边一伸手："二吉，给我拿一下放大镜。"

唐喆学立即拉开抽屉取出放大镜递给对方，同时绕到林冬身后，看向镜下的光景 —— 那是一处血迹，一处既不是滴落而成，也不是喷溅而至的血迹；血迹呈直线状，边缘模糊，尺寸不长不短。林冬又往后翻了几页，翻到凶器照片，盯着看了几秒，随即抓起座机听筒把杜海威喊了过来。

杜海威赶过来，看到放大镜下的血迹，转头对林冬说："你是想探讨一下这处血迹是如何形成的？"

林冬点点头："我认为，这处血迹的遗留来自凶器，像是有人把砍刀放在地上，血液自然流下，渗入地砖。"

杜海威又拿着放大镜仔细看了看，摇头说："不，你看，这周围还有一些细小的飞溅型血滴，不像是放下，而是 ——"似乎是想到了什么，杜海威顿了几秒，又接着说，"我去做个实验，看看砍刀从什么样的高度坠落，可以形成和照片里相似的血液遗留痕迹。"

一听要做实验，岳林蠢蠢欲动，恨不得马上跟着杜海威走。林冬一眼看穿，顺水推舟地说："让岳林去帮你吧。"

"是！林队！"岳林"噌"的一下蹦起，又把秧客麟从三面电脑屏幕后面拖出来，"走走走，秧子，一起去长长见识。"

实验在物证室进行，这里专门有一块空场供刑技们发挥想象力，验证案发现场某些痕迹和现象的形成。旁边还有个小库房，里面收藏着质地不一、大小形状各异的"凶器"。岳林见杜海威从库房里气势十足地拿了一把砍刀出来的时候，莫名有种小时候看警匪片的感觉。

杜海威让岳林站到防水布上，然后把砍刀浸入人造血中。刀的尺寸和案发现场发现的几乎一致，人造血的黏稠度接近人血，只要动作到位，形成的痕迹便可高度贴合现场。岳林在杜海威的示意下开始扔刀，蹲着扔、站着扔、跳着扔、跑着扔……折腾了一阵，杜海威依次将遗留的"血迹"和案发现场的作对比，随后选定了站着扔的那个，然后换了一块防水布，让岳林屈腿放低重心，然后以五厘米为基准往上叠加高度，又扔了四次。接着，他将这四次的实验痕迹与照片作对比，最终确认，砍刀距离地面八十到八十五厘米坠落后形成的痕迹，与照片上的最为接近。

岳林没明白杜海威弄这个数据是干吗用的，问了人家也不回答，只是让他把实验结果转交给林冬。

看完实验结果，林冬眼神一变，将那厚厚的卷宗拍在桌上：

"这起灭门案里，有两个凶手。"

两个？一旁的秧客麟顿时凑过来，起了兴趣。

林冬没卖关子，解释道："邓梅的身高只有一米五，如果砍刀是从她手中落下的，直立状态下距离地面不会超过七十厘米，但杜海威提供的证据显示，刀只有在超过八十厘米的高度坠落才能形成和照片上一样的痕迹。"

"哇，差这么多吗？"岳林对比着原始照片和杜海威做的实验结果照片左看右看，他知道，高度会影响血液滴落、飞溅的形态，就是没有联想到知识还可以如此运用。

这时，唐喆学抬手比画了一下高度，说："那这个凶手的身高，起码得超过一米七了。"

林冬翻开尸检报告的部分，朝其中一个数据一指——三名成年死者中，只有小儿子的身高超过一米七。

"小儿子是死在饭桌外的位置，所以我的想法是，父亲和大哥都是弟弟砍死的，然后他害怕了，想逃走，结果……"林冬站起身，走到唐喆学背后，举手比画了一下，"被黄雀在后的邓梅一刀砍在了脖子上。"

说完后，办公室里一片寂静。按照现有的证据，逻辑是成立的，但是动机呢？邓梅确实有理由恨这一家人，可当弟弟的为什么要砍杀父亲和哥哥呢？

"该不会是……"唐喆学看向林冬，眼中的情绪复杂，"出于嫉妒？嫉妒父亲只给哥哥买了媳妇，没给自己买？杀了他们，邓梅就归自己了？"

"我觉得有可能比这个还要不堪，稍等。"林冬又给祈铭打了个电话，说着说着，眉心微微皱起。放下电话，他语气凝重地说，"DNA 检测证实，孩子不是大哥的，而是父亲的……所以，邓梅被买回去，不是给大哥一个人做媳妇，而是给他们这一家光棍……"

后面的话他没说，但办公室里的人都知道这代表着什么。怪不得邓梅肯认罪却不愿坦白，因为她不想回忆起自己经历过如此不堪的虐待。

"兰兰，你没事吧？"林冬注意到何兰的脸色不太对。

何兰猛地抬起头，又快速地摇了摇头。她是现场唯一的女性，比谁都更能体会到邓梅的恨意、无奈和委屈。是职业素养让她强迫自己保持镇定，并条理清晰地分析道："同为被害人，所以弟弟的行为被解读为逃离现场，而他身上的血迹，由于当时缺乏 DNA 鉴定技术，也没有分辨出是谁的血。办案人员直观地认为，那是他的血，就此忽略了现场还有第二个凶手的存在。"

林冬肯定道："应该就是这样。英杰，把内容整理一下，列讯问大纲，打电话通知付满君他们，半个小时后跟我去审邓梅。"

林冬没一上来就挑破邓梅被三个男人欺辱的事实，只是按照现有的证据，将警方的推论告知 —— 杀人的不止你一个。

牢狱之灾没有将邓梅彻底击垮，尽管她那副瘦小的身躯看上去并不坚毅，神情却很坦然。当听到林冬对自己说"你的供词很关键，将影响到法官的判决"时，她只是无可奈何地扯了下嘴角说："我都这把年纪了，被判死刑立即执行和死缓，有本质上的区别吗？林警官，我已经多活了三十年，够了。"

看着对方那微微颤抖却还硬撑着挺直的肩，林冬硬下心肠说：

"想想你的先生，你们无儿无女，三十年的相濡以沫，你对他来说就是一切，只要你活着，他的人生就有盼头……还有，邓梅，我知道你经历了什么。"

前面的话让邓梅的肩膀颤抖得愈加明显，而最后一句，则刺激得她加重了呼吸。她抬起头，目光与林冬隔空相对，眼里写满了不甘与愤怒。

"你根本什么都不知道！"邓梅激动地反驳，单薄的胸腔里爆发出与之不相匹配的声响，"你们就知道抓杀人的，你们怎么不问问，那些畜生该不该死！"

付满君立刻抬手示意她保持平静："这些事情应该交由法律来判断，邓梅，你要交代的是你的所作所为。"

一瞬间，她脱去了温和的伪装，隐忍的怒火在问话的刺激下肆意倾泻——"呸！我需要法律主持正义的时候，你们这些警察在哪儿?！"

付满君也立刻变脸，厉声喝道："这是讯问室！你别撒泼！"

桌下，林冬回手一拍付满君的腿，示意对方降低音量。

邓梅继续发泄，声音高昂而凄厉："我男人赌钱的时候，你们在哪儿？他打我的时候，你们在哪儿？他把我卖给人贩子的时候，你们又在哪儿？我每一次路过派出所的时候都想过要去自首，可再一想到那些……凭什么？我凭什么要给那些畜生偿命?！三十年来，我救了无数孩子的命！这还不够还阎王爷的债吗！"

嫌疑人情绪失控，讯问节奏乱了，但林冬仍是精准地抓住了她争辩思路的缺口："孩子呢？你明明可以把他留在那儿，但你的选择是杀了他，这笔账怎么还呢？"

"留下，留下等死吗？"邓梅的表情变得狰狞起来，"他有病！脑铁沉积！那是基因病！治不好！你们懂吗！"

这话让讯问室内外的警员都怔住了。僵持片刻，林冬起身离开讯问室，打电话把祈铭叫进了监听室。

听完林冬的转述，祈铭科普道："准确来说，脑铁沉积是一种症状，最新版的《神经学名词》将其更正为'神经元铁沉积'，主要是由基因病引起的，其他病因多见于帕金森和阿尔茨海默病，可以引发共济失调、癫痫、肌张力障碍、认知障碍和精神障碍等症状。发病年龄从三岁到七十岁以上都有，发病越早，失能和死亡的可能也就越早。"

"三岁？"唐喆学疑惑道，"可当时那孩子才八个月大，那时候又没有基因检测手段，怎么看出来的？"

"从瞳孔上。"祈铭指了指自己的眼睛，"我们的瞳孔是正常的瞳孔。而脑部神经元产生金属离子沉淀的患者，瞳孔边缘会出现不同颜色的沉积色。如果是铜，那么就偏蓝绿色，如果是铁，就偏红棕，那样的瞳孔外缘看起来就像有一层星辰般的光晕，而基因病的患者可能在半岁到一岁之间出现眼睛有异样的症状。"

原来如此。唐喆学不禁想起网络上流传的一句话——"你的眼里，有星辰大海"。听着挺美，可落到现实里，可不一定是什么好事。

回到讯问室，林冬和付满君低声交谈着所获信息。

此时，邓梅已经冷静下来，目光呆滞地盯着地面。

交换完讯问意见，林冬轻声唤她："邓梅。"

邓梅没有看他，只是重重地喘了一口气，表示自己在听着。

"孩子的事，我已经拜托法医去核实了，现在我们来谈谈另外三名受害者。"林冬翻动卷宗，逐一念出三人的名字，"唐树材、唐德喜、唐德忠。现在我们可以证明，杀害唐树材和唐德喜的人，是唐德忠。"

邓梅绝望地闭上眼，没有说话。

林冬给了她一点缓和情绪的时间，继续问道："你是唯一的目击者，现在，我希望你能诚实地告诉我们，他为什么要杀自己的父亲和大哥。"

"喝多了，吵架。"

"为你？"

突然，邓梅又眼含恨意地瞪着林冬，胸腔起伏了一阵，似乎在强忍着窒息感，挤出声音："是的，为我。他们轮流睡我，但唐德忠总是次数最少的那个，他不满他爸和他大哥的分配方式，现在，你满意了？"

"不，这并不是要我满意，邓梅，说出真相，是对你自己的交代。"林冬语气温和地说，"我和我的同事不会对你做出任何评价，你也是受害者，三十年来你一个人背负着一切，今天，该放下了。"

……

被拘到现在一滴眼泪也没掉过的女人，终是在那份迟来的救赎中泣不成声。

后来的三个小时里，邓梅彻底坦白了当日所发生的一切，整件事和警方的推断出入不大。唐德忠因父亲偏疼哥哥安排不公，醉酒后口无遮拦，大肆贬低二人的性能力，说孩子一定是他的，惹怒了二人，遂起了口角；他在盛怒下用柴刀砍死父兄，冷静下来发现自己铸下大错，转过头就要砍死他认为导致全家不和的邓梅；邓梅跪地苦苦哀求，说自己将来一定和对方好好过日子，保证会一心一意地服侍他；唐德忠终于听从劝说丢下砍刀，准备出去拿化肥袋回来装尸体，没想到这个被逼入绝路的娇小女人，在极端的恐惧下，抓起砍刀扑向他，砍死了屋里的最后一个畜生。然后，邓梅看向卧室里的孩子，想起自己做护士时见过的脑铁沉积患者那毫无尊严的人生，狠下心肠，彻底终结了这份因兽欲带来的苦难。

从监听室出来回到办公室，林冬忽然想起给祈铭打电话的时候，看到通话记录里有一条苗红的未接来电。当时没空回电，后面又审了将近三个小时，就把这事给忘了。

他拿出手机给苗红回电话，只响了一声就被接起，然后听到那边语气凝重地说：“林队，有个叫陈钧的，是不是你们队最近接触过的证人？”

“是。”林冬神情一绷，内心瞬间被不祥的预感笼罩。

听筒里传来一声重重的叹息：

“他死了，你带人来一下现场吧。”

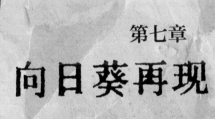

第七章

向日葵再现

比起陈钧的突然死亡，更让林冬和唐喆学感到意外的是，出现场的法医不是祈铭和高仁，而是夏勇辉。夏勇辉是检察院的法医，他的出现，代表这案子将由检察院进行调查。一旦在案件中由检察机关行使侦查权，就可以理解为，该案件存在警务人员渎职、舞弊、暴力讯问等涉及刑事罪名的可能。

唐喆学心里非常不爽，当即去问苗红："红姐，这是什么意思？"

"二吉，这你别问我，要问就问方局去。"

苗红的语气同样不悦。让夏勇辉来的不是她，她只是接警出现场，取得死者家属证词后汇报给领导，然后领导安排了检察院介入。刚才，她一看外面停了好几辆检察院的车，便觉得这事要往令人窒息的方向发展，现在她也被隔离在案件之外，包括林冬和唐喆学，公安局的人手全都得在警戒带外面待着。

"二吉，别为难红姐。"林冬伸手拦了唐喆学一把，扭头对苗红说，"谢谢你，红姐。"

苗红随意地摆摆手："不用客气，都是自己人。"

"死亡时间大约在中午十二点到一点。"另一边，蹲在地上尸检的夏勇辉刚说话，就看旁边负责拍照的同事冲自己比画了一下，意在提醒他"这案子，不能让外面那些人掌握案件细节"。

"我知道了。"夏勇辉立刻压低音量。

有些话领导没直说，但他能猜出个八九分。死者是悬案队的证人，同时又是案件的涉案人员，他杀还好点，要真是自杀，上面可能会追究林冬他们逼死证人的责任——陈钧的家属就是这么说的，同事给家属录口供的时候，其母一直在哭诉自从警察去问话之后，儿子的状况就一天不如一天。

目前看，尸体外观没有致命伤，他怀疑可能是药物过量致死。因为死者本身是精神病患者，日常就需要服用一些药物，有可能偷偷藏起来，然后某天一次性吃光。同时，也不能排除心源性猝死的可能性，这在精神病患者中不算罕见。

警戒带外，林冬不动声色地看着夏勇辉，尽量以平和的心态面对眼下的状况：陈钧死于病房内，目前还保持着被发现时的状态，头朝窗，脚朝外，现场没有搏斗痕迹，亦无暴力导致的外伤；结合刚听到的死亡时间，确认陈钧是死在午饭时间，那时候整个病区只有一个值班医生和一个值班护士，走廊的尽头是电子门，进出都要门禁卡，按理说，外人偷溜进来的可能性几乎为零。

过了大约半小时，陈父陈母接受完询问，和院长从医生办公室里出来。看见林冬和唐喆学，陈母刚平复下去的心情又激动起来，歇斯底里地大叫："你们怎么在这儿！就是你们害死我儿子的！你们赔我儿子！"

一声声来自母亲的哀号，霎时间激起那段让林冬冰冷彻骨的记忆——当年也是在医院里，一切都被地板和墙壁反射出的冷光照得异常苍白。齐昊的母亲瘫坐在太平间的门口，声嘶力竭地向他讨要自己的儿子，把他充满自责的心脏碾得血肉模糊。

"队长？队长！"察觉到林冬的面色有异，唐喆学赶紧摇了一下他的手臂，"你没事吧？"

林冬恍然回神，不远处，陈母号啕依旧。她被检察院的两名工作人员架着，连劝带哄；陈父亦是老泪纵横，一边和院长说着什么，一边频频向林冬他们投去怨愤的目光。

"请问卫生间在哪儿？"林冬拦住路过的护士，艰难地发出声音。

压抑的窒息感挥之不去，林冬感觉整个脑袋都在涨痛，仿佛有什么东西顶在里面，非要顶碎骨头冲出来一样——是负罪感，陈钧的死就像一把利剑，拦腰斩断了他好不容易才拼凑整齐的灵魂。

见护士朝楼下指去，林冬转身跑下楼梯冲到卫生间。他扑进离门最近的隔间，没来得及弯下腰就猛地呕出一口酸水。眼前模糊一片，胸腔如烈焰炙烤，天旋地转的感觉迫使他不得不弯下膝盖，跪到肮脏的瓷砖上。

突然，一双大手把他从地上拖起，半拖半抱地带到水池边。他的眼镜被摘下，水龙头"哗"地喷出水柱，一片冰凉覆盖到脸上。等他的呼吸和颤抖都平复下来，唐喆学的声音在耳边响起："别想太多，天塌不了，而且还有我，还有悬案队的那么多队员顶着呢。"

"嗯，吐出来就好了……"

林冬对着水流擦去脸上的污渍——是啊，天塌不了，就算塌了，也不是我一个人在顶。

晚上十点半，罗家楠去悬案队办公室送监控视频。合法合规到手的资料用不着藏着掖着，再说人家悬案队这两年没少帮重案队的忙，礼尚往来也是应该的。

林冬按下鼠标，播放视频文件。镜片上反射着屏幕的幽光，镜片后的双眼明亮如常，气息平稳，任谁也看不出来，不久前的他连站都站不住。

看了一会儿，林冬忽然沉声道："十一点二十二分，有个女的进了陈钧的病房。"

唐喆学和罗家楠立刻起身围过去，没想到只看了一眼，唐喆学的表情瞬间变成了震惊——监控视频里的那个女人，穿了一条向日葵图案的长裙！

随着监控摄像头的快速切换，林冬的神情愈加凝重："我怎么……找不到她是从哪儿来的，大门口和楼梯间都没有……"

房间里的气氛陡然变得诡异起来，罗家楠直接往林冬握着鼠标的手上一扣，自行控制鼠标切换视频文件寻找"向日葵女人"。林冬干脆抽回手，还把转椅也让给罗家楠，自己站到一边，等着看他能找出什么来。

没有，什么都没有，几个定点监控既没拍到她是从哪儿进来的，也没拍到她是从哪儿离开的。监控只拍到她十一点二十二分进入病房和十一点五十五分离开病房，随即从监控范围内消失。直到下午两点，查房的护士进入病房发现倒地不起的陈钧，按响了呼叫铃。

"走廊尽头还有通道吗？"罗家楠问道。

唐喆学闭上眼，努力复原记忆中的走廊全景，过了一会儿睁开眼说："我记得上次去的时候看见走廊尽头有道门，但好像得用工卡刷开才能进出。"

"肯定得上锁，精神病医院，怕病人乱跑出事。"罗家楠又查了一遍视频，并没有唐喆学提到的这个"通道"的文件，看来医院并没有在该通道出入口附近架设监控摄像头。

"难道这女的是医院内部人员？"唐喆学说着，看向了林冬。

唐喆学说的，林冬已经想过了，没发表任何意见是因为没想明白这女的到底是干吗的。

医生？护士？不应该，上班哪有穿便服的，还穿那样一条会刺激到陈钧的裙子。

行政工作人员？也不对，搞行政的没事跑去病房干什么？

至于清洁工就更不可能了，视频里的她只背了个小挎包，没有携带任何清洁工具。

访客？听苗红说，在检察院的人到达之前已经查过，陈钧今日没有探访记录，他的父母还是在出事之后由院方通知才来的。

这个女人，悄无声息地出现，又悄无声息地消失，像幽灵一样。

思量片刻，林冬的右手压上鼠标，暂停监控画面："不管是不是内部人员，现在可以明确的一点是，她避开了所有摄像头，唯独进陈钧病房这个避不掉，但她仍然避免了被拍到正脸的机会。"

这个女人留的是三齐式发型，两侧和后面的头发向内扣着，低头走路的时候，大半张脸都被头发遮住了。

罗家楠问唐喆学："会不会是死者的女朋友之类的？"

唐喆学皱眉道："他把自己那什么都切了，怎么会有女朋友？"

"这——"罗家楠倒吸一口凉气，摆出一副身上某个地方疼了一下的表情。

林冬说："我觉得小罗说的是一种可能性，虽然失去了男性器官，但他在心理上还是个男人，会有正常的感情需求。"

"不但会有感情需求，同样也会有性需求。"罗家楠表示认同，随即又表达了疑惑，"不过得是什么样的姑娘，才能接受同时具有精神病和'太监'这双重身份的对象啊？"

唐喆学苦笑一声："去年国外不还有个被判终身监禁的囚犯和自己的粉丝结婚了嘛。"

"不是一家人不进一家门，这都是脑子和心理不正常的人。"罗家楠喷了一声，见时间不早了，他起身对林冬和唐喆学说，"要不这样，明天我抽空去一趟那个医院，看有没有人认识这女的。"

"那就麻烦你了，楠哥。"

"那么见外干吗，你们平时也没少帮我。"罗家楠回手拍了拍唐喆学的肩膀。

连续两天上面都没什么动静，既没督察请"喝茶"，也没有接到警务监察部的电话。夏勇辉那边的尸检应该早就结束了，看起来陈钧的死似乎怪不到悬案队头上。目前除了罗家楠告诉他们"医院里没人见过那女的"，暂时还没有别的消息。

调查李彭发那边也没什么进展。唐喆学联系上了他舅舅孟津生，可对方说李彭发跑路了，具体什么原因不清楚，听说是欠了不少钱。按照孟津生提供的联系方式，唐喆学找到了李彭发的母亲。李母说自己有两三年没和儿子联系过了，他确实是因为欠钱跑路了。幸好她提供了一条线索，说李彭发跑路之前有个女朋友叫小美，可能还和李彭发有联系。

然而对于这小美的背景，李母是一概不知。她说只见过这女的一次，打扮得花枝招展的，嘴巴特别甜，第一次见就喊她"妈"。

根据李彭发消失之前的活动范围，可以判断他混迹在平湖区。于是唐喆学又拿着仅有的线索去找人打听，看平湖区有没有这个叫"小美"的女人。

这边刚安排完，那边罗家楠的电话就打了过来，听对方兴冲冲地说："二吉，陈钧那案子转回重案队了！赶紧的！来法医室听尸检报告！"

到检察院的案子，很少有能转回公安局的。在明确没有警务人员需要为案件负责的前提下，转回来的原因大概是：他们查不动。当然不是说检察院的侦查员能力有问题，而是术业有专攻，一旦牵扯到跨部门联动，还得考虑办案时间和成本。

比如陈钧的这个案子，尸检时，夏勇辉在死者的舌下发现了一枚"邮票"，准确地说，是一张外观像邮票的小贴纸。他一眼就认出，这是最近几年在国内流行的新型致幻剂 LSD 的载体，于是立刻汇报给上级，接着联系了缉毒专业人员来提供调查意见。

LSD 就是麦角酸二乙基酰胺，致幻性极强。像陈钧用的这种，看尺寸大约含有 0.1 毫克甚至更少的有效剂量，但通过透皮吸收可迅速致幻，并维持数小时之久，其间吸食者的大脑会被幻觉控制。这些年死于 LSD 的瘾君子层出不穷，大多是幻觉所致的异常行为——有些人甚至相信自己会飞，从数十层高的楼上一跃而下。

"死因是脑动脉瘤破裂、蛛网膜下腔出血引发的呼吸心搏骤停，而动脉瘤破裂的诱因，是服用致幻剂后导致的心率、血压大幅上升，夏法医的结论没有问题。"法医室里，祈铭在看完尸检报告后，给出了自己的审核意见，说完，他又补充道，"夏法医的尸检很细致，如有其他意见，我会在二次尸检后提出，目前尸体还在化冻中。"

"走访家属了吗？家属认不认识进入陈钧房间的女人？"

死因明确，林冬更关心的是那张"邮票"到底是怎么进到陈钧嘴里的。这种东西，陈钧的父母不太可能拿到，而进入陈钧病房的女人，其躲避监控的行为显示，她很可能就是负责送药的毒贩。

罗家楠翻了翻检察院交接的调查记录，说："问了，他爸妈都说不认识那女的，更不知道那张'邮票'是哪儿来的。"

唐喆学想了想，问："关于'邮票'的来源，庄羽那边有消息吗？"

毒贩为了让自己的产品区别于其他竞争对手，或者追踪串货途径，往往会采取贴标贴牌、固定外包装的 VI 视觉设计等手段。而陈钧嘴里的"邮票"，图案是阴阳太极图，只要缉毒那边抓过卖这个的毒贩，源头便可追到，下家也就好找了。

罗家楠一听到庄羽的名字就皱起眉头："我压根没指望他能给什么有用的东西，你又不是不知道他的行事风格，人家可是深谋远虑、高瞻远瞩，一贯地放长线钓大鱼，等他把网收了，我头发都白——"

话还没说完，林冬的手机响了，是庄羽打的。知道庄羽找自己没私事，林冬直接点开外放："林队，我这边提了一个卖过太极图案'邮票'的毒贩，在第二看守所，你什么时候有空过来审一下吧。哦，对，麻烦通知罗副队一起。"

"一小时后到，谢谢。"

挂上电话，林冬眯眼冲罗家楠笑了笑。旁边的唐喆学看罗家楠那一口气咽不下去吐不出来的表情，没忍住笑出了声。

　　市第二看守所，第四讯问室。

庄羽给提的这个毒贩叫武薇薇，女，现年二十一岁。年纪虽小，从事毒品贩卖已有三年之久。她的家境不错，父母一个月光零花钱就能给她两三万，可只靠父母给的钱，完全不够她美容、购物、出入高端场所的花销。之前武薇薇交代说，自己纯属交友不慎才误入歧途，但贩毒来钱太快了，她抗拒不了金钱的诱惑，如今是泥足深陷、悔之晚矣。

她被抓的经过颇具戏剧性：某网络平台有个做禁毒宣传、用户名为"养猪专业户"的 UP 主发布了一条介绍 LSD 的视频，意在提醒人们，这东西不像毒贩宣称的那样可以"零负担寻开心"，实际上副作用极大，会严重危害身心健康。这条视频被武薇薇看到了，当即在评论区骂了一句"你试过嘛，就知道瞎逼逼"。UP 主随即回嘴，在对骂了一百多条留言后，她被 UP 主举报了。警方锁定信息上门排查，从她家里搜出两百多张尚未分装的"邮票"，随即顺藤摸瓜抓捕了她的上家和下游买家。因提供了真实准确的涉毒线索，禁毒部门后来还给那位"养猪专业户"一万元的奖金。

武薇薇挣两份钱，一份来自贩毒，另一份是做皮条客。听到这个，林冬意识到，进出陈钧病房的女人可能不是专业毒贩，而是提供特殊服务的人。逻辑很简单，陈钧自我阉割后，虽有冲动但无法释放，致幻剂是提供特殊服务的女人用来帮助客人解决问题的辅助手段。

"你们有针对特殊癖好，或者特殊人群的服务吗？"林冬问武薇薇。

"具体指什么呢……"武薇薇神情木然地看着他。她脸上打的美容针太多了，微表情几乎消失，跟戴了面具一样。

"针对残疾人、精神病患者，或者生活不能自理的人，有没有？"

武薇薇先是摇摇头，随即又想到了什么："啊，对，之前群里有个女的问我，这药对阳痿的男人有没有效果。我说不知道，让她自己去试试。"

"什么时候的事？"

"去年吧，不是七月就是八月。"

"你卖过药给她？"

"卖过。"

林冬侧头和罗家楠对视一眼，又问："你给她介绍过客户吗？"

"没有。"

"她的网名是什么？"

"谁记得啊？"武薇薇有些不耐烦了，"好几百个客户，我要有那脑子记住也不至于高中都考不上了。"

罗家楠忍住笑意，心想：你但凡有点脑子也不至于跟禁毒 UP 主互骂。

他偏过头去，跟林冬耳语道："别跟她废话了，我直接回去翻她的网络聊天记录吧。"

林冬同意，又提醒道："和陈钧的通信好友做下交叉对比，那样快一点。"

罗家楠点头应下。

从看守所出来，林冬发现罗家楠一直盯着手机看，好奇问道："有什么消息吗？"

"不是不是，我找那个禁毒 UP 主呢，加个关注。"罗家楠说着，眼睛忽然一亮，"哇！这人有八十多万粉丝！大佬啊！我得给祈铭推送过去，让他好好学学人家是怎么做科普视频的，他那破号开了两年多才几十个粉丝。"

听着对方手机里传来禁毒科普的内容，林冬愕然瞪眼："祈老师还做科普视频？"

"别提了，"罗家楠一脸嫌弃的表情，"你也知道他那人，讲课讲得跟高速连环追尾现场似的，上来就给人展示蛆的生长过程。这种东西，你说正常人谁看啊？我都不好意思给朋友推送。"

此时此刻，林冬只能默默地感谢对方——还好没推给我，不然直接拉进黑名单屏蔽掉。

陈钧离奇死亡的案子归重案队，但毕竟陈钧涉及陈年旧案，所以罗家楠打报告把悬案队的人也拉了进来。他告诉欧健和吕袁桥，查到什么赶紧同步给悬案队。

欧健干脆把陈钧的电脑和手机拿去六楼，找秧客麟和岳林一起帮忙。三个人交叉对比了一轮，没发现陈钧的通信好友和武薇薇的有重叠。主要是陈钧几乎没有社交圈，通信软件里仅有的几个好友基本都是病友和医护人员。也就是说，那个"向日葵女人"可能是从武薇薇的下线那儿买的"邮票"，又或者，干脆就是陈钧自己买的。

不过以陈钧死亡之前的处境，自己买不太现实。入院携带的物品要经过院方的严格检查，精神病医院里有一类病人是被毒品侵害后患上了精神疾病，为防止有人偷偷带毒品进去，院方还会不定期抽查患者的私人物品。另外，陈钧家里也没有搜出剩余的"邮票"，所以说还是那个女人带进去的可能性比较大。

那么，陈钧是如何约人的呢？他在住院期间，手机等电子设备都是被禁止使用的。

还有一个关键点，那个女人是怎么进的病房？监控没拍到，所以她走的肯定是安全通道。罗家楠去现场核实了，安全通道确实有门禁，没工卡刷不开那道门。

案情讨论会上，唐喆学首先提出自己的意见："会不会是……有拉皮条的收买了医院的内部人员，把女人伪装成病人的亲友、家属带进去？或者是陈钧的特殊要求？精神病人的喜好，难说……"

吕袁桥点头说道："我也在考虑这个可能性，通过对医院周边街道的监控调取，没有找到'向日葵女人'搭乘公共交通工具、出租车、网约车以及徒步进入医院的身影，所以她有可能是搭乘医院工作人员的私家车进到医院内，然后从安全通道入口进入病区……作为一个外来人员，她不可能完美避开那么多监控，如果是有内部人员带路就说得通了。"

"那就查接触过陈钧的院内工作人员。"罗家楠回手一拍桌，敲定调查方向，随后冲林冬抬了抬下巴，"林队，这事就交给我们了。"

"好，麻烦你们了。"

林冬现在的确分身乏术，刚才史玉光那边打来电话，说找到那个"小美"了，已经带到平湖分局，他开完这个会就得赶过去。

小美本名苏雅兰，现年三十岁，曾两次因卖淫被行政拘留过。她躲起来了，史玉光的手下找了当初和她一起被抓过的姐妹，问了七八个人，终于问出她的落脚点在一个城中村里。

史玉光说，带苏雅兰回局里的路上，这姑娘曾试图跳车，明明已经和她说了只是询问李彭发的情况，她还是吓得要死要活，仿佛警察要害她一样。最后都进平湖分局的会谈室了，举头便是庄严正义的警徽，她依旧如同惊弓之鸟，听见点动静就哆嗦。

她这种反应，史玉光根据经验判断，必得是身上有事，还不是小事。干"小姐"的，因职业特殊性，没有不摊上点大事小情的，黄赌毒一条线，沾一个，其他也跑不了。所以她们遇事不会报警，比起所面临的麻烦，更害怕遇到警察。见到林冬他们后，史玉光把情况如实告知，让他们询问的时候注意点，除了李彭发的下落，这女人身上应该还有别的事情可挖。

林冬在听完史玉光的话后，决定让何兰先去跟苏雅兰接触。对于"小姐"来说，女警的威胁性相对低一些，和男警给她们造成的压迫感是不一样的。

谈了将近一个小时，苏雅兰交代，她和李彭发算不上男女朋友，李彭发只是她的常客，赚到钱了就带她和姐妹出去吃吃喝喝，姐妹们起哄瞎说的。具体李彭发靠什么赚钱，她说像是收尾货的，今天去这个仓库明天去那个工厂，到处跑。而他之所以会欠钱跑路，是因为被人坑了。他有个客户要铜，正好有人给介绍了一批二手空调机，明面上拆出来的几个都有铜管，他就借钱把整间仓库的货盘了下来；因为仓库那边着急要现钱，他想着转手就能赚钱，干脆借了高利贷付给仓库的人；结果除了面上的几台机器，里面那些机器上的铜管早就被拆光了，剩一仓库的塑料壳，连利息钱都卖不出来，再回头联系那要铜的客户，手机也打不通了。

这肯定就是个局，卖二手空调机的和收铜的是一伙人。可借钱的才不管你是被骗的还是干吗的，欠债还钱天经地义，到期还不出钱，那就别怪追债的人不客气了。李彭发别无选择，只能跑路，跑之前还去找过苏雅兰，问她愿不愿意跟自己一起走，向她保证自己绝对有东山再起的一天。

苏雅兰绝不可能把自己的后半辈子都赌在一个欠了一屁股债的男人身上，当即拒绝了李彭发。她认为李彭发可能回了珍城，因为他在那边赚到了第一桶金。自那日一别，两人再没有过任何联系。

至此，李彭发的这条线索又断了，但苏雅兰的状态同样值得关注。林冬监听何兰询问她时发现，这个女人的语气谨小慎微，极端地不信任警察，不是因为自身职业的特殊性，而是其他原因。

林冬决定再和她谈谈。

苏雅兰看到走了一名男警后，又进来两名男警，精神状态再次紧绷起来，不停地问："不是说问完就能走了吗？你们放我走吧，放我走吧！"

"苏小姐，别害怕，我们不是来抓你的。"唐喆学语气温和地劝慰道，"我只是想知道，你有没有遇到过什么危险，或者，受到他人的威胁？找你来的同事跟我说，你最近一直不怎么和外界联系。"

"没有，没有没有没有……"苏雅兰忙不迭地否认，"我现在只想回家，求求你们了，让我回家吧。"

她一边说，一边时不时地朝大门口张望，见有人路过就立刻低下头。

林冬看出她应该在恐惧着某个人，于是在桌子下面轻踢了下唐喆学的鞋。唐喆学心领神会，说："那好，我送你回去。"

苏雅兰立刻拒绝："不用！我自己走就行！"

"那你留一下何警官的电话，如果有李彭发的消息，请你立刻和我们联系。"

唐喆学示意何兰留电话，又让她把苏雅兰送出分局。等两人离开房间，他问林冬："现在李彭发的线索断了，怎么办？"

"我找赵政委帮帮忙吧，之前听他提过，在珍城市局里有朋友。"

"哟，赵政委的交友范围还挺广。"

"老警员嘛，以前经常到处跑，总归是在哪儿都有认识的人。"

林冬走到窗边，望向站在路边等车的何兰与苏雅兰，负手而立，右手食指和拇指因飞转的思绪而无意识地摩挲。苏雅兰的反应太过异常，追寻不到根由，让他心烦意乱。

不一会儿，何兰返回办公室走到林冬的身旁，小声地问："林队，你认识一个叫毕雨川的警察吗？"

毕雨川？林冬感到一阵错愕，问："你问他干吗？"

"刚刚苏雅兰问我的。"何兰眼中划过一丝好奇，"你不是说，让我好好跟她谈谈心套套话吗？等车的时候，她突然问我认不认识毕雨川。"

"她为什么要打听毕雨川？"

"没说，车来了，她就走了。"

唐喆学见林冬表情凝重，问："你认识？"

"对，我认识，毕雨川原来跟我是一个分局的……"林冬欲言又止，拿出手机到走廊上去打电话。他说话的声音很小，唐喆学和何兰都没听清他说了些什么。很快，林冬返回办公室说，"毕雨川说他不认识苏雅兰，也不知道她是从哪儿知道自己的。"

"那……"何兰皱着眉，"那她特意问我，是因为……"

"事出反常必有妖。"唐喆学插嘴道，"队长，查不查？"

"查。"林冬笃定说道，"兰兰，你赶紧跟其他部门借个女搭档，你们一起去找苏雅兰问清楚，她到底为什么要打听毕雨川。"

"好。"

应下领导的吩咐，何兰拿出手机问了一大圈，终于借来个人——技术科的曹媛。

自从警以来，曹媛接触案件嫌疑人或证人的次数屈指可数。干技术并非曹媛的凤愿，她更希望能像已故的父亲曹翰群那样，做一名冲锋在一线的侦查员。但陈飞不允许，他和曹翰群有着二十多年的同窗同事情谊，是铁打的兄弟情。当年曹翰群因公殉职，他对着墓碑发过誓，说一定会照顾好曹媛。

曹翰群去世后，陈飞就成了曹媛的半个爹，生活上关心、经济上照顾，曹媛瞒着他报考警校已经是叛逆之举。她受不了陈飞的纠结和担心，只好退而求其次，去干技术。

今天算是能女承父业一回了。去苏雅兰家的路上，曹媛兴奋地问个不停。然而何兰没什么案情简介可以共享，只告诉她这是领导的要求，去问了才知道到底要查什么。

不得不说，这完全颠覆了曹媛的认知。一直以来，她都以为是案发后才需要他们，这上赶着挖案子可还行？

"虽然我们是以调查既发的案件为主，但有时候会因为发现一些新线索，不可避免地牵扯出其他案件。"何兰向她传递着林冬的理念，"就像之前顾黎还有邓梅的案子，都是查别的案子牵出来的。我们林队说，不要怕线索乱，就怕没线索。"

曹媛一脸羡慕地说道："你们真好，每天能出去透透气，不像我们，天天对着显微镜、离心机、质谱仪……周围都是机械器材，社交圈小得可怜。"

"我们也不能跟嫌疑人建立友谊啊。"何兰小声嘀咕着。

随后她转念一想，这大概就是钱锺书先生所要展示给世人的"围城心态"——外面的想进来，里面的想出去。其实，她挺羡慕曹媛不用天天风吹日晒，明明是同龄人，可人家曹媛看着就是比自己显年轻。

何兰和曹媛去走访苏雅兰的时候，林冬和唐喆学正在走访毕雨川。初见毕雨川，唐喆学便感觉此人对林冬有些抵触，甚至是敌视，门一打开，就听到他说："哟，这么晚了，林队还不休息啊，看来当领导也没什么特权嘛。"

"没办法，事情多。"林冬说话的同时按了按唐喆学的肩膀，示意他不必在意对方的刻薄，"嫂子和孩子不在家？"

"你打电话说要过来，我就让她带孩子回她妈那里住一宿，案子上的事不好让他们听见。"毕雨川上下打量了一番唐喆学，"这位是？"

唐喆学也在打量他，看着四十过半的年纪，和林冬差不多的个头，体格比林冬宽出半个人。面上虽有风霜，却似养尊处优过一段时日，有种随心所欲的气质。

"唐喆学，我搭档。"

林冬说完便掏出鞋套，刚要往鞋上套，又听毕雨川说："不用，反正保洁每天都来，踩脏了再擦。"

这话让唐喆学不由得挑了挑眉，能请得起日间保洁，说明收入不低。乍一看屋里，花销不低：客厅四十平方米打底，精装修，巨幅弧面液晶电视占了半面墙；开放式厨房，以左右两个立柱式鱼缸与客厅做区隔，里面放着双开门大冰箱；家具都是同一种风格，一看就是找设计师专门订制的。

毕雨川招呼他们："进来吧，坐下说。"

"装修得不错，空间利用很合理。"林冬环顾四围，客套了一句。

毕雨川没接林冬的客套话，连给他们倒杯水的打算都没有，直接坐到旁边的单人沙发上抽了一口烟，问："什么情况？有人打听我？"

"你看一下这个人，有没有印象。"唐喆学从手机里调出苏雅兰的照片，探身把手机递过去。

见对方只给自己点烟却没分烟的意思，唐喆学确定毕雨川非常不欢迎他们的到来。再一看旁边的林冬始终端着职业笑容，眼神里却没一丝笑意，估计两人以前有过什么不愉快。

毕雨川拿着手机看了足足五分钟，皱眉道："我对她一点印象都没有，她是干吗的？"

"以前干过私窠子。"林冬收回手机，还给唐喆学。

"我去，一个妓女说认识我？"毕雨川说话没那么文明，对于苏雅兰的职业充满鄙视，"怎么，说我嫖完没给钱？不过这也不归你管吧？还是说，你现在开始干督察了？"

面对略带挑衅的语气，林冬依旧平心静气地说："具体情况还不清楚，我的队员还在调查中。毕哥，我今天来是想当面——"

"欸，林队！你可别这么叫，我受不起。"毕雨川当即抬手打断林冬，眼里满是不屑，"你用不着装客气，多累啊？我知道，在你林冬眼里，我毕雨川就不配穿那身警服，之前你不是铁了心要把我赶出警队吗？"

听到毕雨川这么说，唐喆学瞥了一眼身边的人，此时的林冬垂眼抿住嘴唇，一副隐忍的表情。正如罗家楠所说，林冬得罪的人比他多多了。而且听毕雨川这意思，梁子是结死了。

"你不知道吧，我前年就辞职了，去了朋友开的咨询公司，专门帮打离婚官司的有钱人查财产信息和出轨证据，别说，真比干警察轻松多了，还赚得多……"说着，毕雨川玩味地勾起嘴角，"不过我还是得谢谢你，多亏你当初把我踢出刑侦队了，要不跟你们一起进了专案组，我可能还活不到今天呢。"

林冬站起身，神情严肃地告诫对方："我们都为自己的所作所为付出了代价，鉴于你以前的行为，我奉劝你一句，好好回忆回忆，是不是有什么把柄捏在别人手里了。另外，别说你脱了警服，就算还穿着，如果调查下去发现你确实有违法犯罪的行径，我照样会亲手抓你。"

视线胶着了一阵，毕雨川脸上的笑意彻底退去，随后抬手朝门口一指，沉下脸说："你们，给老子滚蛋。"

　　唐喆学心里有气，上车后"哐"的一声把车门关上。沉默了一阵，转头问林冬："那姓毕的干什么了？为什么被踢出刑侦队？"

　　林冬侧头望向车窗外被路灯打亮的长街，深呼吸道："他那个人，把钱看得太重了，没出大事只是因为手中的权力不够，所以上面提出让他升任副队的时候，我给驳回了。他知道后，当着一队人的面骂我是小人……"

　　"没原则问题吧？"唐喆学朝林冬递了一根烟。

　　"没有，不然我也不会容他在我面前撒野。当然他的能力是有的，而且不低……"林冬按下车窗，扭头呼出一口烟，"虽说人无完人，但他的瑕疵太明显了，我只能说，他不适合干这行，结果第二天他就打报告调走了。我没留，也再没跟他联系过，直到队里的人出事……齐昊他们下葬那天，他去了烈士陵园。我以为他是来看我笑话的，后来等人都走了，我看到他挨个儿给那七座墓碑鞠躬……那一刻我才知道，其实他还是挺看重感情的。"

　　唐喆学点点头，感叹道："是啊，总归是一起共事过的战友……唉，兰兰那边还没有消息吗？"

　　林冬拿出手机，给何兰发了一条追进度的消息过去。没多久，何兰就回了电话，说是刚从苏雅兰家里出来，正要跟他汇报情况。

　　"苏雅兰说，她有个叫丽丽的姐妹失踪了，失踪前给她发了一条消息，要她小心一个叫毕雨川的警察。"何兰开口道。

　　林冬和唐喆学对视一眼，追问道："为什么要她小心毕雨川？"

　　"她不肯说，我和曹媛轮流追问也问不出来。"何兰的语气里带着挫败感，"抱歉啊林队，是我能力不足。"

"没关系，能问出一点是一点。"林冬安慰道，"那个叫丽丽的又是什么情况？"

"丽丽本名叫年俐，她欠苏雅兰两万块钱，一直没还上，还押了自己的身份证在苏雅兰那儿。"何兰声音一顿，说出自己的想法，"我猜她会不会是出事了啊？现在干什么不得用身份证？她都押两个多月了。"

"身份证拍照了吗？"

"拍了。"

"给岳林发过去，他今晚值班，让他把背景信息和社会关系都调出来。"

"好，马上发。"

林冬挂了电话，看向唐喆学："你有什么想法？"

唐喆学皱眉沉思，又仰头望向毕雨川家的窗户。毫无疑问，他不喜欢这个人，但是直觉告诉他，像毕雨川这种有着极强反侦查能力的人，做事不会轻易留下把柄。可目前掌握的信息实在太少，他只能想到什么说什么："我想的是，他前年就辞职了，不管干什么，也不该说自己还是警察了吧？"

"但警察这个身份能唬人也是真的，要不哪来那么多装警察诈骗的，而且，成功率还不低。"

"这倒是……唉，先回家吧，等等看岳林那边有什么消息。"

说完，唐喆学发动汽车。刚开了不到十分钟，岳林的电话就打了过来："林队，年俐死了，车祸。"

林冬一怔，立刻问道："肇事者抓到了吗？"

"没有，逃逸了，是在一条没有监控的路上发生的车祸。"

"报警人是谁？"

"稍等……"扬声器里传来噼里啪啦打字的声音，很快，岳林回复道，"报警人叫……毕雨川。"

"什么？"

一听到"毕雨川"这个名字，唐喆学就知道今晚没法休息了。

第八章

小心 "他"

"对，我是报警处理过一起车祸，但是我不认识什么年俐啊！"

一晚上见林冬两次，第二次还是被带进市局问话，毕雨川就差把脏话写在脸上了。流程规矩他都懂，但凡说错一句话，他就别想出公安局大门了。

林冬一副照章办事的态度："既然你说你是偶然路过，那请你说明一下报警那天，你的行车路线、待办事宜，还有随车同行人员。"

毕雨川嗤笑道："你不是查那什么苏雅兰吗？这事立案了吗？你凭什么问我的个人隐私？"

"交通肇事立案了。"林冬把打印出的资料放在桌上。

毕雨川一脸不屑："你觉得我伪造车祸现场，用意外掩饰故意杀人？行啊，拿出证据来。没证据，你就是给我送公安部去审，也没人能判我有罪！"

对面口沫横飞，林冬却不急不恼，语气依旧平和："我愿意相信你，我已经申请事发当日你所驾驶的车辆的搜查证。有没有证据，就要看技术那边的调查结果了。"

毕雨川的额角绷出青筋，怒斥道："你凭什么动我的车?！"

"我们的办案流程合法合规。"

"林冬，别跟我来这套！"毕雨川拍案而起，"我干刑警的时候，你小子还戴红领巾呢！"

唐喆学随即起身与他对峙："坐下！这里是公安局！"

"吵什么呢？我在外面都听见了。"

众人循声看去，只见重案队负责人陈飞背着手，慢悠悠地走了进来。

他的出现打破了当前剑拔弩张的气氛。看清来人是谁后，毕雨川表情一收，恭敬道："陈队，好久不见。"

"哟，这不是大川嘛？什么风把你吹来了？"陈飞抬抬手，示意他和唐喆学都坐下，又看向林冬，"林队，不介意我旁听吧？"

林冬连忙起身拉开旁边的空椅子："您坐。"

陈飞顺势坐下，看看林冬他们，又看看毕雨川，伸手要案件资料。林冬拿起来递到陈飞手中，陈飞翻了翻，摆出一副吃惊的表情："交通肇事？大川，你干的？"

"当然不是了！"毕雨川立马澄清自己，随后埋怨地瞪了林冬一眼，"陈队，我是人在家中坐，祸从天上来啊！那天我正好路过，见路面有零散的汽车配件和刹车带，于是下车查看，结果发现沟里躺着个人，就赶紧打电话报警了。"

陈飞点点头，又接着翻案件资料，突然一抬眼，看着毕雨川说："警察到那儿之前，你有没有碰过死者？"

被那双号称"虎目"的眼睛盯着，毕雨川迟疑了几秒，犹豫道："我……我那个……我得看她死……死没死啊……"

"所以说你碰过死者。"陈飞的语气稍显责怪，"那你当时为什么不向警方说明？"

"不是陈队，我要说我碰过尸体，那不还得取样我的 DNA 吗？

我……我这不是多一事不如少一事吗！"毕雨川有些急了，脸色涨红，"我真没干别的！我就是路过的！"

陈飞故作好奇地问："取 DNA 有什么好怕的？你有私生子要支付抚养费？"

"没有没有！我要敢在外面乱搞，我媳妇不把我砍了！"毕雨川一扫之前的硬气，垂下肩膀，无奈地说，"我就是嫌麻烦……主要我那天有事，报完警录完口供，我就赶紧走了。"

陈飞又问："这样啊，你忙着干什么去了？"

一下就切回到林冬之前问的问题了。唐喆学和林冬悄然交换了视线——果然，姜还是老的辣，不但切入点犀利，提问思路也环环相扣。

毕雨川看看林冬，又看看陈飞，一副答也不是、不答也不是的纠结。最终，他还是在陈飞"关切"的注视下重重叹了口气，坦诚道："帮一个客户去捉奸。她老公在郊区有一栋别墅，那天开车带小三去别墅约会，我这不是……得拍点……拍点照片嘛……怕去晚了人家完事了……"

唐喆学强忍笑意看向林冬，见对方也是挑着眉毛抿着嘴，一副忍笑的模样。

"国家培养你那么多年，你那点本事都糟践到这上头了？"陈飞的语气听似痛心，实则有些嘲讽，"就你这行为，和追着明星拍的'狗仔'有什么区别？挣钱也得有底线是不是？让你那几个徒弟知道师傅现在靠卖那种照片挣钱，他们怎么看你？你跟孩子又怎么说？说你爸我为了送你出国上学，天天把镜头对着人家床上拍？"

一番话把毕雨川训得面红耳赤，一个字也争辩不出来，只能垂头听训。

"好自为之吧,大川,你才四十多岁,别糟践了自己那一身本领。"陈飞合上资料,转头对林冬说,"林队,我接着回去值班了啊,你们忙。"

"辛苦您了。"林冬和唐喆学齐声说道。

实际上,林冬不太相信毕雨川和年俐的死有关,但既然有线索指向毕雨川有犯罪的可能性,查清缘由还是有必要的。

为缓和尴尬的氛围,林冬主动拿出香烟分给毕雨川。唐喆学看他们进入"中场休息"了,干脆起身出去找陈飞。一是表达感谢,二是好奇陈飞到底做过什么,能让毕雨川这样的人对他恭敬有加。

听唐喆学问起自己怎么收服的毕雨川,陈飞云淡风轻地笑笑:"之前有一个案子,重案的主调,他们协调,一起去外地抓捕嫌疑人。到了围捕那天,当地警方情报有误,原本说屋里只有三个人,结果我们一破门进去,七个大老爷们儿,桌上又是手雷又是枪的。后来讯问的时候问出来,他们是想干票大的好跑路,计划抢劫运钞车呢。"

说着,陈飞悠哉地嘬了一口烟,一副老将久经沙场的随意。一旁的唐喆学眨着求知欲旺盛的大眼,静候下文。

"就当时那场面,别说大川他们那样的年轻小伙了,我和老赵都紧张得够呛。那可是楼房,离大部队上来还有好一阵工夫,我们要是尿了,百分百横尸当场。还好我跟老赵有默契,也不用商量,他直接把门一堵,把那俩年轻的挡在身后;我呢,扑到桌边抓起一颗手雷,告诉那帮孙子,谁敢动,大家一起死。"

在后辈敬仰的注视中,陈飞笑着摇摇头,继续说:"老赵说,等大部队赶上来把那群人摁住时，他要从我手里掰出手雷来可是费了老大劲了……"

唐喆学也笑了两声，心想：可算知道楠哥横冲直撞的脾气随谁了，上梁"不正"下梁"歪"。

"所以，你一不认识苏雅兰，二不认识年俐，碰上年俐的车祸案，实属巧合？"出于保密纪律，林冬不能告知毕雨川有关何兰的调查所得，但他可以引导对方的思路，"再好好想想，你调查过那么多婚外情案，她们有没有牵涉其中？"

"说实话，能雇得起我的，也看不上这俩人。"毕雨川敲了敲摆在桌上的照片，"她们一次收多少钱？五六百块到头了吧？雇我的那些富太太呢，人家的老公就算是嫖，那也得照着五位数要价的来！还有啊，在那种圈子里，超过二十五岁就得转'妈妈'了，你看看，这俩都多大岁数了？我可能跟她们有交集吗？"

林冬耸耸肩："但人家指名道姓地说你毕雨川，还特意强调了是个警察。你辞职前在派出所工作了一阵子，治安扫黄的时候，说不定抓过她们。"

听林冬这么一说，毕雨川陷入了沉思。在派出所工作期间，治安扫黄属于常规执法，抓完了就是按部就班地走流程，他更不可能记住所有小姐和嫖客的名字。一时间思绪纷杂，他闭上眼，仔细地梳理目前仅有的信息。

忽然，他睁开眼，肩头一震："死的不是年俐，我下去查看过她的尸体，跟你刚给我看的照片不是一个人，我确定。"

毕雨川从警近二十年，作为曾经的同事，林冬对对方的观察力和记忆力有着极高的认可。仔细对比完身份证照片和尸体面部照片，林冬也确定，不是一个人。

当时帮警方确认尸体信息的是年俐的哥哥，潘维恩。这对兄妹为什么不是一个姓，林冬之前翻看资料时了解过——哥哥随父姓，妹妹随母姓。

外人认错不足为奇，可亲哥也能认错？难道说……

林冬脑子里闪过一个念头，连忙问："你认不认识潘维恩？"

治安案件里的妓女和嫖客名字记不住，但刑事案件的嫌疑人，毕雨川能记一辈子。他当即点头说道："知道，这小子伙同他人飞车抢夺，人是我跟老徐他们一起抓的。"

林冬神情一变。

毕雨川满脸疑惑："你怎么问起他来了？和我这事有关系吗？"

林冬给了他一个"规矩你懂"的表情，一边收拾桌上的资料一边说："先回去吧，最近别离开本市，有任何消息，我会通知你的。"

第二天一早，林冬跑去交通队，要求把年俐的案子调出来重启调查，却被告知年俐的尸体已经由家属领回去火化了。他听完虽然有气，但也没立场冲人发难。交通肇事案，性质明确，只要家属来认领尸体，证明齐全、手续合规，就没必要把尸体冻起来等到结案再拉走火化。

他把年俐的尸检报告送去了法医室，然后返回办公室看事故调查报告。通常来说，交通肇事逃逸案件由交警队负责调查，发现死因非车祸所致时才会转到刑警队。这起案件的死因明确，而确定死者身份的物品是现场找到的一部手机，里面的手机卡号码登记在年俐名下。据此，调查该案的警员联系了年俐的哥哥潘维恩，对方来认尸时确认是自己的妹妹年俐。

林冬猜测，潘维恩知道死的不是年俐，手机是故意留在现场误导警方调查的。他去认尸，认完就带走火化，便成了"合法"的毁尸灭迹。

DNA 鉴定报告要根据案件性质来判断是否需要出具。在交通意外死亡的案件中，对于死者身份的判定，家属没有异议的话，警方通常是不会额外做 DNA 鉴定的。如果调查该案时发现死者身份存疑，有涉嫌刑事犯罪的可能，才需要进行死者 DNA 与近亲属的核验，尸检时也必须解剖。

目前来看，交通队的调查核验流程没有问题，问题出在潘维恩身上。他有抢夺入狱的前科，出来后有犯罪升级的可能，同时他还有可能受狱友的影响，有了不正当的法律意识，学会了掩盖罪行的技巧。

"年俐到底是真的死亡还是失踪，抑或是为了配合潘维恩的'计划'故意隐匿行踪，是目前的一个重要调查方向……"林冬正拿着笔在本子上写写画画，办公桌上的座机响了，是祈铭打来的。

"根据尸检报告所述，死因是重型颅脑损伤，这个没问题，"祈铭说，"不过我看尸表照片，发现死者双侧手臂和前胸有疑似盘状红斑的症状，判断死者生前可能患有红斑狼疮。尸体还在吗？在的话我可以——"

"已经火化了。"林冬打断他。

电话那边安静了两秒，传来一声叹息："唉，那就没办法了。"

"不，你的判断已经对我有很大帮助了。"

挂了电话，林冬写了一张字条递给秧客麟，让他查一下年俐的就诊记录。红斑狼疮是免疫性疾病，患病后需要终身治疗。年俐在这边生活了好几年，有病的话不可能不去医院开药。这种病小诊所治不了，得去要求实名制的大医院。

十几家医院查下来，年俐没有治疗红斑狼疮的医疗记录，只有治发烧感冒和淋病的记录——现在进一步佐证了毕雨川的话，死的不是年俐，而是另有其人。

沉思片刻，林冬回手敲了敲何兰的办公桌："兰兰，写立案申请。"

听说陈飞派付立新过来跟进年俐这个案子的调查，唐喆学忍不住找林冬念叨："老付可以吗？我看他平时开会都不怎么出声。"

作为重案队唯二的老人之一，付立新完全不像个经验老到的前辈。开案情讨论会的时候很少说话，干的也都是按部就班的排查和走访工作，没多少特殊贡献。没事的时候就坐在办公室最角落的工位上，看书、喝茶，一副与世无争的模样。

林冬看看周围，低声说："老付这人呢，你只能说他不是个将才，但是执行力非常强，而且思路清晰，目标准确。我在分局的时候跟他合作过一次，无名尸体需要查实身份，当时根据死者染发的线索，安排他带人去走访全市的美发店，你知道有多少家吗？"

"多少？"唐喆学好奇地问道。

"四百三十三家。"林冬记得十分清楚，"他带了两个人，一个星期就走了一百五十家，并且确认了死者的身份信息，而在同样的时间内，我这边连五十家都没查完呢。"

唐喆学愕然："他可真牛。"

"所以，好好学学人家的侦查思路和手段吧，他可从来都不带徒弟的。"林冬挑了挑眉，"趁机偷个师什么的。"

想不出反驳的话，唐喆学咽了咽口水，乖乖闭上嘴，回到自己的工位上。

根据祈铭给的线索，秧客麟在全市范围内筛查出近一年内，因患红斑狼疮就诊的患者信息。一共一千七百多名患者，有很多是从外地来看病的，刷掉不到二百名男性患者，再按预估年龄和就诊次数筛选，最后还剩五百多人。再把这五百人和失踪人口系统交叉对比，没有结果。

也就是说，不管死的是谁，没人报她的失踪。而五百多人不可能一个个打电话去联系，那样工作量太大。

还能怎么查？

林冬有想法，但没说出来，而是扭头看向低头吹茶叶末的付立新："老付，你有想法吗？"

打从付立新进办公室开始，屋里的气氛就显得有些拘谨。一来大家跟他都不熟，二来他岁数在那儿摆着，年轻人在老前辈面前活跃不起来。

"嗯？"付立新抬起头，左右看看，见一双双年轻明亮的眼睛都盯着自己的脸，一时有些反应不过来，"什么……什么想法？"

小年轻们一听这话，都尽量克制住自己不要流露出太过明显的失望神情——说是来协调，可心思根本就没在这儿嘛，还不如回重案队办公室喝茶看报纸去呢。

"缩小排查死者身份范围的想法。"林冬耐心地重复了一遍问题。

"哦哦,这个啊……"付立新转身放下杯子,从上衣口袋里掏出老花镜从容地戴上,然后走到秧客麟身后,眯起眼扫了扫电脑屏幕上那密密麻麻的身份信息,又回头看向林冬,"你们刚才说,失踪人口系统里没有,是吧?"

"是。"林冬点头。

"指纹对过吗?"

"交通队那边已经对比过了,没有记录。"

"他们对的是户籍系统吧,要是 2013 年 6 月之前换领的二代身份证,有好多都没录指纹呢。"付立新轻轻一笑,目光转向秧客麟的脸上,"那个……秧子是吧?"

"对,叫我秧子就行。"被点到名的秧客麟立刻坐直了身子,他莫名感到这位老前辈的气场和几分钟前不一样了。具体描述一下,大概就是猛兽忽然发现了猎物的那种状态。

付立新一抬下巴:"查一下因行政拘留留下的指纹记录,查本市的就行。"

这范围缩得够小的,要是铺开了查违法犯罪记录,秧客麟那台号称全局最快的电脑都得查个两三天,但是付立新给的建议,预估半小时就能查完。秧客麟下意识地瞥了一眼林冬,得到肯定的答复后,便将无名死者的指纹记录拖进查询系统,设置好关键词进行对比。

看看电脑屏幕上快速切换的对比画面,文英杰好奇地问道:"付老师,为什么是查行政拘留的?"

"哎哎，别叫老师，叫老付，老付就行。"付立新谦虚地摆摆手，又恢复到那与世无争的状态，"之前不是说她顶替那女的是干私窠子的吗，我就想，那这一位保不齐也进去过，物以类聚，人以群分嘛……再说她失踪这么久都没人报警，要是有正经工作、正经家庭，怎么可能没人发现呢？干他们这行的，人员流动性大，说不见就不见，那都是常有的事，身边的姐妹也不可能主动报案，别回头到了派出所再把自己折进去。"

岳林一拍大腿："您说得没错！苏雅兰不是说年俐失踪两个多月了吗？她也没去报失踪啊。"

何兰给了岳林一个"你别在这儿马后炮"的眼神，然后问付立新："那您怎么就确定是在本市呢？"

"私窠子接的都是常客，离开自己那一亩三分地，还得再去发展新客户，那多麻烦啊，所以她们一般不怎么动地方，动也动不出这一个市的范围。"说完，付立新意识到一个问题，"对了，你们知道什么是私窠子吗？"

除了唐喆学和林冬，其他几个人都迟疑地点了点头。

"知道，但是没接触过吧？那我给你们讲一下。"付立新清清嗓子，开始给年轻人上课，"这个私窠子啊，就是一门一户，是自己在家接客的妓女。但她们也得找个'把头'傍着，要不出事了没人撑腰。她们每个月要付一些'保护费'给对方，一般来说，一个'把头'能管十几二十个私窠子，这些女的遇什么事，去找'把头'通常都能给解决掉。"

这边正聊着，秋客麟那边已经出了对比结果——魏雪冰，三年前因寻衅滋事被行政拘留过，当时负责案子的警察就是毕雨川。

再对比医疗记录，她确实患有红斑狼疮。

总算找到了。

沐浴在这群年轻人敬仰的注视中，付立新笑着起身说："那你们接着忙吧，快到下班点了，我回去跟陈队汇报一下情况，就不跟着你们年轻人熬夜了，明天我过来参加晨会。"

林冬说："好，谢谢您的支持。"

"不用不用，都是为了工作。"

付立新端起保温杯，夹上记事本，慢悠悠地出了悬案队办公室。等走廊上彻底听不见脚步声了，岳林小声嘀咕："他可真行，一分钟的班都不带加的。"

"你要能有人家那脑子，你也不用加班。"唐喆学扬手拨弄了一下岳林的头发，"别闲聊了，把魏雪冰的身份背景信息都调出来。"

林冬让秧客麟把魏雪冰的身份证照片打印出来，贴到了案情分析板上。现在上面已经有五个人了，苏雅兰、年俐、潘维恩、毕雨川，还有魏雪冰。他退后半步，默默梳理这五个人之间的关系：潘维恩和魏雪冰都被毕雨川抓过；魏雪冰的尸体是被潘维恩认领走的；年俐是潘维恩的妹妹；苏雅兰和年俐相识；年俐给苏雅兰发过小心毕雨川的消息，导致苏雅兰怕毕雨川怕得要命。

好乱。

现在能把这几个人串起来的，只有毕雨川。但毕雨川说自己既不认识年俐也不认识苏雅兰，唯一能证明他没说谎的年俐下落不明，甚至已经是个"死人"了。

"林队，"岳林突然大叫起来，"潘维恩是魏雪冰的丈夫！怪不得魏雪冰失踪后没人报警呢……"

林冬闭上眼，顺着岳林的话，脑海里像幻灯片一样放着近几年来有关丈夫杀妻的警情通报。这么说来，就能解释为何魏雪冰会死于荒郊野外的沟渠里了——她死之前就在那辆撞她的车里，她可能只是临时有事下了车，接着就被丈夫开车撞飞。而为了隐瞒自己杀妻的事实，潘维恩指认妻子的遗体为妹妹年俐，将其带走烧毁。

那动机呢？潘维恩杀死妻子的动机是什么？为财？为情？

就在林冬整理思路的时间里，唐喆学已经看完了魏雪冰因寻衅滋事被治安拘留的案子。案件记录显示，魏雪冰和一个男人在火锅店吃饭的时候，和邻桌的客人因椅子碰撞吵了起来。她当场掀翻了隔壁的桌子，店主报警，随后她和邻桌的客人都因寻衅滋事被拘留了五天。案子是毕雨川办的，依法处理，被处理人没有申诉或者申请复议。

记录上写着，她称当时和自己一起吃饭的男人为"男朋友"。唐喆学在系统里找到了魏雪冰前男友的身份背景信息——李克，有故意伤人的前科和多次治安拘留记录，还曾涉嫌组织卖淫，后因证据不足，没有被批捕起诉。

"李克可能不是魏雪冰的前男友，而是她傍的'把头'。"林冬看完案件资料，眉梢微挑，"赌十块钱，他还在干老本行，信不信？"

唐喆学白眼一翻："这还用赌？档案里那人看着就是个狗改不了吃屎的面相。"

"岳林、英杰，你们跟着唐副队，去把李克提回来问话。"林冬笑着布置任务。

"李克不在家，我在楼下蹲他一会儿，你们先下班，有情况联系。"唐喆学在电话里向林冬汇报完情况，转身看向后座上的文英杰，说，"你也回家吧，有我和岳林盯着就行。"

"不用，我跟你们一起。"文英杰看了看手表，"我去买点吃的，你们要吃什么？"

"我想吃烤肉。"岳林眼巴巴地看着车窗外。对面街上有一家烤肉店，现在正是饭点，门口排了几十号人等位，看起来至少得等一小时以上。

"我把你烤了。"唐喆学瞪了岳林一眼，又对文英杰说，"随便买点，能填饱肚子就行。"

结果文英杰下车后真的奔着那家烤肉店去了，而且到了门口和服务员说了几句，就直接进了店。

岳林目瞪口呆："副队，你看你看！他进去了！"

虽然唐喆学也很好奇文英杰用了什么手段可以免于等位，但还是故作无所谓状："进去就进去呗，不正合你意？"

过了不到二十分钟，车门打开，烤肉的香气飘了进来。唐喆学回过身，只见岳林捧着一盒烤肉盖饭，两眼放光。

"副队，这是你的。"文英杰绕过车头，把手里拎的纸袋递给他。

"谢谢，真快啊。"

唐喆学刚把盒饭拿出来，就听岳林问："英杰，你刚刚和领位的说什么了？人家那么爽快就让你进去了。"

"我说要订员工聚会餐，找他们经理，她就让我进去了。"文英杰给自己点的是南瓜粥，正打开盖捧在手里散热气，"见到经理，我说老板要求试餐，经理就让我点了三份，催后厨加急做了。"

"这也行？"岳林愕然。

文英杰不以为意地耸了耸肩："行啊，我姑姑就是开饭店的，经常有企业订员工餐，这很正常。"

"那么多人等位还给你插队？"

"有些是雇来的，造声势，你看你不就被骗了。"

"……"岳林哑口无言，一脸无奈。

不过也不算完全被骗，这家店的烤肉是真好吃，一口下去，汁水充盈，肉香四溢，抚慰了加班人的心。岳林想着等哪天有空了，请全家人过来吃一顿。

三人吃完饭继续等，等到快十点了，李克还没回家。唐喆学计划让岳林装成物业的人给李克打电话，说楼上漏水了，问他几点能回来。结果一转眼，就看街对面停了一辆深色的小汽车，从车里下来一个男人。

"是他？他来干什么?！"一脸惊讶的唐喆学立刻推门下车，在对方跨步迈上人行道时堵在前面。

面前冷不丁地站着一大高个儿，毕雨川当即一愣，看清来人，游移了一下眼神，说："哟，这么巧啊，唐副队。"

"别废话，你是不是来找李克的？"

唐喆学没跟他客气，但又不得不承认毕雨川这老油条有两把刷子。估计是从林冬那儿听到潘维恩的名字开始，毕雨川就着手调查了，查关联人物的时候同样查到了李克身上。

毕雨川坦然地仰头："对，我是来找李克的，怎么，犯法啊？"

　　唐喆学严肃地说："他是我们队正在调查的案件的关联人，所以，离他远点。"

　　毕雨川感觉碰上硬钉子了，拿出烟盒敲出一根香烟叼着，面带讥讽地看着唐喆学："我也不跟你摆什么资历了，毕竟你们林队刚进分局的时候还得叫我一声'毕哥'呢。另外，我早就不是警察了，你们那套规矩，管不着我……我今天之所以会来，就是因为我查到你们查不到的东西了，不信你可以去问林冬，我是怎么干活的，他比你清楚。"

　　"那你查到什么了？"

　　"你问什么我就答什么？呵，当我是犯人啊？"毕雨川不屑地说。

　　唐喆学看出他是要面子的，于是嘿嘿一笑，卸去紧绷之态，从口袋里掏出打火机给毕雨川点烟，说："毕哥，你查到什么了，跟晚辈共享一下信息呗。"

　　这份退让让毕雨川心满意足，语气随即软了下来："小唐啊，我不是跟你摆架子，只是这件事牵扯到我了，我就算死也得死个明白，是不是？"

　　"是。"唐喆学点头肯定。

　　毕雨川将他拉到步行道里面，低声说："这李克不只是个拉皮条的，私底下还拍淫秽视频上传到不正规的会员网站上，提供在线点播……其实他早就被警方盯上了，但这案子的管辖权不在你们那儿，他也不是组织者。你们就别跟了，要是打乱了人家专案组的布局，林冬可是吃不了兜着走，明白？"

　　"我们是不能碰，可你也不能吧？"唐喆学就不信这老油条能不明白其中的利害关系。

"我不是警察啊！你们上去把人抓了，回去往讯问室一推，上面知道了不就完蛋了！"毕雨川一副恨铁不成钢的样子，"你们找他不就是为了查魏雪冰吗，这样，我去，我把对话全都录下来，然后原封不动地交给你们，如何？"

唐喆学做不了主，抬手示意对方稍等，然后走到远处给林冬打电话请示。

听完汇报，电话那头沉默了一阵。只听林冬语气严肃地说："你跟他去，别暴露身份，全程录音，我不想出任何纰漏。"

"不过李克现在还没回家，不知道要等到几点，我可以不回去，但是英杰和岳林……"

"那就让他们两个先回去吧，反正现在用不上了。"

"行，我让英杰把车开回去，等这边解决了给你打电话。"

挂上电话，唐喆学回到毕雨川面前，转述了林冬的要求。毕雨川听了先是眉头紧皱，但想想林冬的行事风格，只能无可奈何地说："我可真是服了林冬了，什么事都得在他的掌控中是吧？行行行，就按他说的做！"

夜里十一点零五分，李克终于现身。他从出租车下来后打了个电话，随后进入小区。毕雨川通知完守在李克家门口的唐喆学"留个门"，便下车也跟了过去。

见李克出了电梯门，守在暗处的唐喆学静待对方输完门锁密码，便猛地现身将人推进屋内。

突然被人连推带搡地弄进屋里，李克当场就蒙了。他才一米七的个子，身材干瘦，被人高马大的唐喆学往沙发上一摁，顿时吓得出不了声了。他仰躺在沙发上，双目圆睁，还没缓过气来，乘另一趟电梯上来的毕雨川后脚就进了屋，把门一带，竖起食指朝李克比了个"嘘"的手势。李克没得选，只能一个劲儿地点头，唐喆学见他没有逃跑的意思了，起身站到一旁，居高临下地盯着哆哆嗦嗦的李克。

"你们这是……这是干吗啊？"李克声音颤抖地问道。

毕雨川随手拉过来一把椅子坐下，往李克的腿上一拍："欸，还记得我吗？"

这一拍把李克拍得更哆嗦了，好一会儿才谨慎地抬起头，盯着毕雨川看了又看，不怎么确定地说："好像……好像……在哪儿见……见过……我……我记不起来了……大哥你……你给点提……提示呗……"

毕雨川眯眼一笑："真不记得了？"

"噢噢噢噢……你你你……你是……是……"

李克"是"了半天也没"是"出个所以然来，他干的事没少得罪人，具体有没有惹到哪位大哥，完全想不出来。

"嗯哼。"毕雨川眼神一变，一副随时要吃人的样子。

"哎！哎……大哥、大哥，有什么话不能好……好好说吗？非弄……弄这么大阵仗……"

李克慌忙说道，同时肩膀越垂越低，恨不得把自己塞进沙发缝里避难。他一边赔笑一边偷瞄了唐喆学一眼，这大高个儿正抱臂于胸，立在一旁虎视眈眈，表情能拉多沉就拉多沉。

其实这是唐喆学之前和毕雨川商量好的，他不用张嘴，去那儿吓唬人就行，手机就在长裤口袋里放着，开了录音模式。

"我在替一位老板做事，是你惹不起的级别。"毕雨川向后靠到椅背上，悠然地跷起二郎腿，点上一根烟，然后朝李克那张笑得比哭还难看的脸上呼了一口烟雾，"你手底下有个私寨子在我们老板那儿拿了一笔钱，现在人找不着了，老板让我过来跟你探探消息。"

一时拿不准毕雨川是在诈自己还是真的是谁的跟班，李克左顾右盼地说："什么私寨子？我不知——"

"啪！"

毕雨川扬起夹烟的手，把烟灰缸往桌上狠狠一拍。李克吓蒙了几秒，搓着衣服起身就想往后退，可躲得过毕雨川却躲不过唐喆学，眼下是前有狼后有虎，他只好畏畏缩缩地说："大哥别动手啊，有话好好说，好好说……那个……您要找的……是谁啊？"

"这女的，是跟你干的吧？"

毕雨川把手机朝他眼前一递，屏幕上是魏雪冰的生活照。李克眯着眼，看了看说："阿冰啊，她早就不跟我干了，去年上岸了。"

"别废话，她上半年可是给你打了不少电话！"

眼看毕雨川又要扬手，李克赶紧说："我……我也好久没跟阿冰联系了，就四月的时候吧，她……她让我帮她弄……弄身份证……"

"她干吗弄身份证？"毕雨川把烟头碾灭在烟灰缸里，又掏出烟盒，敲出一根香烟分给李克。

李克诚惶诚恐地接过烟说："她没说干吗，就说有多少要多少……哎哟！"

"啪！"

唐喆学弹开打火机的动静又把他吓了一哆嗦。

抽上烟，李克稍微缓和了情绪，话匣子也算打开了。

"应该是跟她男人合伙干什么去，当初她上岸的时候跟我说，这次算是找对人了，再也不用过以前那种担心被警察抓的日子了……她男人，就那姓潘的，我见过一次，看起来挺有钱的，戴这么粗的金链子，开一名牌跑车。"他二指一并，比画了一下，"他请我吃了一顿饭，然后就带阿冰走了，从那以后我再也没有见过他……后来我跟阿冰也就是偶尔见个面，反正看她是过得挺不错的。"

"你给了她多少张身份证？"

"没多少……"

"嗯？"

"也就一百来张。"李克缩了缩脖子，"她要求有点高，主要是得对得上人头，我找这些也挺费劲的，还得一个个带着去'换美金'……"

听到这儿，唐喆学和毕雨川对视一眼，各自在对方眼中看出了相同的想法——换美金？其实是帮人洗钱吧。

"你们分析得对。"唐喆学坐在毕雨川的车里，听林冬的声音自手机外放传出，"按照国家规定，一个人一年有五万美金的换汇额度，超过则需向外管局申报。地下钱庄花钱买人头，非法取得外汇进行换汇对敲，其中很大一部分是帮人洗白来路不明的黑钱……看来这案子越查越大了。二吉，你现在就给经侦的明队打电话，让他回局里等我。"

既然涉嫌洗钱，就不是他们悬案队能查的事了，还得专业人士来干。

"方局那边呢？"唐喆学问道。

"我给他打电话。"林冬准备挂电话时想起了什么，连忙说，"对了，毕哥，谢谢你。不过后面你别再自己查了，要不容易打乱我们的调查节奏，至于你的事，我会尽快给你一个交代。"

电话挂断，车里的气氛一下变得尴尬起来。唐喆学看向毕雨川，干巴巴地挤出一丝笑容："那个，毕哥，你听明白我们林队的意思了，这事以后你就……别插手了。"

"你们可真是过河拆桥，用完就甩啊。"毕雨川冷眼一瞪，"下车！"

被轰下车，唐喆学站在冷冷清清的街边，目送毕雨川的车尾灯消失在夜幕尽头——算了，自己打车回局里吧。

接单的司机是个新手，明明开了导航还走错了路，等唐喆学赶回局里，林冬和经侦的明烁已经在办公室里讨论一阵案情了。

唐喆学平时和经侦的人很少打交道，虽然能在走廊里碰上，但跟明烁只算得上是点头之交，对他了解不多。唐喆学只知道他毕业于某名牌大学风险投资专业，在投行干了几年后转行做了警察，和林冬差不多的岁数，也称得上是年轻有为。

和他们干刑侦的不太一样，明烁身上没有痕迹过重的"警察作风"，换身西装就跟原来在投行时工作的感觉差不多，全身上下一股精英范儿。见唐喆学进来，他客气地点了下头，把放在桌上的卷宗往前一推："唐副队，你先看看这个，熟悉一下情况。"

唐喆学拿起卷宗翻了翻，脑袋"嗡"的一团乱——翻账本的工作果然不是谁都能干的，这一堆数字对外行人来说，再有耐心也不一定能看明白。

好在还有他能看懂的部分，汉字起码都认识。这是一桩洗钱案，目前还在调查中，涉及面很广，由多家地下钱庄共同持有一个"资金池"进行非法资金流转。根据明烁他们的调查，潘维恩应该是负责往"资金池"里注水的一根管道，他和魏雪冰的婚姻，十有八九是用来隔离和转移资产的手段。

"潘维恩只是这个案子里的一个小角色，动他不会影响整个局面。"明烁的嗓音有些沙哑，看他眼袋上的一抹青黑，应该是连轴转好几天了，"不过林队，他的上线目前是我们的重点追踪对象，你们如果抓他，一定要注意，千万不能打草惊蛇。"

林冬点了点头："目前还没有实质证据证明他杀了魏雪冰，不过按你刚才说的，他和魏雪冰之间应该是因为钱闹崩的。"

"常有的事，这种因利益结合的夫妻，见钱眼开、卷钱跑路的多的是。"明烁抬手揉了揉眼眶，"我明天让人把潘维恩的个人资产信息给你，你看下有没有异动，异动的时间如果是在魏雪冰死后，那么杀人动机就有了。"

"麻烦你了，明队。"

"不客气。我先回去了，队里的人都在加班呢。"

"回见。"

看着明烁的背影，唐喆学陷入了沉思。他觉得这个人应该是有故事的，据说在投行都干到百万年薪了，也不知道怎么的，突然就转行做了警察。要说人跟人真是不一样，毕雨川是为了赚钱放弃当警察，这位明队呢，却是放弃了丰厚的报酬来做警察。

唉，人各有志。

未来几天是肉眼可见地忙，唐喆学得抽空把吉吉和冬冬安顿好。此时已过半夜，回到家里简单洗漱完毕，他便收拾起猫狗的生活用品。一看唐喆学拎出装猫的双肩包，吉吉扭头就去叼自己和冬冬的饭盆，冬冬则把平时最爱的玩具老鼠叼了过来。看着它们懂事的模样，唐喆学不禁感慨——这可真是穷人的"孩子"早当家。

天一亮，唐喆学就出发把吉吉和冬冬送去二伯唐华那儿暂时寄养，然后驱车去局里。路上，唐喆学接到林冬的电话，说有案子的进展跟他聊聊。

"车祸现场有一些散落的汽车零件，本来想从汽车下手追查证据，但潘维恩名下没车，也没有任何车辆租赁记录，估计他用的是没法追查使用者的套牌车。目前我的思路是，既然潘维恩以妹妹的名义认领妻子的尸体，那么找到年俐就能'钉'死潘维恩了。

"年俐已经人间蒸发，她的个人信息从嫂子魏冰雪死后就再没有任何变动，线上支付等业务也随着死亡证明的出具全部注销。明烁那边说，潘维恩的账户没有太大的异动，但魏雪冰的银行、微信、支付宝等账户还在使用。秩子追着往下一查，发现上个月魏雪冰还在网上买了卫生巾。"

唐喆学没反应过来："人都死了，怎么可能还买那玩意儿呢？"

"魏雪冰下单的送货地址，就是潘维恩的住处。"林冬轻咳了两声，"我让秩子把该地址对应的水电缴费单调出来看了看，那不是一个人居住该有的用量。"

"所以，年俪其实和潘维恩住在一起，并且还用魏雪冰的账号买东西！"唐喆学一拍脑门，心想：真是缺觉了，队长这么明显的提示都猜不出来。

查水电属于比较常规的侦查手段，有经验的侦查员能通过目标人物居住地的水电费发现一些线索。如果用电量激增但水费没有特别的变化，那么说明屋里有费电的机器——比如大量电脑，或者制毒的仪器；如果水电用量都比以前高，那么说明屋里居住的人比以前多了。

"不一定，也许是潘维恩的姘头或者其他什么人，老付刚刚装成快递员上去打探消息了，我在楼下等他。"

"你可悠着点使唤他，都那岁数了。"

"他自己要去的，总比让岳林去靠谱。"

这时，电话里传来岳林反驳的声音："我怎么不靠谱了，哪次抓人不是我穿一身外卖制服去敲门啊。"

"那是突入，和踩点不一样，人家老付心细。"唐喆学笑着回应，又问林冬："需要我过去吗？"

"不用，你回单位吧，看秧子那边再查到什么，做下研判给我消息。"挂上电话，林冬扭头看向副驾驶座上拿后脑勺对着自己的岳林，问，"生气啦？"

"没……"岳林小声嘟囔，有些丧气地说，"我就是觉得自己挺没用的，天天跟着你们东奔西跑，也不知道什么时候才能独挑大梁……其实林队，我挺纳闷的，你怎么就选上我了，我没什么特殊的才能啊。你看，兰兰是学法的，走流程宣条款，手到擒来；英杰呢，人家会画画，都不用请省厅专家过来就能做嫌疑人画像；秧子……反正我敲代码是敲不过他……"

林冬静静地听着，目光温和，等岳林唠叨完了，终于回头看向自己时，伸手拍拍他的肩膀以示肯定："每个人都有自己的长处，你其实已经很优秀了，只是在我们的团队里，你的光芒被其他人暂时盖过了。你的优点就在于你能看到别人的优点，说实话，我认为这是领导者的气质。"

一句话把岳林夸得飘飘然，他用手指指着自己，迟疑地问道："我，有领导者的气质？"

林冬继续开导他："我看重的不是谁有多强的技能，而是团队协作的能力。技能可以培养，从我自己的经验出发，单兵作战能力再强，没有团队协作也只能是个传说。"

岳林的表情一下从沮丧转为激动："谢谢林队！我会继续努力的！"

正说着，付立新回来了，上了车把快递员的马甲脱掉，便抓紧告知楼上的情况："开门的人就是年俐。屋里还有两个人，一男一女，不像是住在那儿的，年俐穿的是拖鞋，他们不是。"

岳林佩服老前辈细致入微的观察力之余，兴奋地问道："那是不是可以抓人了？"

"那两个人说不定是明烁他们那案子里的，我们要抓只能抓年俐和潘维恩，不能打草惊蛇。"说完，林冬又征询付立新的意见，"您对抓捕方案有没有想法？"

"没有没有，这个得你和陈队商量，我也就是帮忙干活的。"

岳林看得明明白白：就在一瞬间，付立新收起锋芒，面上又挂起那副与世无争的悠哉。他想不明白这老前辈干吗非得藏着掖着，头脑风暴多提提意见不好吗?

林冬见怪不怪,客气了一声"辛苦您了",便下车去给陈飞打电话询问意见。陈飞听完给了个主意——两边各派一队人去抓,林冬他们抓年俐,重案这边抓潘维恩,且要错开时间,先抓年俐,晚两天再抓潘维恩,这样审的时候好审。

抓捕年俐的时候费了不少精力,主要是她不出门,又不能惊动左邻右舍破门而入。为了把她骗出家门进行秘密抓捕,悬案队出了十几个方案,最后敲定的方案是:断电。

林冬发现该小区所有住户的外电表都安装在楼体背阴面的一个角落里,并且旁边就是通往地下停车场的通道门。若在这里实施抓捕行动,应该可以做到神不知鬼不觉。家里断电了,年俐肯定会给物业打电话询问情况,届时何兰和文英杰假装是物业工作人员,告诉她是外电表短路了,得找电工来修理,并且需要她下来付一下修理费。

规划得挺好,实施起来也顺利,给物业打完报修电话,年俐就下来了。然而计划总是赶不上变化,一位遛狗的大妈见墙角那儿站了好几个人,在好奇心的驱使下凑了过来,还拉着伪装成电工的秧客麟和岳林问东问西,又让他们帮忙查查自己家的电表是不是有什么问题,说家里这两个月的电费出奇地高。

岳林都快被大妈给缠哭了,心想:这大热天的,家里一天到晚开空调能不费电嘛。旁边的年俐一看有人来了,明显不安起来,说火上还煮着东西,催促秧客麟快点出示收款码,先给他转修理费。为了拖时间让文英杰和何兰把大妈哄走,秧客麟悄悄关闭了手机的网络，导致刷不出收款码。

时间拖得越久，年俐的焦躁不安越明显。她是个"死人"了，多在外面待一分钟，被识破的可能性就增加一分。同样感到紧张的还有在物业中心指挥布控的林冬和唐喆学，通过监控摄像头，他们清楚地看到了发生的一切。

终于，那位好奇心颇重的大妈被何兰劝走了。就在她消失于众人视线外的瞬间，岳林、秧客麟、文英杰三人迅速将年俐控制住，抢在她大喊大叫之前押进通往地下停车场的通道。

这是第一次没有领导参与、全程由年轻队员们互相配合进行的抓捕工作，紧张归紧张，但听到来自领导的表扬，四个人的脸上都露出了自豪的笑容。

相较他们的欣喜，年俐的状态完全可以用"噤若寒蝉"来形容，连大气也不敢喘。唐喆学问她名字，不说，问知不知道为什么抓她，不说，人抖得跟筛糠似的，死活不肯张嘴。

回到局里，林冬把她带到讯问室，桌上摆好了魏雪冰车祸现场的照片，静候这位"已故"的女士开口。

十分钟、三十分钟、一小时……时间缓缓流逝，年俐始终拒绝开口。

"咚咚！"

突然响起的敲门声惊得她肩膀一颤，转头一看，站在门口的人使她露出更加绝望的表情——唐喆学把苏雅兰带来了，她认识年俐，即便年俐再怎么不肯承认自己的身份，也有人能证明。

"丽丽，你没事啊！"见到年俐，苏雅兰松了一口气，碍于对方被铐在讯问椅上，她不敢上前，只能站在原地焦急地询问，"你怎么说不见就不见了？吓死我了，我还以为你被那个姓毕的弄死了！"

听到"姓毕的"三个字，年俐的肩膀又是一缩。林冬捕捉到她心理防线垮塌的迹象，抬手示意唐喆学带苏雅兰出去，随后问："你为什么要给苏雅兰发消息说，小心毕雨川？"

年俐还是不肯说话。

林冬注意到，她的手指正不自觉地蜷起，这些小动作代表此人心里正在建立防御机制。没给她过多的思考时间，林冬继续说："你要是不说的话，我就把毕雨川叫进来和你对质了，他现在就在会谈室里等着。"

"别叫！别叫他！"年俐突然出声阻止，随即皱起眉头，小声说，"他会……会报复我的……"

林冬故作好奇："为什么？他威胁过你？"

年俐的目光来回闪烁，片刻之后，她轻轻点了点头。

"因为什么事？"

"他……找我们……收黑钱……不给就……就关我们……"

"你们？谁啊？"

"就……我和……和小美这样的……"

"哦，那他找你要过几次钱？"

"两次……啊不对，是三次……"

"最近一次是什么时候？"

"嗯……去年年底吧，不不，是今年年——"

"砰！"

没等她把话说完，林冬一拳捶在桌子上，厉声道："你撒谎！

毕雨川早就不是警察了！他上哪儿抓你去？年俐，你现在涉嫌故意杀人，你最好有个端正的认罪态度，否则等上了法庭，从重量刑！"

年俐一下就慌了，急忙说："我没有！警官！我没有杀人！我什么都不知道！"

"你不知道？"林冬反手朝身后一指，"你哥就在隔壁，如果他先坦白的话，你可就一点立功减刑的机会都没有了。"

年俐驼着背，颓废地坐在讯问椅上，任谁都看得出她陷入了纠结的情绪。这种情况很常见，既然是兄妹，林冬确信，年俐在赌亲哥会不会出卖自己。同样的，作为潘维恩的妹妹，她也不想出卖亲哥。从目前掌握的资料来分析，潘维恩早有预谋杀害魏雪冰，如果没猜错的话，毕雨川是被当成工具人了。潘维恩在动手之前便让妹妹往出放风，说受到了警察的威胁，为"失踪"作铺垫。

隔壁监控室里，岳林和文英杰一边观摩学习，一边和付立新聊天。他们都觉得这位老前辈其实挺有能力的，但是一说到正经事就打哈哈，什么"我可差得远了""我没那本事"之类的谦虚之词是人家的口头禅。听说付立新是在儿子出事后就变了个人，当年他的儿子在偏远水库离奇溺亡，局里断断续续查了好几年都没查出头绪，最终只能以意外结案。

岳林觉得付立新挺可怜的，兢兢业业干了三十年刑侦，救过无数人，也抓过无数人，最后却落得家破人亡。他想让林冬重启对该案的调查，既然大家都觉得那孩子不可能自己一个人跑去游泳，那应该就是有问题的。然而查旧案需要一个突破口，没有的话，那便是无头苍蝇到处乱撞，费时费力还不讨好。付立新儿子的这个案子已经按意外结案了，没有过硬的证据或者线索，极难重启调查。

看着付立新微驼的背和眼角被岁月刻下的皱纹，岳林暗下决心，一定要给这位老前辈一个交代。

年俐在讯问室里扛了将近六个小时，终于招了。而当潘维恩被抓捕归案后，亲妹妹的口供成了击垮他所有防线的利剑——年俐连他当时用来撞魏雪冰的车藏在哪里都供出来了，他被带进讯问室前，DNA检测报告和事故车辆勘验报告均已出具。

潘维恩坦白了，他杀魏雪冰就是为了钱。因为客户需要转移两套房产，他们得办理离婚手续。潘维恩先把买在自己名下的房子过到魏雪冰名下，然后离婚，再让魏雪冰和对方结婚，把房子过过去，这样一来买房子的钱就洗干净了，唯一的风险就是中途这个女人拿到房子后跑路。

在他们办理房产过户后不久，潘维恩便发现魏雪冰偷偷办了护照，还买了飞往莫斯科的机票。两套房子价值一千多万，一旦魏雪冰拿到产权证办理抵押之后卷钱跑路，潘维恩就得被上家追杀。在发现自己被魏雪冰算计时，他没当场跟她撕破脸。他想的是，既然这个女人不顾他的死活，他又何必留她一命呢？

于是他找了妹妹，商量如何让魏雪冰神不知鬼不觉地消失。年俐一开始不同意，说要去找魏雪冰谈谈，但被潘维恩制止了。年俐从小就惧怕哥哥，而且她这些年挣的皮肉钱大部分都被哥哥吸进了"资金池"里，如果不听哥哥的话，她最后什么也得不到。于是在潘维恩的精心策划下，一场"狸猫换太子"的戏码就此上演。

之所以会把毕雨川牵扯在内，是因为潘维恩当初拒捕时换过对方的打，他始终怀恨在心，想着如果是遇上这种事，即使搞不死毕雨川也能恶心到对方。然而他没想到的是，毕雨川已经辞职了，屎盆子扣不到人家头上去。更想不到的是，正是因为他的"虚张声势"，让林冬抓住了马脚。

监控室里，唐喆学感慨道："真不知道该说这潘维恩是蠢还是傻，哪怕他换个人来散风声，也不至于被我们揪出来。"

"万事皆有因果。"林冬淡然回道，忽然，他想起了另一件重要的事，"对了，罗家楠他们在查的陈钧那案子，什么进度了？"

唐喆学拿出手机，给林冬看自己和罗家楠的聊天记录："欧健还在医院里装精神病'卧底'呢，暂时没有进展。"

沉思片刻，林冬说："你委婉地给罗家楠提个建议，让他查查陈钧父母的资金支出记录。如果是有人帮陈钧嫖，肯定得有人付钱是不是？他自己没钱，要付也得爸妈付。"

唐喆学整理好措辞给罗家楠发消息，没过多久，那边就给他回了一条语音："查了，这一家三口全查了，除了日常生活开销和支付给医院的钱，没有异常的支出。"

唐喆学听完备感诧异："那就怪了，总不可能是有人帮陈钧付嫖资吧？"

两人正沉默着，岳林急匆匆地跑了进来，手里举着一份卷宗，喘着粗气说："林队、林队，我查到别的案子，可能和老付，老付他儿子的案子有关！"

第九章

夺命水库

林冬一脸错愕，随即意识到，岳林连续两天在办公室通宵加班，原来是在查付嘉逸的案子。他欣慰地在心里感叹：没白把这小子招进来，还知道迎难而上了。

"你俩回办公室再说。"唐喆学意有所指地看了一眼单向镜。此时，付立新正在里面跟进讯问，不管岳林发现了什么，在没有确切的结果之前，都不能让消息传到付立新的耳朵里去。丧子这道疤肯定愈合不了，就别再往里捅刀子了。

顺着唐喆学的视线，岳林看向凝神记录供词的付立新，这才发现自己兴奋过了头，连忙把手里的卷宗往腋下一夹，悄声溜出了监控室。此时，讯问时长已经超过了四个小时，潘维恩只要说一句和事实不符的谎话，陈飞立马就能拆穿。林冬没必要观赏潘维恩的困兽犹斗，跟唐喆学打了声招呼，便回办公室去找岳林。

付嘉逸那案子他也惦记着，只是因为找不到什么漏洞，不好重启调查。案件的发生地是关山水库，该水库因水质优越、风景秀丽，是附近居民游野泳的首选地。即使管理方在水库周围插了"水深危险，禁止游泳"的牌子，每年依然有不顾警告硬要下水而意外淹死的人。

单看付嘉逸这个案子的卷宗，似乎只是一起意外溺亡事件。尸体无明显外伤，毒理检测未检出药物残留，唯一令人不解的是，付嘉逸一直都很懂事，因为父亲是刑警，安全意识也比一般的孩子强，他不可能一个人去游野泳，即使去，也会跟自己的家人报备。

当时这个案子是陈飞、赵平生他们负责调查的，曾怀疑过是有人报复付立新，将付嘉逸在别处杀死后抛尸海中。会提出这个想法，是基于解剖时在付嘉逸肺部发现的液体并非海水而是淡水，而他的尸体是在入海口处发现的。然而案发时间内，关山水库刚刚泄过一次洪，如果尸体是顺着泄洪水流被冲到入海口的，也说得过去。

哪怕有万分之一的可能，说明付嘉逸是被人害死的，陈飞也要追查到底。当年，他把付立新抓过的人翻来覆去地筛了许多遍，愣是没一个有作案时间的。其中有个人被传讯时，听说是抓自己的警察家里出事了，还口出狂语，极尽嘲讽之能，害陈飞一时没管住自己的手，揍了他一顿。后来是付立新听闻陈飞受到处分，出面说"别查了，别为我家的事再把你们搭进去"，这案子才结案归档。

自此之后，很多年都没人去碰这个案子了，因为一碰就相当于捅付立新的伤口。付嘉逸出事那天，付立新正忙着帮别人家找失踪的孩子，殊不知自己的孩子也失踪了，最后在水里溺亡。再后来，媳妇跟他离婚了，父母到死也不原谅他，不是说他被人报复才发生这出惨剧，就说他是不称职的爹。

见林冬进了办公室，刚坐下的岳林一下又站了起来，满眼都是掩饰不住的激动："林队，我串并了近二十年来关山水库的溺亡案件，发现其中两起和付嘉逸相似的案子，受害者也是青少年，尸检无明显外伤。"

"都是意外？"林冬的眉心微微皱起。

岳林连忙补充道："一个是按意外结案的，2001 年的案子；另一个是 2007 年的案子，目前还是悬案。"

"悬案？没报上来过？"林冬立刻拿起卷宗翻看。辖区内往前推三十年的，涉及死亡、失踪、强奸、公共安全事故等悬案都在他这儿，每接一个案子他都会先过一遍卷宗，不可能没印象。

"没有，我要不是在系统里串并，还发现不了呢！这卷宗是我刚才去关山县公安局调过来的，他们那里的档案管理员说，可能是整理积案卷宗时遗漏了，没报到咱们这儿……"

林冬一目十行地过完卷宗，抬眼看向岳林，郑重说道："先别跟其他人说这件事，尤其是老付，知道吗？"

岳林忙不迭地点头。他清楚老大的用意，2007 年的这起案子之所以没按意外结案，是因为法医尸检时，在死者的体内发现了精液。虽然尸表没有明显外伤，但不排除死者是遭受侵害后，被嫌疑人溺杀在水中的可能性。

这种事，大概任何一位家长听了都接受不了。

叮嘱完岳林，林冬回到自己的工位上静心分析刚刚从卷宗上获得的信息：看照片，卷宗上的男孩和付嘉逸有相近的体貌特征，也是十二三岁的年纪。那么问题来了，真的曾经有一个变态恋童癖藏身于关山水库附近，伺机对独自一人前去游泳的男孩下手吗？又或者，2007 年的这个案子只是偶发案件，和前后两个案子无关？

正在沉思之际，林冬的手机忽然响了起来。一接通，听筒里传来唐喆学异常嘶哑的声音："队长，我……我得赶紧去一趟医院……我妈刚给我打电话，说奶奶……要不行了……"

去医院的路上，唐喆学告诉林冬，他的奶奶其实已经住院一个多星期了，怕耽误队里的工作，母亲林静雯一直没打电话。今天把他叫过去是因为意识模糊了好几天的老太太突然清醒了，一直念叨着要见孙子，明显是回光返照。

ICU病房一次只能进一位家属，其他人都向老太太告过别了，唐喆学是最后一个。他进去之前反复地深呼吸，强忍着不哭出来。可一见到从小疼爱他的奶奶，听她微笑着说"等我见到你爸得告诉他，我的孙子可出息了，比他还有本事"这句话时，他便彻底绷不住了，眼泪哗哗地往下掉。

两个小时后，老太太走了，带着安详的笑意，去了与丈夫和儿子团聚的地方。悲伤在走廊上蔓延，每个人都在流泪。林冬也背过身去摘下眼镜擦眼泪，在心里悼念这位慈祥而善良的老人。

唐喆学安抚完母亲，接着走到林冬的身边，鼻音浓重地说："队长，你先回去吧，我今天得留下来陪我妈。"

"应该的。"林冬拍了拍唐喆学的肩膀，"这几天你踏踏实实地处理奶奶的后事，工作上的事情不用管，我来安排。"

唐喆学心里堵得难受，他张嘴深吸了一口气，说："嗯，谢谢队长。"

在老太太被送进太平间之前，史玉光终于赶到了医院。唐喆学一接到消息就通知史玉光了，他是老太太的干儿子，于情于理也得送送干妈。可他当时正在执行抓捕任务，分身乏术，好不容易忙完了，急匆匆地赶过来，还是错过了最后一面。

史玉光给老太太鞠了三个躬赔罪，同时小声念着几句送行的话，然后和众人一起目送老太太被推进太平间。门缓缓关上，他顶着泛红的眼圈走到哭得撕心裂肺的林静雯跟前，轻声说："嫂子，有什么需要我办的，你尽管说，让我替唐哥尽一份孝心。"

"不用，她留话了，说一切从简，史警官快回去吧。"林静雯重重地舒出一口气，将目光投向唐喆学，"儿子，你也跟小冬回去吧，我没事。"

唐喆学还是不肯走，又在太平间门口守了好一阵，才在史玉光的劝说下一起离开了医院。等回到家里，卸下坚强面具的他再次没忍住大哭起来。这种时候没什么话能安慰他，林冬只能一手轻拍他的后背，一手给他递纸巾擦掉滚烫的泪水。

虽然老太太要求一切从简，但在唐喆学大伯的坚持下，还是举行了遗体告别仪式。仪式举行当天去了好几十人，有一半是唐奎曾经的师兄弟、徒弟等，都是为了替已故的唐奎尽孝的。本来悬案队的人都想过去，但除了林冬，都让唐喆学拦住了。

不过罗家楠和祈铭还是去了，说是方局授意的，让他们代表局里的同人和自己，来送这位养育出两代精英警员的女性一程。

仪式不算长，进行了一个多小时。等着火化完收骨灰的空当，哭成肿眼泡的唐喆学被罗家楠喊出去抽烟。此时，罗家楠的情绪也略显阴沉，不仅是葬礼的缘故，还因为陈钧那案子到现在还查不出个头绪，他作为主调负责人，压力很大。

明明监控密布，可就是死活找不着给陈钧带药的"向日葵女人"是从哪里进、哪里出的。在精神病医院卧底的欧健也查不出医院内部有嫌疑的人，而且看起来快要被里边压抑的氛围逼成真精神病了。

　　抽完一根烟，唐喆学的悲伤随着烟雾淡化了些许，见罗家楠一副愁眉苦脸的表情，腾出心思劝道："楠哥，别愁了，你胃不好，情绪会直接影响到肠胃的。"

　　"我没那么娇贵。"话虽如此，罗家楠还是下意识地揉了揉肚子上靠近胃的位置，也许是最近压力太大的缘故，最近总是感觉隐隐作痛，"大不了我认尿，把案子转到你们队。"

　　"别这么说，我们不是神仙，你查不出来的我们也未必能查到，再说这才几天啊，你别着急。"

　　实话实说，唐喆学不太能想象罗家楠认尿会是怎样一幅画面。

　　操办完奶奶的后事，唐喆学开车送林静雯回家，然后擦了擦脸，发动车子朝单位开去。

　　生活要继续，停留在原地缅怀过去没有意义。那就勇往直前吧，让天上的亲人安心地离开。

　　到了办公室，大家的表现一如往常：岳林和何兰一边忙碌一边斗嘴；文英杰从繁杂的文件中抬头冲他笑笑；秧客麟沉浸在电脑的世界里沉默不语……继续往前走，唐喆学看见林冬正坐在他的桌子上弄什么东西，一走近，几瓣橘子被塞进他的嘴里。

　　"唔……什么情况？谢了！"吃到喜欢的水果，唐喆学的心情一下好了许多。

　　"付嘉逸的案子重启调查了，等你过一遍这些卷宗，我们一起讨论。"说着，林冬往自己嘴里也塞了几瓣橘子。

　　林冬让唐喆学看的是岳林串并出来的关山水库溺亡案件。这几天唐喆学忙着处理奶奶的后事，单位的事都没顾上，年俐和潘维恩兄妹的移交提审、卷宗整理、对接重案队和检察院、案件汇报等工作，全是林冬带着队员处理的，完全没打扰他。

他今天才知道付嘉逸的案子重启调查了，又听说是岳林找到的突破口，不禁对这小子有些刮目相看。他递了一个橘子给岳林表示赞许，随后埋头看起了桌上的卷宗。

2007年这起案子，死者名叫边泽坤，殁年十三岁，出事那年刚刚升入初中。边泽坤还有一哥一姐，已成年，哥哥跟着父母在城里做生意，事发时只有姐姐和外婆在家。姐姐说，边泽坤从七八岁开始就偷偷去水库游泳，家里每次发现都又打又骂，但弟弟就是不听话。

看照片，边泽坤长得不错，浓眉大眼高鼻梁，配上那将脱未脱的孩子气，可算是阳光开朗的美少年模样。他的个子也不算矮，尸检报告写着有一米六八，基本接近普通成年男性的身高了，力气自然不会太小。即使有人试图以暴力胁迫实施侵害，他也必然会有剧烈反抗，不可能身上没什么伤痕。

2001年的案子里，死者名叫黄骏，殁年十二岁，案发时还在读小学六年级。他失踪时不是独身一人，是和同学一起去水库游泳，没人发现他是什么时候不见的。天黑之后孩子们各自上岸回家，晚上十一点多家长发现黄骏还没回来，挨家去问才意识到自家孩子失踪了。

对比付嘉逸和黄骏的案子，边泽坤这边能提供的信息更多。付嘉逸是失踪五天后才在入海口打捞上来遗体；黄骏被发现时更晚，尸体被挂在垃圾拦截网上了，在水里泡了一个多月才被清理垃圾的工人发现。发现时基本腐烂得不剩什么了，只能从尸骨上判断，死前没有遭受过严重殴打和锐器损伤，所以是以意外溺亡结的案。而边泽坤是在死后不到十二小时就被发现了，遗体很完整，可供法医检验的证据留存较多。

除去同样溺亡在关山水库这个共同点，唐喆学把三张死者的照片并排放置，发现他们的体貌特征也十分接近。其中边泽坤是长得最好看的，付嘉逸看着没他那么开朗，笑容也有点模式化，就像所有认识他的人对他的评价那样，他是个乖孩子，一向知道自己该做什么、不该做什么。至于黄骏，牙齿长得不太整齐，笑起来尤为明显，但五官轮廓尚算出众。如果说三起案件是同一个凶手所为，要考虑该凶手喜欢刚步入青春期的英俊少年的可能性。

看完卷宗，唐喆学和林冬的思路一致。先查边泽坤的案子，因为这起案子有 DNA 证据，等抓到人了，再看能不能从犯人嘴里把另外两个案子一并审出来。然而查案的难度极大，当年因死者无明显外伤，推测是熟人作案，负责调查该案的警员们把方圆十里内有作案可能的男性都查了个遍，能验 DNA 的也全给验了，可就跟"向日葵案"一样，没一个对得上的。

"会不会，黄骏就是淹死的，和边泽坤的案子没有任何关联。"办公室里传来岳林失落的声音。

听完唐喆学的分析，岳林有些气馁，案子是他串并出来的，要是平白无故增加了干扰判断的因素就太耽误事了。但看到黄骏的照片时，莫名的直觉在他的大脑中提醒着他，怎么看怎么觉得黄骏不是单纯的溺亡。

"别那么没自信，干咱们这行的，有的时候直觉也很重要。"林冬笑着对岳林说完，又拍了拍手示意全部队员看来，"各位，我们明天需要去一趟关山水库，走访下管理处和周边的居民。兰兰、岳林，你们明早不用来单位了，八点半到我家楼下，一起过去。英杰、秧子，明天你们照常来单位，然后一起排查边泽坤案件的关联人，看后面有没有涉及类似案件的。"

"收到！"

开车回家的路上，林冬让唐喆学拐了个弯。一开始，唐喆学没明白他的用意，当路过复兴小学门口的时候，才知道林冬是要去"向日葵案"的案发地看一眼。

世易时移，几经拆建，这个地方已经完全变了。当年拍摄的现场照片中的红砖楼和平房，现已被一栋栋写字楼替代，在繁华的城市夜景中灯火通明。

案发时的校办厂原址，如今是一家保险公司的分公司大楼，周边扩建的道路比以前宽出一倍。路边用于绿化的植物依旧是杧果树，但没有当年金婉婉摘过杧果的那一棵了。望着眼前陌生的景色，不知道除了他们这些埋首于旧案的警察和永失所爱的家属，还会有谁记得，二十多年前，曾经有一个女孩在这里，于痛苦、恐惧和绝望中悲惨地死去。

唐喆学抬头望着大楼，问林冬："李彭发还没有消息？"

"暂时没有，不过赵政委说毛局长已经安排了一队人帮忙走访排查了，只要李彭发还在珍城，就一定能把他找出来。"

"希望吧。哎，该回去了，明天还得早起去关山水库呢。"唐喆学打了个哈欠。

关山水库位于关山西南侧的峡谷中，水域面积约十五公顷，最深处达五十米。水库修建于民国时期，以防洪灌溉为主，泄洪时飞瀑如龙的奇景，让它有了"关潭龙涧"的美称。目前此地已经规划成旅游景点，当地政府斥资沿水线修建了长达五公里的木栈道，每隔两百米便有一块"水深危险，禁止游泳"的警示牌。同时，周围的居民借着景点开发的热度，纷纷开起了农家乐，还有两个度假村在建中。

林冬和唐喆学一下车就直奔水库的管理处。出发前，唐喆学已经在电话里跟负责人打过招呼。

见来人是询问曾经发生过的溺死事件，年过五十的负责人皱着眉说："这个真没办法，年年宣传，年年都有淹死的，尤其是到了伏天的时候，吼都吼不住……这穷地方五年前还没什么人来啊，自从修了木栈道、环山车道、慢跑道，人气才渐渐旺起来，现在一到周末都没地方停车。去年县政府出资把监控架起来了，也请了救生员买了快艇在岸边待命，见到有人下水的就赶紧过去捞，就再也没有发生过溺死的事咯……"

林冬点点头，向对方出示边泽坤的照片："您对这个男孩还有印象吗？"

负责人眯眼看了看，答道："记得记得，这是老边家的小儿子嘛，欸，是哪一年来着，在水库里淹死了。"

唐喆学出言提醒："2007年。"

"对对对，2007年。"负责人唏嘘不已，"这孩子真是可惜了，刚考上县一中，还没等开学呢，人就没了。老边家的两口子受打击太大，都快疯了……对了，我听说，他是被人害死的？"

　　基于保密纪律，林冬没接他的话，继续出示黄骏和付嘉逸的照片："那这两个孩子，你记不记得？"

　　负责人看了看，摇头表示没印象。黄骏和付嘉逸都不是本地人，认不出来很正常。林冬本来也没指望从他嘴里问出什么东西来，简单道谢几句便离开了。

　　从管理处出来后，林冬和唐喆学爬了一段山路，徒步行至水库的木栈道起点。车子让岳林和何兰开走了，他们的任务是去周边走访居民，收集线索，约定中午回管理处旁边的那家农家乐碰头。

　　木栈道依山而建，走在上面，遥望波纹荡漾的水面、郁郁葱葱的山林，林冬收紧握在护栏上的手指，深吸了一口在都市当中无法享受到的清新空气。那些殒命在此的人，不知是否被这浑然天成的美景迷了心窍，本以为投入的是大自然的怀抱，却不想失足落入了鬼门关。

　　环顾曲折盘绕的木栈道，唐喆学皱眉道："都改建成这样了，根本找不着他们当初是从哪里下的水。"

　　"应该是从坝上下去的，那边有台阶通向水里。"林冬朝远处的大坝看去，"其他地方植被茂盛，土质松软，如果是走小路，很容易失足摔下去。"

　　两人沿着木栈道向前走去。案件发生的年份十分久远，重访案发地不只为了寻找线索，还为了寻找灵感。边泽坤体内遗留了他人的 DNA，那么这件事，一定是在某个隐秘的地方完成的。

　　沿着栈道走了快一半，一处隐藏在茂密植被中的破败小屋出现在两人的视野里。林冬拿出手机，给管理处负责人打视频电话，让对方帮忙确认这处建筑是干什么用的。

负责人努力辨认了一番，恍然道："这个啊，是以前负责打捞水面垃圾的清洁工的休息点，已经弃用十几年了。"

"有路能过去看一眼吗？"林冬问。

"没了没了，修木栈道的时候把路都断——"

那边话没说完，只见唐喆学抬腿翻过护栏，往下一蹦，稳稳落到木栈道下方的一块大石头上。空出的地方能再容下一个人，他抬头冲林冬招招手："跳下来吧，我接着你。"

手机视频里的负责人连连惊呼："欸欸欸，你们别乱走啊！那边全是青苔，又湿又滑的，别——"

没等对方叫唤完，林冬回了一句"没事，我们会注意"便挂了电话。他跨步迈上扶栏，往下一跳，"咚"的一声，唐喆学被撞得往后一退，随手撑住旁边的植物。一摸才发现有什么不对，回头看去，是几串青色的香蕉。

"这地方居然还有香蕉啊？"他好奇说道，"能吃吗？"

"野生香蕉的味道都是涩的。"林冬回答。

他努力稳住身体的平衡，环顾四周，发现还真没什么好落脚的地方。四五米外好像有一条苔痕斑驳的小路，几乎被茂盛的灌木和野草覆盖了。脚下是一汪不知深浅的黑水，要想走那条小路，就得先蹚过这片水。

等着自家队长发出下一步指令的空当，唐喆学掰了一根香蕉。不知道是不是跟高仁待久了的缘故，看见新鲜食物，他总是抑制不住地好奇。结果他一口下去，果然如林冬所说，被涩得皱起了眉头。

林冬白了唐喆学一眼，扯了一根细长的枯枝探了探死水潭的深浅，目测刚到膝盖的位置，于是把鞋和袜子脱了，再卷起裤腿，准备下水时却被唐喆学一把拉住："等下！你也不怕这水里有蛇！"

"我们人都下来了，怎么也得过去看一眼吧。"林冬被唐喆学吓了一跳。

"咚——咚——咚——"

唐喆学掰了三根香蕉，依次用力掷入水潭。等香蕉都浮上来，水面回归平静再无波澜，才松了口气说："我先走，我懂水性，你跟在后面。"

他也把鞋和袜子都脱了，卷起裤腿，谨慎地踏入死水潭中。

比起看不见底的死水潭，更大的挑战是石阶小路上湿滑的青苔。唐喆学一脚踩上去差点滑一跟头，所幸林冬在后面撑了他一把。考虑到不能在这小路上耽误太多时间，唐喆学急中生智，从周边的植物底下挖出泥土，边走边往石阶上撒，一路磕磕绊绊走出一身汗，终于到达破败小屋的面前。

这间不知何时建造的小屋，从外观上看确实废弃已久，但因整体由石块建成，除了屋顶的木头烂得透光，主体结构还算完整。石块上长满了青苔，缝隙中净是杂草，覆盖了岁月的斑驳。里面的空间低矮逼仄，唐喆学进去还得小心翼翼地低着头，怕被横梁磕着。地上除了杂草就是垃圾，有一个锈迹斑斑的铁桶，一把烂得散架的扫帚，还有一顶破了大洞的塑料安全帽。地面有几处积水，木制的床板早已烂透了，只留下两块支撑床板的石墩。正对着门口的那面墙上有一扇小小的通气窗，一丛杂草从中探入。屋子里的味道很怪，裹缠着一股腐烂的气息。

唐喆学左手边的墙根底下堆着一大块防水布，满是泥痕，不知被多少场暴雨冲刷过。他撅了一根树枝伸过去捅了捅，没动静，却发现底下还盖着什么东西，遂用树枝沿着边角慢慢挑起防水布——

"嚯！"

听见唐喆学大叫了一声，林冬第一反应是他看见蜘蛛了，下意识地往后扯了对方一把。这一扯，唐喆学手上的树枝将防水布完全钩了起来，露出掩盖在下面的东西——

两人瞪着眼，与墙角的骷髅头无声地对视。

"死者为男性，年龄在三十到三十五岁之间，死因是钝器多次打击所致的颅脑开放性损伤，死亡时间……"祈铭蹲在尸骨旁边说着，又看了看周围的积水，"尸身被打湿又被水泡着，会加速白骨化进程，预估死亡时间在三到五年，具体得等回去做检验看看。"

罗家楠拿起那顶破了个大洞的安全帽，往祈铭手里的骷髅头虚虚一扣，帽子的破口和骷髅头上破损的位置完全吻合，于是说道："这男的死的时候戴着这顶帽子。"

唐喆学认同道："既然戴着安全帽，有可能是工地的工人。看骸骨上的衣物，可以辨认出是工人常穿的那种迷彩服。周围那么多大大小小的农家乐，查一下施工时有没有失踪的工人，应该能确认死者的身份和大概的死亡时间。"

屋里地方小，人一多就挪不开地了，不停被进出的同事撞到，唐喆学识趣地出了石屋。林冬正在屋外和杜海威沟通情况，现场痕检的活都干完了，就等祈铭那边检查完把尸体运出去。这也是一项大工程，从木栈道那边过来的路实在难走，摔的不止罗家楠一个，高仁也摔了，跟在高仁后面摔的还有黄智伟等人。

管理处负责人从警察拉警戒带开始就急得团团转，毕竟是景区出了凶杀案，这要是传出去，谁还敢来？所以封锁消息是第一要务，不等林冬提要求，他就叫来了村里的几个壮汉守在栈道口，除了警察，谁都不让进。

可消息依然不胫而走，围观的群众在附近挤了一圈，还有人举着手机往栈道这边拍。岳林和何兰接到消息后匆匆赶过来，帮治安员维持秩序。

前前后后折腾了四五个小时，等到把尸体运出去，已是傍晚时分。午饭没吃，一切都忙完之后，唐喆学才发现肚子已经饿得直叫唤。他问林冬要不要吃饭，林冬说热得没胃口，只想喝水。虽已入秋，气温依然超过三十摄氏度，在石屋里勘验现场的时候，汗出了一层又一层，连衣服都能拧出水来。

唐喆学让岳林去管理处的小超市买点水和吃的过来，然后打开车的后备厢坐到边缘，仰头往嘴里灌矿泉水。

林冬边喝水边听何兰的走访汇报，听着听着，不禁皱起了眉头。又是提到水鬼，似乎哪个靠水的地方，都离不开水鬼索命的传说。早些年还在分局的时候，他就办过好几起溺亡的案子，各种版本的水鬼能凑出一张百鬼夜行图来。

虽然从村民那儿没问出什么有用的消息，但好在今天没白来，要不是他和唐喆学选择去石屋"探险"，那具尸体还不知道要过多久才会被发现。

不过后面的事，悬案队就不掺和了，和之前陈钧那案子一样，这案子也得归重案队。就像罗家楠说的，今年重案队的业绩，悬案队的贡献极大。都是挂在刑侦处底下的部门，打仗亲兄弟、上阵父子兵，互相协作总好过互相捅刀。

见身上的泥水干得差不多了，唐喆学边掸裤子边问林冬："回去？"

"嗯，回去吧。"林冬活动了一下酸疼的肩膀。

由于过度劳累，第二天早上，林冬和唐喆学依然全身酸痛，差点起不来。好不容易赶到办公室，两人的心里同时"咯噔"了一下——付立新正坐在岳林的工位上，表情阴沉，而岳林站在旁边，一副手足无措的样子。

见两人进屋，付立新缓缓站起身，走上前说："林队，听说你们在查我儿子的案子，是吧？"

林冬默认。

"谢谢，我知道你们是好心。"付立新语气不轻不重地说，"不过这是我的家事，当年我们家人已经说过不用管了。"

虽然他这话说得有点不识好歹，然而在场的人都能理解他的心情。如果付嘉逸就是单纯的意外溺亡，作为父亲的付立新心里还能好过一点，要是真的查出是有人为了报复他而蓄意谋害，他的后半生都将活在忏悔中。

"抱歉，老付，是我——"

林冬的话被付立新抬手打断，后者重重叹了口气，没再说什么，从他和唐喆学之间挤了过去，走出悬案队办公室。目送那消沉的背影消失在门外，办公室里的人皆感无奈。

"老付，你今天来得挺早啊。"高仁的声音从走廊上传来，很快，他站在了悬案队办公室的门口，"林队，你们昨天发现的那具骸骨，DNA 检测结果出来了，我熬夜做的。"

"辛苦你了。"林冬说。

高仁眼底挂着黑眼圈，脸上却是一片神采奕奕："嘿嘿，为人民服务嘛。对了，我过来是要告诉你，DNA 检验结果和你们队的一个案子匹配。"

林冬一怔，忙问："哪个案子？"

"就你们去查的那个啊，边泽坤，石屋遗骸的 DNA 和留在他体内的 DNA 完全吻合。"

"那……死者的身份确认了？"唐喆学问。

"差不多了吧，罗家楠他们查出一个五年前失踪……啊不是，就是突然不见的人，身高、年龄以及衣着和死者基本一致。祈老师也说，那人死了大概有五年了。"

唐喆学追问道："没人报过失踪？"

"好像是没有。"说完，高仁耸了耸肩，"我也就知道这么多了，具体的你们问罗家楠吧，他昨天忙了一宿。"

"好，谢谢。"林冬转头就给罗家楠打了电话。

罗家楠说，疑似死者的人叫张鸣天，是个孤儿，七八岁的时候流浪到了水库附近的村里，被村里人留下了。他是吃百家饭长大的，只上完小学就没继续上了，然后跟了个泥瓦师傅学手艺，大部分时间是在城里干装修，如果村里有活的话，他也会回来帮忙。之所以能锁定身份，是走访时有人说，五年前村子开始大兴土木建农家乐的时候，有个泥瓦工是活还没干完突然就不见的，听说是手脚不干净被开了。

无亲无故，自然没人报失踪。目前罗家楠他们就查到这些，具体张鸣天和谁起过冲突还在调查中。张鸣天头部的损伤是多次击打造成的，力道大到戴着安全帽也能凿碎颅骨，可见凶手是下决心要置他于死地。

"张鸣天？"

嘴里轻声念出三个字，林冬确信自己在哪里见过这个名字。挂上电话后，他立刻翻开黄骏案的卷宗，一直翻到证人证词的部分，飞速地看着，终于在某个学生一句不起眼的回答中，找到了"张鸣天"三个字。

那个学生说的是："六班的张鸣天比我们都大，我说有他带着，我妈才让去。"

然而翻完所有的证人证词，都没有张鸣天接受询问的记录，不知道是不是漏了。另外，这个张鸣天会是罗家楠他们查到的那个吗？如果是的话，那么他和黄骏的交集也有了——同一个学校的学生。

这不是重案队该查的部分，于是，林冬安排唐喆学带岳林去走访黄骏当时上的那所学校。

2001年的时候，镇小学的学生没有学籍卡，所幸管档案的老师记得这孩子，说他上学晚，比同班同学大了四五岁。接着，唐喆学和岳林在校档案室里翻了半天，找到一摞2002年的毕业照。档案室老师指着其中一张照片上个子最高的男孩说："这就是张鸣天。"

毕业照上，五六十个人挤在一张照片里，面容轮廓只能模糊地辨认。唐喆学拍下来发给罗家楠，让那边问问看，照片里的高个儿男孩是不是他们所说的"张鸣天"。

此时罗家楠正好在村委会里走访村民，一看唐喆学发来的照片，马上把手机递给村委会的会计看。村委会里的人大都是年轻人，还有大学生村官，只有这会计一个老人。他眯着老花眼看了半天，迟疑着点点头："应该是他吧，我看着像。"

得到初步的肯定，罗家楠把照片转发给吕袁桥，让他也问问其他人。吕袁桥正在外面走访不便出门的老人，走一户问一户，问了七个，有三个说就是流浪到他们村的那个张鸣天。

从村民家里出来，吕袁桥拨通了罗家楠的电话："师哥，找个方便的地方说话。"

一听这语气，罗家楠就知道有发现，于是中断了询问，起身离开村委会办公室。他拿着手机在场院里找了个僻静的角落，站在树荫底下说："可以了，说吧。"

"我刚刚走的那一户，给家里的老太太看照片，她说是张鸣天。然后她二儿子也在，我看着有五十来岁的样子，也让他认了认，但他当时的反应很奇怪。"

"怎么个奇怪法？"

"是很复杂的一种……心虚。"

罗家楠叼着烟，眉峰挑起："行，把这人给我带回来，我来问他。"

挂了吕袁桥的电话，他又给唐喆学拨了过去，告知对方走访结果。收到消息，唐喆学立刻转告林冬，随后向档案室老师了解有关张鸣天的情况。

这位老师以前做过任课老师，教德育的，说对张鸣天的印象很深刻。一是这孩子看起来就比班里其他孩子年龄大，二是他不太讲究卫生，一到夏天，身上总有一股味道。同学们都不愿意坐他旁边，向班主任反映，班主任只能去找村委会。村支书说，他们管不了太多，因为这孩子自从流浪到他们村里，就一直睡在村委会的办公室，村里一家家地轮流给口饭吃就不容易了，哪里还顾得上给他洗澡换衣服。他穿的也都是别人不要的旧衣服，没人照顾，平时去山上捡一些塑料瓶之类的可回收垃圾，拿去镇上的回收站换点零花钱。

后来，张鸣天可能察觉到自己这样招人嫌，就经常跑去水库游泳，连洗澡带洗衣服了。因为附近的孩子里就他年龄大些，自此身后多了一群跟着下水游泳的小屁孩。这和黄骏案里那个孩子的证词相符，有他带着，家长能放点心。

自始至终也没人知道张鸣天是从哪儿来的。老师说，他上一年级的时候可能得有十岁了，却不认识几个字，二十以内的加减法也不太会，成绩一直处于班里的末位。由于是特殊政策进来的孩子，学校也没让他留过级，一年年地往上读，直到小学毕业。

还有一件事让这位老师印象深刻。大概是张鸣天三年级的时候，有一天她提前到学校写板书，一进教室吓了一跳——当时张鸣天缩在讲台底下，乌漆漆的眼睛里凝着恐惧的光，脸和衣服都脏得要命。她可怜这孩子无亲无故，带他去教职工宿舍，让他洗脸换衣服。张鸣天脱去上衣的时候，她看见那纤瘦的身体上遍布瘀痕，便问他是不是跟别人打架了，而张鸣天给的回答是，自己不小心从山上滚下来摔的。

老师见过不少被家长体罚的孩子，她能看出张鸣天身上的瘀痕不是摔的，更像是拿棍子或者皮带抽出来的伤。可张鸣天自己不说，她也管不了，只能把这件事告诉张鸣天的班主任。不知道班主任有没有去找过村委会。在那之后，她依然会看到张鸣天细瘦的四肢上又青又紫。

综合以上信息，唐喆学判断，张鸣天应该从小就受过虐待，并因某种原因隐忍下来。其实原因也能猜得到，在二十多年前，流浪在外的孩子能找到一个稳定的容身之所并不容易，去收容站只会被遣送回原籍。如果是有亲人的照顾，一个七八岁的孩子怎么可能会在外面忍饥挨饿，风餐露宿。没人为他撑腰，所以就算被欺负了，为了能遮风蔽雨的屋子，为了热腾腾的饱饭，为了能结交到朋友的学校……必然选择隐忍。

那他会不会把这份隐忍下来的怒气，转而发泄到比自己更弱小的人身上？比如黄骏、边泽坤和付嘉逸？

回到车上，唐喆学给林冬打电话，将自己的想法告知。林冬听完后沉默了一阵，语气略带沉重地说："张鸣天可能不只受了欺负，通过他遗留在边泽坤体内的 DNA 来推测，他也许在少年时期遭受过来自成年男性的侵害，他感到羞耻、愤怒，而当他在比自己弱小的人身上发泄这种屈辱的时候，会本能地复制。"

"确实有这个可能。"唐喆学无奈地按着额头，"我等下去村里找楠哥，把情况跟他沟通一下，看能不能问出来什么，他那儿好像揪出一个嫌疑人了。"

"楠哥的办事效率就是快。行，我这边还有事，先挂了啊。"

"嗯，有新进展再跟你汇报。"

等唐喆学他们到村委会的时候，正赶上罗家楠审人，于是赶紧将所获信息告知。罗家楠听完愣了愣，回头看了看屋里那位发色花白的老大爷，眉心渐渐拧起。可以想象，彼时的张鸣天无依无靠，村里人却是血脉相连，他就算说出来也没人信。

整理好思路，罗家楠进屋继续问那位老大爷。老大爷姓康，和老支书、老会计他们都是亲戚。"康"是这个村里的第一大姓，罗家楠这一天下来见了二十几个姓康的，着实体会了祈铭记不住人名的痛苦——按族谱起的名，基本就差一个字，什么康军宝、康军河、康军麻、康军良、康军伟……听得他头都大了。

罗家楠和康大爷闲聊了几句降低其戒备心，然后给对方递了一根香烟，问："张鸣天刚到你们村的时候，有没有人反对过把他留下？"

烟雾缥缈而过，康大爷眯起眼，语气中有些埋怨："能没人反对吗？那时候村里人也不富裕，有些人连自己都养不起呢，还养个外人。也就是我们老支书心善，说一家给一口剩的，这孩子就饿不死了，要是把他轰走了，哪天真死在路边，也是造孽。"

"后来，他真的挨家去吃？"

"没有没有，主要是那几个村干部，还有治保积极分子什么的，安排了十几家，一家吃一个月。这小子也是真能吃，我之前去老支书家串门，就看他抱着一盆地瓜粥，呼噜呼噜没几分钟就喝光了。那差不多是一个壮劳力一天的口粮哪，老支书也真是舍得。"

"就这么养了六年？"

"是啊，养到小学毕业，本来说是送去县里上中学，但他成绩太差，没学校肯收，就跟着我们村的一个师傅学做泥瓦工了。"

"那村里人也算是积德行善了啊。"罗家楠装出一副情真意切的样子，"他后来挣了钱，没报答村里？"

康大爷不屑地一哂："报答？老支书家修房子，让他帮忙上个梁还算得清清楚楚的，说上梁的钱得单算，老支书家的小儿子气得大骂他是白眼狼。"

老支书家的小儿子？罗家楠在脑子里过了一遍名字，想起应该是叫"康军麻"的那位，现在好像四十多岁的样子。在张鸣天受到侵害的时候，他正是身强体壮的年纪。

"那张鸣天是什么反应？和对方起争执了吗？"

"没有，那孩子一直就不怎么爱说话。"康大爷一愣，似乎想到了什么，连忙解释道，"不会是军麻干的，他也就骂了两句。"

"啊，我没说是他干的，这不随口聊聊嘛。"罗家楠摆摆手，示意康大爷不用紧张，"张鸣天去您家吃过饭吗？"

康大爷迟疑了一下，点点头："吃过几次，那会儿家里的粮食都有数，除了老支书家，没人舍得照饱了给他吃。我妈看他可怜，在路上碰到就带家来吃顿饭，说他无亲无故的，就当养一只小狗了。"

"是啊，无亲无故，出了事也没人管。"罗家楠话锋一转，语气严厉了些许，"他以前经常挨打，您知道吗？"

康大爷的手一哆嗦，整截烟灰掉到了裤子上。就冲他这个反应，罗家楠觉得就能往讯问室里提了。于是继续步步紧逼："刚才我同事去您家让看照片，老太太认出张鸣天的时候，您心虚什么？"

"啊？我没……没心虚……"康大爷说话直磕巴，唾沫一口接一口地咽，"我就是……就是太久没听到他的……他的消息了……一时有点……有点没反应过来……"

罗家楠抬手打断了对方的话，然后接起不停振动的手机。是祈铭打来的，说对张鸣天头上的伤口做了检验，在上面发现了木质素，结合杜海威那边给出的参考建议，推断凶器是手提式电动刨花刀，凶手用它攻击张鸣天时，刨花刀上的木屑残留在伤口里。

罗家楠挂上电话，冲康大爷勾起嘴角："您说您干过木工，对吧？"

"啊？啊……是。"康大爷依然支支吾吾地应着，内心十分疑惑这位警察为什么接了个电话就问起木工的事，但说出去的话已经没法收回了。

"用过这个吗？"罗家楠向康大爷出示祈铭发来的"凶器"照片。

康大爷盯着手机屏幕上的手提式电动刨花刀，一时间不知该点头还是摇头。但他认不认已经不重要了，罗家楠从他越发紧张的表情中得到了答案。他上前把手搭在康大爷的肩上："起来吧，跟我回县公安局接着聊。"

"咕咚！"

康大爷整个人跪下了。

罗家楠一惊，反应过来便焦急地嚷道："干吗呀！多大岁数了还跪！起来起来！赶紧起来！"

"我没跪……我就是腿……腿软了……"

康大爷沮丧地瘫在地上，罗家楠和吕袁桥只好一人扶一边，使劲儿把他从地上架起来，摁回到椅子上。

过了一会儿，康大爷哭哭啼啼地交代了整件事——

给老支书家修院子的时候，康大爷是木工，张鸣天是泥瓦工。

木工的活一般和泥瓦工同时进行，本来合作得还算顺利，突然有一天，张鸣天说康大爷支的那个爬百香果的架子歪了，底下乘凉座的尺寸不对，要他拆了那个架子重新搭。康大爷面上不承认，私下量了量尺寸，果然不对，可重搭他就得包工包料，本来乡里乡亲的，给老支书干活就没挣多少钱，重来一次他还得赔钱。他思来想去，去找了老支书的小儿子康军麻恶人先告状，说张鸣天偷料，让把人开了。建农家乐的钱是康军麻出的，主意都是他拿，一听说张鸣天偷料，本就有意见的他立马把张鸣天叫过去，劈头盖脸地一顿骂。

刚流浪到村里的时候，张鸣天被大孩子们欺负过，因为无人撑腰，不敢反抗。随着年龄的增长，加上做泥瓦工练了一身的力气，彼时的他不再是那个毫无反击之力的男孩，被康军麻骂急了，便狠推了对方一把。这康军麻也不是吃亏的人，登时就和张鸣天扭打在一起。康大爷上前拉架，毕竟年龄摆在那儿，怎么也拽不过两个年轻的。于是他转身想喊其他人来帮忙，结果没迈出几步就听身后"啊"的一声惨叫，再回过身，已被眼前的一幕吓得腿软了——张鸣天头上的安全帽破了个大洞，血流满面，而打红了眼的康军麻，还在一下接一下地用自己的手提式电动刨花刀朝对方的头上砸去。

等康大爷回过神来，上前拼命地把康军麻拉开，张鸣天已经躺在地上一动不动了。他不懂法，不知道自己算不算共犯，只能等着康军麻出主意。

康军麻从极端的愤怒中冷静下来，说要把尸体扔到废弃的石屋里。一来那地方离木栈道近，人来人往，山里的野兽不往那儿去；

二来通往石屋的路已经断了，也不会有人过去。

当时的康大爷吓得六神无主，康军麻说怎么干，他就怎么干了。他找了一块防水布把尸体裹上，藏到了堆木料的库房里，再把地面的血迹冲洗干净，等到了晚上，两个人一起把尸体搬进石屋里。第二天，他们再对外宣称张鸣天偷料被发现，恼羞成怒走人了，整个过程十分顺利，没有引起任何人的怀疑。

忽然出现，又忽然消失，没有亲人惦记，没有朋友陪伴，活着独行于世，死后亦无人挂记。五年的时间，一千多个日夜，张鸣天的尸体就在那间无人造访的石屋中腐烂消逝，最后只剩下一副残缺不堪的骨架。

“我没想害死他，真的没有……都是军麻干的，我没上手打过他，一下都没有……”康大爷声泪俱下地说，“我都这把年纪了，你们别抓我去坐牢行不行啊……求求你们了……”

罗家楠朝吕袁桥使了个眼色，吕袁桥立即心领神会，起身出去打电话，向陈飞汇报情况并请示抓捕康军麻的行动。接着，罗家楠喊人进屋看着康大爷，发现唐喆学他们还在，于是说：“待会儿抓人，一起去啊。”

唐喆学客气回道：“我们就不去了，楠哥，等把康军麻提回去，给我们留半天时间。”

“嗯？”罗家楠眉头一皱，“你们审他干吗？”

“我怀疑他可能就是当年对张鸣天实施过侵害的人，现在张鸣天已经死了，黄骏和边泽坤的案子只能通过他的供述来进行合理的推测。”唐喆学的语气透着些许无奈。

“啊，对，刚刚我也这么想来着。按照康大爷的描述，康军麻应该是欺负张鸣天欺负惯了，没想到有一天他会反抗自己，才会恼羞成怒痛下杀手。"说着，罗家楠又看向岳林，"这案子全靠你帮忙才能查出来，回头给你记一大功，等着领奖吧！"

岳林心里笑开了花，嘴上还不忘谦虚道："没有没有，罗副队，我就是扯了个线头出来，案子都是你们查的。"

破了案，罗家楠心情大好："怎么，有没有兴趣来重案队啊？"

岳林受宠若惊，刚想表达一下对对方的敬仰，只见唐喆学往他跟前一挡，笑眯眯地说："楠哥，别当我的面挖墙脚啊。"

"看你急的，开个玩笑，开个玩笑！"罗家楠一边笑一边拍了拍岳林的肩膀。

虽然还没审康军麻，但是林冬按照之前的推测，认为黄骏和边泽坤死在张鸣天手里的可能性极大。付嘉逸的案子与其无关，通过罗家楠他们的走访确认，付嘉逸被害当天，张鸣天根本不在省内，而是跟着师傅在外省做一个度假村的内装工程，吃住全包，没有作案时间。

早起到单位，吃完早饭，林冬要和唐喆学去会会那个康军麻。听后勤的乔大伟说，康军麻不住在村子里，警察发现张鸣天尸体的事他应该不知道。没想到消息走漏，罗家楠带人赶到县城实施抓捕行动的时候，发现他已经驾车潜逃了。

警方调天网查行踪，得知人已经上了高速，当即一路狂飙。重案队大姐大苗红现场上演了一幕"速度与激情"，终于成功逼停了康军麻的车。

　　讯问室在七楼，林冬和唐喆学顺着安全通道往上走，看见罗家楠正站在垃圾桶旁边抽烟，忙过去询问情况。罗家楠说，审了一宿，早晨六点多康军麻才开始坦白，现在总算交代得差不多了。

　　"他说犯事之前在赌场输了钱，本来心情就不好，赶上张鸣天挑衅自己，一时没控制住，失手把人打死了。"罗家楠边说边吐了口烟雾，语气里带着不屑，"这些杀人犯总爱给自己找借口，什么心情不好、被侮辱了、人家看他媳妇一眼就是图谋不轨了……反正啊，杀人的手法千千万，不及杀人的理由万万千。"

　　"所以说冲动是魔鬼。"林冬把手里的烟摁熄在垃圾桶的烟灰槽里，说，"我上去看一眼。"便顺着安全通道爬上七楼。进了楼道，他见吕袁桥在3号讯问室门口站着，把他叫到一旁说话。这是为了了解康军麻的性格、思维模式，为查证"黄骏案"和"边泽坤案"的事实真相做准备。

　　"康军麻这人的性格怎么样？"林冬问。

　　"林队，我发现康军麻这个人极其重面子，你要是上来就问他有没有对未成年男性实施过侵害，他可能理都不会理你……你看，老康的证词已经给他钉死了，他还扛了将近十个钟头呢，后来是师哥变着花样捧他，才把真话从他嘴里'捧'出来。"

　　听完吕袁桥的陈述，林冬深表认可。别看吕袁桥平时不显山露水的，其实脑子里的弯弯绕不比罗家楠少。他来市局之前是检察院的司法警，专职协助检察人员进行公诉案件的侦查，办案过程中恪守证据的合法性和可靠性原则，且善于学习，为人谦恭，可谓双商惊人。

　　进讯问室之前，林冬针对吕袁桥的总结在心里默默列了一遍讯问大纲，又想起有些日子没看见欧健了，随口关心了一句："欧健呢？他没跟这案子？"

听他提起那倒霉孩子，吕袁桥笑着说："别提了，他从医院里出来就跟确诊了精神病似的，老去查自己是不是得了重度抑郁。师哥怕他真抑郁了，给他放了一个星期的假，让他带奶奶出去旅游散散心。"

"所以还是没查到是谁给陈钧送的'邮票'？"比起欧健，林冬更关心的是案子。以前唐喆学说他冷血，他还不承认，眼下发现自己确实在某些事情上缺乏同情心。

吕袁桥无奈地耸了耸肩："查不出来，师哥最近一把一把地吃胃药，什么技术手段都用上了，就是找不出那女的。"

"金婉婉的家属查了吗？"林冬提出建议。

吕袁桥摇摇头："查是查了，金婉婉有个妹妹，但是案发的时候她根本就不在本市，而且身高对不上。进陈钧房间的那女的，按身高估算在一米六八到一米七二，可她妹妹的身高才一米五八。"

"如果是雇人呢？"

"账户没有异动。"

"唉，那继续查吧，不打扰你了，我得去审康军麻了。"

林冬深吸一口气，走进讯问室。

康军麻一天没睡了，现在正在椅子上打哈欠。听见门响，他猛地抬起头，发现不是之前审自己的警察，眉头微微皱起。他是那种面带凶相的人，眼底沉着一股狠劲，壮硕的身形将衣服绷起一道道横纹。

警方走访时听村里人说，他有些生意头脑，仗着亲爹当支书时攒下来的人脉，承包了栈道修建项目，赚到了第一桶金，现在又承包了度假村项目。他能赚钱，可是更好赌，赚来的钱大多送进了赌场。

按照林冬之前的吩咐，唐喆学将张鸣天陈尸在石屋的照片从卷宗里抽出来，摆在康军麻面前的桌板上，让他辨认。康军麻不明所以，拧着眉头瞪着眼珠说："还让我看这个干吗？刚刚那个姓罗的警察已经给我看过了，该说的我都说了。"

林冬慢悠悠地在他眼前来回踱步，边走边说："我不是重案队的，我是悬案队的，顾名思义，负责调查悬案……康军麻，据我们所查，你所杀的张鸣天也并非良善之人，他身上可能背了两条人命，也许更多。"

林冬的一番话让康军麻眼中的敌意退去些许。他在铁椅子上扭了扭身子，提出要求："能解开我吗？"

手铐和脚镣限制了动作幅度，让他难以调整到一个相对放松的坐姿。经历数小时的禁锢，任谁坐在那把铁椅子上还不能自由活动手脚，都得难受得抓心挠肺。没办法，打从他们犯下罪行的那一刻起，就注定要承受精神和肉体上的双重惩罚。

但是今天，林冬没打算为难康军麻，他扭头示意看守对方的警员打开横板上的镣铐。见自己的双手获得了自由，康军麻又要水喝，又要烟抽，林冬都一一满足了对方。他谦恭的态度让值守讯问室的年轻警员面露疑惑，想起刚才罗家楠他们审的时候，没给过这种待遇啊。

林冬轻敲了两下横板，让康军麻的注意力从香烟挪到自己的脸上，语气平和地发问："有个叫边泽坤的，是你们村的吧？"

听到椅子发出"吱嘎"一声响，正埋首记录讯问内容的唐喆学抬起头，注意到康军麻脸侧的肌肉明显紧绷了。"康"是那个村的第一大姓，然后就到"边"这个姓氏，双方互有嫁娶，要是捋着关系算，边泽坤还得管康军麻叫舅舅。

康军麻咬着牙说："那我也算为我的表外甥报仇了。"

林冬弯下腰，靠近康军麻耳语道："其实……这一切都是有原因的，你不是无缘无故地把张鸣天的尸体抛在石屋里的。"

康军麻瞪着眼，没说话。

林冬向后退开点距离，接着说："人的行为是心理活动的映射，张鸣天的尸体被抛在废弃的石屋里，而不是被掩埋或者抛入水库中，我们考虑其中必然有什么特殊的缘由，促使凶手做此决定……那个地方对你来说，是有特殊意义的，对吧？

"那是你彰显权威的地方，你知道，只要在那里，张鸣天就还是那个瘦弱单薄、无依无靠的流浪儿，可以任人宰割，随意欺负。"

随着林冬语速的加快，康军麻的呼吸也越来越重。

"没有！不是！"康军麻激动地反驳，胸腔连着肩膀都在激烈地起伏，"我没欺负过他！你们别血口喷人！"

林冬稍做思考后，继续追问："那你知不知道他以前身上的伤是怎么来的？"

"我……我没……我没亲眼看见……"康军麻紧紧地握住拳头，"我就是有一次……有一次去那儿找工具，没想到他躲在床底下，把我吓了一跳……拉出来一看……看……满身的伤……衣服也都破了……"

躲讲台，躲石屋，听到这里，林冬觉得整件事的逻辑线更清晰了。他一开始的思路是，张鸣天被陈尸石屋，是因为康军麻曾在此地对张鸣天施暴，那是个能让他自信心爆棚的地方。现在看来，如果康军麻没有说谎，那间石屋其实是能让张鸣天有安全感的地方。

康军麻咽了咽唾沫，继续开口："当时我问他发生什么事了，他什么也不肯说……我知道村里人不待见他，大孩子们也经常欺负他，就去找了村里的治保主任，让他管管。可管来管去也不见张鸣天身上的伤变少，我就找了一天带他进城，请他吃了顿好的，让他把真相告诉我。我，我真没想到，欺负他的是……×！都他妈是我叔叔伯伯辈的，我能去公安局告他们吗？为了一个外乡人，把自己亲戚送监狱里，我家里人能饶了我？那些老畜生的家人能饶了我？我爸那支书还能继续当？"

这可真是出乎意料，还不是一个人造的孽。林冬问："他有没有跟你说，都有谁？"

"×！"康军麻又骂了一声，"基本上都死光了，你想想，我都得管他们叫声叔，那得多大岁数了？"

"里面有没有边泽坤的家人？"

康军麻垂眼默认。

"黄骏呢？"

"谁？"

林冬给康军麻看黄骏的照片，仔细辨认了一番，康军麻叹了口气说："这孩子啊，他有一个亲戚在我们村里。"

后面的没承认，想来也是欺负过张鸣天的一员。原来，张鸣天带那些比自己小的孩子下水库游泳是有目的的，他在伺机寻找报仇的机会，要把那些成年人加诸自己身上的痛苦，报复给他们的后代。

但他究竟是怎么想的，已经无人可知了。命运正是如此，不总是公平，但总有因果，他也为自己的所作所为付出了应有的代价。

"后来呢？"林冬问，"你有没有管过这事？"

康军麻神情麻木地点了点头："我跟我爸说了，然后我爸去找了他们，把这事压下来了。"

"那你不是对他挺好的？"林冬缓下语气，"为什么又要杀了他？"

"他忘恩负义啊！"康军麻眼中划过一丝懊悔，颓然垮下肩膀，"我爸收留了他，给他饱饭吃，还把我们的衣服分给他穿，又替他出头！可他呢？偷我家的施工料，还打我，我能咽得下这口气吗！"

"事实上，你是因为赌钱输了，需要一个发泄口。"林冬立马戳穿了他。

康军麻帮过张鸣天，但沾染了赌博的恶习，人的心境就会发生翻天覆地的变化。至于那些欺负过张鸣天的人，他们施暴的时候应该没想到，有一天自己的孩子会惨死于恶行种下的果。

最无辜的是孩子，可张鸣天已经死了，谁来为这份罪行买单呢？

在林冬的坚持下，已经疲惫不堪的康军麻把当初张鸣天告诉自己的施暴人的人名逐一坦白了。

出了讯问室，唐喆学好奇地问道："你整理这份名单是要干什么？"

　　"写结案报告用啊，虽然法律惩罚不到他们了，但是这些名字会永远被钉在耻辱柱上。"遇到这种无法追责的案子，林冬自有一套处理方式，"不过，黄骏和边泽坤的家里，你还是要抽空去一趟，总得让他们知道孩子是怎么死的。"

　　唐喆学点头应下。

第十章

被终止的
啼哭声

想起付嘉逸遇害的时候，付立新正在查的那起"婴儿失踪案"也一直没能结案，林冬决定先着手调查"婴儿失踪案"，也算是了结付立新的一桩心事。至于付嘉逸死亡的真相，既然一直没有头绪，家属也不想追查了，那就暂时放一放吧。

回到办公室，林冬问队员们对"婴儿失踪案"的卷宗的阅后感想。

无论是受限于技术还是其他什么原因，每个老警员手里或多或少都有那么几起悬而未决的案子。有人终其一生追踪未破的旧案，哪怕退了休也不放弃，这不只是为了给受害者和受害者家属一个交代，还有一个原因是，他们不甘心败给犯罪分子。悬案队的悬案有一部分来自上层的下发，还有一部分，就是那些老警员找上门寻求帮助的。

眼下，悬案队办公室里的人你看看我、我看看你，没一个出声的。案发时虽然天网系统还没完全覆盖，但街道上已经有了监控，然而，没有一个摄像头拍到嫌疑人。当时为了寻找这个只有八个月大的失踪婴儿，本地警方调动了最先进的技术支持，并以重案队精英们为主调力量，抽取大量警力在全市进行了拉网式排查。做到这个程度都找不着，他们现在光靠看卷宗根本看不出花来。

而这个案子之所以难破，其中一个主要原因是报案晚了。失踪婴儿的父母是开早餐店的，每天凌晨四点起床干活，店内分为两个区域，前面营业，后面自己住。平时那孩子就放在后面的婴儿床上，店里还有两个员工，如果孩子哭闹了，谁有空就去看一眼。但事发当天，孩子出奇地乖，没哭没闹，因此没人想起去看他。等到早上九点多，客人少了能歇口气了，孩子的母亲想去给孩子喂奶时才发现孩子不见了，婴儿床上还留了一张字条，写着"不想孩子出事，别报警"。

老实巴交的夫妻俩被字条上的警告吓到了，就真的没报警。直到中午十二点半，有一个电话打到孩子父亲的手机上，索要三十万赎金，具体交付地点，须等对方确认他们没报警再给。这个电话让夫妻俩备受煎熬，又想报警，又怕孩子找不回来。在左右为难中等到了第二天晚上九点，绑匪又打来电话，让他们买一张去往晖洼的火车票，随身带上三十万现金，上了火车等电话。

孩子的父亲说手头没那么多现金，得给自己留时间筹钱。哪知对方冷冷一笑，说："我知道你中彩票了，奖金有四十多万，交完税绝对够三十万。"

一听到这个，孩子的父亲心想：这绝对是自己认识的人干的，不然外人怎么可能知道他中奖了？于是当机立断，转头就报了警。

此时距离寻找失踪婴儿的黄金二十四小时已经过去了许久，且现场已经被破坏，警方在取证和进行人员摸排期间遇到了许多困难。能想到的最有效办法就是让事主按绑匪说的办，买车票上车，再沿途安排警力设置追踪点。然而火车刚过省界，绑匪就给孩子的父亲发了信息，让他在下一站下车，再买一张去垦州的火车票。

这一下就打乱了警方的布局。布控是按照去晖洼的路线布的，临时抽调警力重新布局根本来不及。彼时跟在事主身边的是陈飞和付立新，得到消息，陈飞让事主下车后告诉对方"今天没有去往垦州的票了，明天去行不行"，好拖延时间调配警力布控。

然而绑匪并未中计，直接让事主下了火车就打车去垦州。陈飞和付立新当即做出判断——绑匪是想让事主在高速路上"抛货"，于是征用了一辆在火车站附近揽客的黑车，一个假扮司机开车，一个躲在后排，三人一起上了路。

绑匪也没闲着，每隔一阵子就给事主发消息问到哪儿了。为了争取调派警力的时间，陈飞没让事主按实际情况说，让每次报地名都报至少半小时前经过的休息区。这样一来，绑匪在计算他们的路程时，会有至少半小时的路程差。

来回打了几个电话后，绑匪终于告诉事主，过白水河收费站后十五公里处靠边停车，把钱往高速路外扔出去。付立新立刻通知指挥部调取相关路段的情况，发现那是一处桥梁区，路基距离河面有二十多米的高度，且周边没有车道，只能是人过去守着，车过不去。不过，警方的车过不去，绑匪的车自然也过不去，到时候就得比谁跑得快了。

到了指定位置，事主把钱扔进了干枯的河道里。河道周围布控了二十人严阵以待，就等绑匪露面。结果从日出等到日落，那个装有三十万现金的旅行包始终无人接近。绑匪那边也没动静了，一个电话都没打。

警方又守了一天一夜都不见绑匪去拿赎金，正当陈飞他们焦头烂额之际，付立新突然接到指挥中心的消息，说他老婆打电话找不到他，只好去找领导了。为了方便隐藏，付立新的手机一直是静音状态，这才发现老婆给他打了几十个电话。他连忙给老婆回电话，只听那边撕心裂肺地吼道："你死哪儿去了?! 儿子不见了！"

后来，"婴儿失踪案"由省厅刑侦总队派来的人接手。五天后，付嘉逸的尸体从入海口打捞上来。毫无疑问，作为父亲的付立新备受打击，整整一年都没人在局里见过他。等他再次出现在工位上，刚四十多的人已是满头白发。

那个追查的失踪婴儿也如石沉大海，再也没有消息。"婴儿失踪案"几经转手，装了满满一箱的卷宗最终到了悬案队的档案架上。

卷宗上记录，警方把丢孩子的夫妻俩能想到的、知道中奖的人翻来覆去地查了好多遍，另外彩票店老板、老板的朋友，以及彩票店的熟客也都查了个遍，没人有作案嫌疑。根据当时现场的推断，绑匪是通过进入卧室的窗户把孩子偷走的。店面在一楼，窗外的防盗网螺丝被卸了，推拉门式的窗户可以让一个成年人自由进出。

由于早餐店开张的时间非常早，警方推测孩子是在当日开张不久后被偷走的。案发时，周围没有行人路过，自然就没有目击者。路边的监控拍到了几辆在那个时间点经过的车辆，警方逐一摸排，司机都没有嫌疑。

字条是手写的，但追踪不到指纹。结合其频繁更换交钱地点的做法，警方判断这个绑匪有一定的反侦查意识，且胆大心细，很可能有前科，于是海量摸排了全市范围内的前科人员，同样没找到有作案时间的人。总而言之，对于当年负责该案的警方来说，能查的都已经查了，就是锁定不了偷孩子的人到底是谁。

唐喆学问林冬："你想从哪儿入手？"

"先去走访那对夫妻，"林冬扭头看向岳林，"他们还没搬走吧？"

岳林忙说："没有没有，我给事主打过电话了，他还在那里开早餐店。"

"再给他打个电话，约……"林冬扫了一眼放在桌上的电子表屏幕，"下午一点到两点之间。"

事主和林冬一样姓林，年长一些。见面后，林冬客气地称呼对方为大哥，没想到这位大哥未语泪先流，哭了快半个小时才冷静下来。他说，虽然这些年租金不断上涨，但一直没有搬店，就是怕有一天警方找到孩子了，联系不上自己，且自己的电话号码这么多年了也没换过。

林冬理解对方的想法。做家长的肯定希望孩子还活着，有个期盼、有个念想，总想着早晚有一天，能把孩子找回来。

从身份信息上看，林大哥比林冬大一岁，如今看着却比他老了十岁不止。听到林冬问起自己的妻子，林大哥说自从孩子丢了，夫妻俩的感情也出现了裂痕，从一开始的互相埋怨逐渐升级到动手打架。前几天又因为一点生活琐事，妻子负气离开，一直没和他联系。

趁着林冬和林大哥交谈的空当，唐喆学和文英杰里里外外看了一圈这家早餐店。这么多年过去了，里面的陈设和当年拍摄的照片出入不大，连那个婴儿床都还摆在原位。店的面积不小，楼上楼下预估有一百多平方米，店面占一半，后面隔出了两个房间，一个客厅、一个卧室。楼上放了一些蒸屉之类的厨具，还有员工的床铺。

案发时被拆下来的防盗网，现在已经换成直接焊上去的不锈钢栏杆。窗边有个门，进去直通客厅，出来就是店后面的小区。

文英杰抬头看着小区绿化带上架设的摄像头，叹息道："唉，要是当初有监控就好了。"

"当时这一片还是工地呢。"唐喆学指着如今规划整齐的联排别墅说，"人员流动性大，给当时的摸排工作造成了极大困难。"

文英杰又回头看了看那道连接小区和店面的后门，想了想，说："副队，有没有可能，当时绑匪是从这道门进去的，而不是窗户？"

"为什么？"唐喆学反问，"如果他能从门口进入，为什么要卸掉窗户外的防盗网？"

"嗯……干扰取证？"文英杰谨慎地提出自己的想法，"不是说绑匪有反侦查意识嘛？"

"这推理思路不错。"唐喆学深表赞许，然而一切想法都需要证据来验证，"但这家的门锁没有被撬过的痕迹。以前我在派出所处理过一些盗窃案，有一位老师傅跟我说，这锁只要一撬开，即使外观上看不出问题，里面的锁芯也得坏。当时，技术人员已经检查过了，锁芯没有被破坏。"

两人正说着，林冬走了出来，问他们有没有什么想法，于是文英杰把自己的想法复述了一遍。

林冬眼神一亮，说："通过刚才和林大哥的交谈，我感觉有个地方怪怪的，但我当时没想明白怪在哪里，现在英杰的想法让我有了新思路。"

"什么？"文英杰和唐喆学异口同声地问道。

"妻子和他吵架的时候，说过一句话。"林冬回手朝门上一指，"她说'都怪你！为了省钱装那么一把破锁'，言外之意，她好像知道孩子不是从窗户那儿被人偷走的。"

按照林冬的想法，妻子很可能和孩子的失踪有关，或者是知情人。她知道老公中了大奖，有可能把这个消息透露给了谁，而这个人绝对不能让警方发现。

"外遇对象？"唐喆学开口道。

除此之外，唐喆学想不出还有什么人，值得一位失去孩子的母亲来维护。说到底也不一定是维护对方，而是维护自己的秘密不被昭告天下。

"有这个可能。"林冬认同道，"走，赶紧回局里，去找赵政委和红姐问一下当时的情况。"

当时接手这个案子的时候，陈飞和付立新负责跟着孩子的父亲，而赵平生和苗红则一直陪着孩子的母亲，根据她提供的人名安排摸排走访工作。那位母亲的一举一动都在警方的眼皮底下，如果有异样，以赵平生他们从警多年的经验，应该不会看不出来。

现在苗红没在局里，因为要跟罗家楠带康军麻去指认作案现场，林冬和唐喆学只能先去找赵平生。听说悬案队重启了"婴儿失踪案"的调查，赵平生先是表示惊讶，随后叹了口气说："要不是因为立新家的事，我们一直追下去可能就追到了，后面也不知道其他同事是怎么查的。"

赵平生并非在说接手案件的侦查员不好，他想表达的是客观事实。案子一经易手，由于信息来源都是"道听途说"，也就是由前一拨侦查员经由对现有证据和线索进行思考后的转述，再加上获取到的证据，很容易使接手的人形成固定的认知，不易拓展查案思路。

通常在儿童失踪案里，警方首先会调查父母双方，因为不乏那种夫妻感情不和，为了抢抚养权，其中一人故意把孩子藏起来的。根据当时的调查，林家夫妻没有明显的分歧，且妻子在案发时也没有值得怀疑的表现。她的着急是真的，悲伤也是真的，同时她并未阻挠丈夫报警。因此，没有人怀疑过她和绑匪里应外合带走孩子，实属情理之中。

眼下不是感慨的时候，赵平生对案发时的记忆才是重点。时隔多年，他的记忆依然清晰："按规矩，要对夫妻俩进行分别询问，老陈和立新负责问林舟栋，我和苗红负责问褚霞。当时她的情绪十分激动，同时担心我们的出现会不会导致绑匪下杀手，这是经历孩子失踪后的母亲的正常反应。苗红安抚了她很久，才稍微平静下来回答我们的问题。"

褚霞是失踪婴儿的母亲，今天没见到本人，从十年前的照片上看，称得上有几分姿色，跟她那位皮肤黝黑、身材矮小的丈夫林舟栋比起来，显得不怎么般配。赵平生他们当时问得非常细致，方方面面事无巨细，包括两人怎么谈的恋爱、怎么结的婚、婚后感情生活如何、孩子生下来谁管得多、双方父母亲戚是否经常来往等问题。

褚霞说，她和林舟栋是通过相亲认识的。在她们老家，男人只要肯吃苦耐劳，手头有一笔能做彩礼的积蓄，就不怕讨不到老婆。林舟栋家里有兄弟姐妹共五人，他排行老二，为了减轻父母的负担，他十四岁就不上学了，离家外出打工。一开始，他在餐厅干杂活，后来被面案师傅看中，把他调去白案做自己的徒弟。

林舟栋能吃苦，手脚勤快，深得师傅的喜爱。到了二十二岁，林舟栋用自己积攒下来的工钱和师傅教的白案本领，独自开了一家早餐店。干到三十岁出头，他终于攒够了彩礼钱，回老家找媒人介绍，一眼就相中了年轻漂亮的褚霞。

他出钱给褚霞的父母翻修了老屋，又给了二十八万的彩礼，两人认识不到三个月便办了酒席。结婚后，褚霞跟随丈夫来到了本市，一起把早餐店重新开起来。第二年褚霞就怀孕了，生了个儿子，这在他们传宗接代观念极为深重的老家，是件天大的喜事。喜上加喜的是，林舟栋平时爱买彩票，就在儿子满月那天，他中了四十多万的大奖。

一个曾经一无所有的穷小子，现在可谓是事业、家庭、金钱三丰收。他还是保持着以往的低调和勤劳，每天凌晨四点起床开店，精打细算地经营着早餐店。就在他计划用这笔奖金扩大店面时，灾难从天而降——八个月大的林依褚突然失踪了。

儿子相当于他的命根，却在自己的眼皮底下丢了，他整个人就像灵魂被掏走一样陷入颓废中。当时褚霞和他的状态差不多，赵平生和苗红对她进行询问的时候，还当着他们的面哭晕过去两次。

赵平生说，那不是装的，他分得出装晕和真晕是什么样，以前在查案时见得多了，别说装晕，装死的都不少。而且，他和苗红都有针对这种情况的特殊问询方式，如果对方说谎，他们是能看出来的。在当时那个情况下，说褚霞和绑匪串通，把孩子带走再骗自己老公的钱，他认为可能性极低。

"那么赵政委，您看有没有这种可能，"林冬问道，"就是她一开始不知道是谁干的，但是后来因为某种原因发现了是自己的熟人干的，然后她通知绑匪警方已经介入，所以对方才会突然取消拿赎金的行动。"

赵平生摇头说："我们到那儿之后就给她的手机做监听了，无论她发短信还是打电话，我们都能监控到，所以说她通知绑匪的可能性……不过，你说她是后来发现的也不是没可能，就像二吉说的那个情况，她要是有外遇的话，肯定得找机会联系对方。"

唐喆学面上挂着笑，心里却忍不住嘀咕——看来"二吉"这个外号是谁叫谁顺口呀，可除了祈老师，怎么没人叫罗家楠"南瓜"呢？

他转头看向被祈铭以"冬瓜"指代了半年的林冬，提出自己的疑惑："我刚才一直在想，如果褚霞知道孩子被谁抱走了，那孩子呢？她为什么不要回来？"

是啊，孩子呢？

林冬和赵平生对视一眼，各自陷入了沉思。按理说，当妈的在孩子丢了的时候急成那样，知道是被谁抱走了之后却不要回来就说不过去了。莫非是怕被查出是谁下的手？

"对了队长，你之前和林舟栋谈的时候，他说褚霞老吵完架就离家出走，是吧？"唐喆学打破了房间内的沉默，"那……孩子会不会是找人领养了，所以她才会动不动就找借口离家出走，其实是去看孩子了？"

"二吉说的这个有可能。"赵平生朝他竖起大拇指。

林冬也赞同道："这思路不错。让秩子定位一下褚霞的手机号码，咱们跟踪她几天，看她离家之后到底去了哪儿，见了谁。"

"好嘞。"唐喆学立刻把褚霞的手机号码给秧客麟发了过去。

由于两岸商贸交流会即将召开，会议安保工作需要各部门领导积极协调参与，林冬不便离开单位太久，于是盯梢褚霞的活儿便由唐喆学带着岳林执行。褚霞去的地方在邻省一个比较偏僻的镇上，为方便行动，下了火车，唐喆学先找县公安局的同人借了一辆车。

在路上颠了一个多小时，二人抵达褚霞身处的洪麟镇。根据秧客麟调取的手机定位信息判断，她的落脚点在镇中心方圆五十米的位置。系统里查不到住宿信息，只能亲自去搜寻她的踪迹。

好在秧客麟发来了褚霞近日的网络支付记录，岳林正对着收款方的名字观察街边店铺的店名。一般来说，日常在小超市和小吃店的消费，不会离住的地方太远，找到她在哪儿买过东西，在那附近蹲守即可。

唐喆学开着车绕圈，忽然听岳林喊道："副队，停一下！"

唐喆学立刻打轮靠边停车，岳林推门下车，左右看看，跑进街对面的一家小超市里。唐喆学见他拿着手机冲柜台里的人比画了一阵，又带着一脸喜悦返回车里。

岳林兴奋地说："找到了，我给店主看褚霞的照片，店主确认她去店里买过几次东西。"

"你怎么知道是这家店？"

虽然唐喆学心里清楚这种线索该如何获得，但还是想给对方一个表现的机会。果然，就听岳林成就感十足地说："秧子给的褚霞的支付记录里，有好几条是付给一个叫'阿麦'的人。我刚看那家超市叫'麦麦屋'，感觉就是那家了。"

唐喆学给了岳林一个鼓励的微笑，然后熄火下车，环顾着整条街道的情况。正对着"麦麦屋"的那栋楼，一楼都是店面，从二楼开始，是一家装修风格颇有年代感的 KTV，不适合盯梢。旁边都是居民楼，细看下来几乎每个阳台上都晾着衣物，说明里面全是居家过日子的，想临时租到盯梢用的房间的可能性不大。

过了大约半小时，唐喆学回到车里，冲岳林皱眉笑笑："我们得睡车上了，没找到适合盯梢的房子。"

"我没意见，睡哪儿都行……"说着，岳林把垫在屁股底下的睡袋抽了出来，紧紧抱在怀里——有妈的孩子像块宝，感谢母亲大人的未雨绸缪！

幸运的是，他们只守了一个晚上就守到了褚霞。她去"麦麦屋"买东西，买完在路边叫了一辆载客摩托车，车子朝东边开去，唐喆学立刻开车紧随其后。人生地不熟，加上此地开摩托车的人居多，且开得横冲直撞，他一边盯着路，一边还得留意避让突然窜出来的摩托车，一路上心惊胆战。

跟了四五公里远，他们看到褚霞在一所小学门前下了车。现在是放学的时间点，没过多久，一群戴着红领巾的孩子便闹哄哄地出了校门。

褚霞在校门口翘首张望，等了十多分钟，她的表情变得喜悦起来，朝三个并排走着的男孩迎了上去。男孩们似乎都认识她，看见她过去，纷纷抬起手打招呼。等面对面站定后，褚霞把手中的袋子打开，从里面掏出盒装牛奶和零食分给孩子们，拿到食物的孩子一个个喜笑颜开。

这些平常到无人在意的画面，都被岳林拍进了手机里。如果之前的推测没有偏差，那么褚霞的儿子应该就在这三个男孩当中。具体是哪个，就得细查了。

拍完照，岳林下车去学校找老师打听情况，唐喆学则开车继续跟踪褚霞，确认她到底住在哪里。

岳林拿到三个孩子的姓名和家庭成员信息后，便立马给林冬发了过去。这时林冬正在市委开动员会，收到消息快速看了一眼就转发给秧客麟，让他把能查的都赶紧查出来。

四个小时后，唐喆学接到林冬打来的电话，说其中一个叫蔡景天的男孩，有可能是曾经被绑架的林依褚。根据户籍所在地派出所提供的信息，蔡景天上户口的时候已经快一岁了，其父母说没有出生证，后来是去镇卫生所补了证才上的户口。其他两个孩子都是出生后一个月内上的户口，且手续证明齐全。

现在首先要做的是想办法弄到蔡景天的 DNA 样本，拿回去和林舟栋做亲子鉴定。第二天一早，唐喆学就带着镇卫生所的医生，去学校找了蔡景天的班主任，以体检为由，叫上包括蔡景天在内的几个男孩进行 DNA 取样。不能单取一个孩子的，不然容易引起家长的怀疑。

一切进行得有条不紊，拿到 DNA 样本，唐喆学和岳林马不停蹄地赶回市里。在他们赶到之前，林冬也通知了林舟栋来市局进行取样。听说儿子可能找到了，林舟栋无比激动。林冬立刻提醒他："结果出来之前，别让你老婆知道这件事，不然空欢喜一场，我怕她承受不住打击。"

林冬当然不可能直接告诉他"你老婆一直知道孩子在哪儿"，在所有证据都确定下来之前，绝不能打草惊蛇。即使绑架林依褚的事褚霞一开始不知道，但事后肯定是知道的。她目前的所作所为已经涉嫌包庇罪，下次见到她就该是在讯问室里了。

两份 DNA 样本一到手，祈铭就加急验了，然而结果让所有人感到意外——蔡景天不是林舟栋的亲生儿子，一丁点血缘关系都没有。

为免出现遗漏，祈铭同时把另外两个孩子的 DNA 也做了对比，同样都和林舟栋没有血缘关系。

难道调查方向错了？

见林冬神情凝重地盯着报告，祈铭问："要不我让高仁再重新比对一次样本？"

"不用，就算出错也不是你的——"忽然，林冬想到了什么，忙问，"脐带血可以做 DNA 检测吧？"

"可以。"祈铭答道。

"之前林舟栋和我说过，他听说脐带血可以治病，所以花钱给孩子存了一份脐带血。我现在就去申请调用，用林依褚自己的 DNA 作对比！"

脸上的阴霾散去，林冬说完便风风火火地跑出了法医室。

对比结果出来了，蔡景天的 DNA 样本与林依褚的脐带血样本完全吻合。证据到手，他没着急通知林舟栋，而是将刚刚返回市里的褚霞"请"到了局里。

面对板上钉钉的证据，褚霞没有惊慌失措，而是淡定地看完报告，随后轻轻合上，说："这件事我很早以前就向警方交代过了，没想到你们拖到现在才做检验。"

这句话无异于晴空万里响起一声炸雷，轰得林冬和唐喆学一怔。分秒间的错愕过后，林冬在桌下用左手轻推了一下唐喆学的手臂。唐喆学斜眼看向他的右手，见对方打了个只有他们自己才知道含义的手势，便起身走出了讯问室。几分钟后，墙角摄像头下的红灯倏地熄灭。

不一会儿，唐喆学返回讯问室，坐到林冬身边，小声说了一句："隔壁的人都清了。"

林冬点头以示了解。

褚霞刚刚的供词证明，有人提前查到了线索，但是没有公开，而这个人就在警方内部，所以，现在进行的调查要全部保密。所需的手续他晚点会补给上级领导，从眼下这一秒开始，讯问室里的对话，只有他和唐喆学能知道，且一个字都不能泄漏出去。后续的视频记录，则用他们自己的手机拍摄。

重新调整完讯问思路，林冬再次发问："你向谁说明过？"

"一位姓白的警官。"褚霞平静地回答。

从语气和面部微表情来判断，唐喆学认为她没有说谎。

"全名是什么？"林冬边问边在记忆库中搜索——但凡跟过这个案子的警员，卷宗上没有一个姓白的，但也不排除那些协助外围工作但是没有被记录在案的人员。

"啊？我没问。"

"男的女的？"

"男的。"

"长什么样？多大岁数？"

"没见过，他只是给我打过电话。"

她的回答让唐喆学正在敲键盘的手一顿，下意识地侧头看了看林冬，只见林冬皱着眉头，眼里流露出一丝不可思议。

"没见过？那你怎么知道他是警察？"林冬问道。

"他很清楚警察找我儿子的时候都干了些什么。"褚霞的表情带着疑惑，"你们不是有保密纪律吗？有的细节就算跟进案子的记者也不知道啊。"

这话倒是真的，林冬承认。案件的调查和侦破，不可能事无巨细地公告天下。而作为正面接触过警方调查程序的褚霞，在听到对方能够详细地讲出案件的侦查过程后，很容易放下戒备之心。

沉思片刻，林冬接着问："那他有没有说到自己所属的部门和职务？"

褚霞仔细回忆了一下，不太确定地开口："好像是……刑侦总队还是什么的，我记不清了。嗯？他不是你们的人吗？"

"他什么时候联系你的？"林冬没有正面回答她的问题，也无法回答。这个不知道从哪儿冒出来的"白警官"一下子让案情的走向变得扑朔迷离，他现在唯一希望的，就是公安系统里没有人犯下不该犯的错误。

"大概……在我儿子失踪半年后吧。"说到这里，褚霞叹了口气，"那个时候负责案子的警察都已经撤走了，我以为没希望了，没想到还有人惦记着……"

"别人都不管了，那白警官为什么要管？"

"他说觉得我很可怜，愿意私底下帮我调查。"

"要钱了没？"

"没有没有，他人很好，语气也很和善。"

"其他条件也没有？"

褚霞摇摇头，有些伤感地说道："我知道你们是怎么看我的，结了婚，还在外面和别的男人……但是警官，你们不知道，我跟老林真的没感情。我爸妈就像把我卖给他一样，那二十八万的彩礼，全都给了我弟……而且他当时跟我爸妈说得好好的，说娶我回去，要把我好好供着，事实呢，是花钱买了个使唤丫头！从结婚第一天起，我就得天天晚上给他洗脚捶腿、捏肩揉背，每天凌晨四点就得起床干活。他一个月只给我三百块零花钱，说什么吃住都在家里，没地方花钱，我想买件贵一点的衣服，他还笑话我小姐身子丫鬟命，说不看看自己是干什么的，天天裹一身面粉，穿再好的衣服也是糟蹋……我到快生的时候，脚肿得穿不下鞋，还得每天早起招呼客人……"

说着说着，褚霞开始啜泣起来。唐喆学抽了几张面巾纸，走过去递到她手中，又出门倒了一杯水给她。类似命运的女人，在如今这个社会依旧不算少，更别提十多年前了。对于重男轻女的父母来说，她们是筹码，是可交易的物品，是兄与弟娶媳妇的彩礼来源。

改变数千年来形成的观念绝非易事，还需要长久的时间去摒除。

褚霞一口气喝了半杯水，平复下情绪，喃喃道："是，他是没饿着我，也没像我爸打我妈那样打过我，但是我在他身上感觉不到爱情。我跟姐妹们诉苦，她们却说，谁家的日子不是这么过呢？他只是没那么体贴而已……直到有一天我遇到了一个男人，是从我老家那边过来做生意的，他有见识，出手也大方，最重要的是，他懂得欣赏我……所以……所以……唉……"

林冬直截了当地问："那男的叫什么？"

"石品文。"褚霞答。

唐喆学插嘴问道："石头的石？后面是哪两个字？"

"品德的品，文化的文。"

"多大年纪？"

"嗯……我认识他的时候，大概三十四五岁的样子。"

褚霞回答问题的同时，唐喆学已经在电脑里切换到查询系统的界面。还好，叫石品文的男性不多，一共就三个，有一个已经死了，还有一个年龄不符，剩下的那个，年龄、籍贯都和褚霞的描述相符。在唐喆学的示意下，林冬看向电脑屏幕——石品文曾在二十五岁的时候，因伙同他人绑架一名九岁儿童被判入狱十年。算算时间，应该是在他出来没多久就认识褚霞了。这也印证了当时警方的推测，绑匪有前科，不停地变换交易地点是为了反追踪，同时也有可能是因为发现了警方的介入而选择终止交易。

唐喆学把证件照打印出来让褚霞辨认，确认他们查到的石品文就是她说的那个人。

林冬继续问："你和那位白警官提起过石品文吗？"

褚霞面露尴尬神色："没有，我没提……是白警官自己查出来的，也是他告诉我，石品文有绑架的前科……那时候我才知道，原来孩子是被他绑走的……"

"那你知道他为什么要这么干吗？"

"我问过他，他说是为了弄一笔钱，好带我和孩子一起离开老林。"褚霞神色纠结地捻着衣服下摆，"我那时候不懂《婚姻法》嘛，不知道我跟老林只办酒席不领证算不算是合法夫妻，我要是跟他闹翻了，一分钱也拿不到，加上孩子也不是他的……"

"你当时就确定孩子不是林舟栋的？"

褚霞脸色一红，头埋得更低了。迟疑片刻，她轻轻地点了点头。

林冬无意让她难堪，顺着继续往下问："你就没想过把孩子要回来？"

"要不回来了，他说已经卖给别人了。"

"那他当时是怎么进的房间？"

提及此事，褚霞抬起脸，懊悔地说道："我真没想到他会趁我洗澡的时候把钥匙复制了，都怪老林，要是安个好点的锁，钥匙复杂一点，怎么可能那么短的时间就被复制了！我爸就是锁匠，这个我懂……当然石品文也是好心，要是拿不到钱，我们母子俩就算跟他走了也是喝西北风。"

听到这里，林冬摘下了眼镜，有些无奈地搓了搓眼眶。实在无法理解，那石品文都把她坑骗到这个分儿上了，还帮人家说好话呢！还有，那姓白的警察是怎么回事？都查到是谁干的了，怎么不往上报呢？

不过内部问题留着后面查，眼下要紧的是先把绑架案结了。

林冬重新戴上眼镜，问道："现在这个石品文在哪儿？"

褚霞一脸茫然："不知道，我联系不上他，我问完他的第二天他就消失了，打手机也一直关机，孩子在哪儿还是白警官告诉我的。"

"那你和白警官还有联系吗？"

"没了，他给我打的最后一个电话就是告诉我孩子在哪儿。"

"留他的手机号码了吗？"

"留了，我一直没删。"褚霞看向放在讯问桌上的手机。

唐喆学起身把手机递给她，让她调出那位"白警官"的手机号码，然后去找秧客麟。

秧客麟尝试拨打了一下该号码，系统提示已停机，且查出该号码非实名制。接着，唐喆学让秧客麟查出是从哪里卖出去的，随后将石品文的背景资料交给其他队员，叮嘱他们查找此人的下落。安排好工作，他返回讯问室，继续问褚霞有关白警官和石品文的细节。然而时隔多年，她说已经记不清了，尤其是白警官，连面都没见过，只说对方听声音大概是三四十岁的样子。

当她提及这位"白警官"打电话的时候，表示总感觉对方离听筒有点远，像是故意压着嗓子说话。听到这样的描述，林冬的眼里凝起一丝光亮，略加思索后，他把唐喆学叫到走廊上，让对方站在讯问室门口，然后径自向前走去，走着走着就拐进了安全通道。唐喆学疑惑地注视着那扇缓慢合拢起来的门，突然，手机响起，是林冬打的，他一接通，就听那边说："喂，我说话是不是离听筒很远？"

唐喆学应道："是啊，还不太像你原来的声音。"

电话随之挂断，很快，林冬从安全通道里出来，一手举着手机，一手举着一个香烟过滤嘴说："这是老警员用的简易变声手段，把海绵往听筒的位置一挡，声音便会有一定程度的失真，想当年你爸也用过这招儿。"

唐喆学吃惊地瞪大双眼，同时意识到这个行为试图掩盖的真相："这位'白警官'正面接触过褚霞，怕她听出自己的声音，所以刻意变声。"

"是的，没猜错的话，他也不姓白。"林冬深吸一口气，"如此看来，当年接触过这个案子的每一个人，都有嫌疑。"

审完褚霞后的第二天，林冬和唐喆学基本全天都待在局长办公室里。查案查出内部人员涉嫌严重违纪，各个部门的高层领导都来了，七嘴八舌地讨论着。

汇报完情况后，林冬一直保持沉默，没有参与任何讨论。他对整件事有非常不好的预感，昨天队里的人熬了一宿都没能找出石品文的活动迹象，那么一个大活人，尤其像石品文这种有前科、出来后还打算干老本行的人，怎么可能一丁点行踪轨迹都捕捉不到？

根据悬案队提供的信息，目前领导们讨论出两种假设：一是那位"白警官"私下里和石品文达成了协议，收了对方的钱中饱私囊，甚至可能提供给对方一套假身份，帮他逃过累犯重判的惩罚；二是出于某种原因，条件没谈妥，"白警官"把石品文干掉以绝后患。

不管是这两种情况中的哪一种，"白警官"都涉嫌职务犯罪，必须把这个人揪出来，严惩严办，以儆效尤。

那么，这件事应该让谁去查呢？按照常规的做法是检察院出人，但目前还不能百分百确认"白警官"就是内部人员，至于督察纪委那边基本也是抓到人之后再跟进讯问环节，所以直接由他们出人也不合适。

被各方领导的意见轮番轰炸了半天，方岳坤最终还是将目光投向林冬和唐喆学："从我个人的角度出发，既然是悬案队的案子，那就还是让林冬他们继续往下查吧，等把人揪出来，其他部门再介入也不迟。"

领导们纷纷点头，达成了共识：继续由悬案队侦办"白警官"一事，查实身份后的抓捕提讯工作由方岳坤拍板决定；检察院在侦查阶段会提前介入；调查期间，有任何进展会及时同步给督察纪检部门。

检察院提前介入，在人选方面，林冬理所当然地点了姜彬的大名。然而姜彬是出了名的大忙人，他把人家叫过来帮忙，肯定少不了被埋怨一番。

不出所料，姜彬一进悬案队办公室就开始抱怨："老林，你是不是觉得我很闲啊？这个月我有十次庭要出，还有三个案件的预审提讯，我还得去法学院上两堂《刑事诉讼法》的公开课，教案课件都是我自己弄……你要是嫌我死得慢，直说。"

"是，我们知道你忙，不过这都是领导们的决定，大案要案得抽调骨干力量。"唐喆学立即赔笑道，"姜检，你放心，没什么大事我们绝不打扰，你就有空的时候看下这边发的消息，我会把调查进展同步给你。"

姜彬抱臂于胸，看向林冬："我现在还有半个小时闲着，你赶紧把案子给我简单说明一下。"

"一起发生于 2009 年的'绑架幼童案'，目前嫌疑人下落不明。证人证词显示，有警方内部人员涉嫌犯罪。"

林冬的说明言简意赅，以他对姜彬的了解，要想让对方提起十二分的兴趣，必须得直击重点。

果然，姜彬那对审视过无数嫌疑人的眼睛里燃起了斗志，他回手朝唐喆学的方向一伸："案情简报给我一份，我看看。"

材料早给他准备好了，唐喆学双手奉上。等待姜彬看简报的工夫，林冬走到秧客麟的工位旁，问："查到'白警官'的手机号码是从哪个销售点卖出去了没？"

秧客麟一敲键盘："发你手机上了。"

点开信息界面，林冬按秧客麟发来的位置切换到地图软件上查看，发现居然是离步行街不远的位置。记忆中那个位置有个报刊亭，2009年的时候，在报刊亭随手就能买到不记名的电话卡。

"二吉，"他喊唐喆学过来看定位信息，"你赶紧带岳林和英杰过去，让报刊亭的主人辨认所有参与过案件的人员的照片。"

事隔多年，摊主换没换过人还不知道，但眼下就这一条线索，只能死马当活马医了。唐喆学马上收拾好队员们事先整理好的照片，直奔报刊亭。

很快，唐喆学给林冬汇报结果——一无所获，当年的摊主早就换人了。查通话记录也不行，十多年前的记录，运营商保存不了那么久。这位"白警官"做事谨慎周全，想必是经验十足，且具有强大的反侦查能力。既然他不好查，林冬立刻转换思路，查石品文。

石品文的父母皆已亡故，上面还有一个哥哥和两个姐姐。岳林打电话去询问，被告知自从石品文入狱后，家人们便不怎么跟他来往了，嫌他犯了事，丢了家族的脸面，说话的语气非常不耐烦，没说几句就把电话挂了。

那石品文到底是怎么发现警方部署了蹲守的？有谁给他通风报信吗？这个报信的人肯定不是褚霞，从案发开始到重案队的人撤出专案组，赵平生和苗红一直盯着她。

研究完石品文先前入狱时的卷宗，林冬做出判断："石品文还有同伙，在这起案件中，石品文负责指挥林舟栋的行踪，同伙提前到收钱的地方等着，但由于警方临时调动了大量人员去蹲守，惊动了他的同伙，消息就是这么泄漏出去的。"

"确实，他无法一个人带着八个月大的林依褚，还能随时变换交易地点。"唐喆学说完，伸手一敲秧客麟的办公桌，"秧子，查石品文的狱友。"

这是常规且惯用的调查思路，团伙犯罪，尤其是有前科的嫌疑人，最"合适"的搭档莫过于当年一起吃过牢饭的。然而，这份名单拉出来有两百多人，筛除那些在案发后出狱的，还有一百五十四人。太多了，要是一一去核实的话，工作量太大。

林冬的视线在那些名字上逐一略过，忽然，他扭头问："蔡景天的父亲叫什么来着？"

岳林立刻回答："蔡健。"

名单里倒是有两个姓蔡的，但都不是蔡健。林冬让秧客麟继续梳理那两个人的亲属信息，发现其中一个叫蔡志的，有个弟弟叫蔡健。户籍信息一调，就是蔡景天的父亲。

那么问题来了，蔡健和蔡志两兄弟，是都参与了石品文绑架林依褚的案子，还是只有蔡志参与了绑架，最终因无法获得赎金而将孩子交由弟弟抚养？

这两兄弟要问就得一起问，只问一个，另一个很有可能会望风而逃。根据大数据信息确认，目前蔡志人在夕市。林冬决定兵分两路，由他和文英杰去夕市找蔡志，唐喆学和岳林负责在本地盯着蔡健。两边同步传讯，且必须在二十四小时内拿到真实的口供。

说干就干，何兰给林冬和文英杰订了最早一班飞往夕市的机票。他们还在天上飞的时候，唐喆学已经联络好了当地同人进行接应与配合，前后不到一天时间，相隔两千多公里，蔡志和蔡健二人分别被带入了讯问室。

蔡志坐过牢，知道警察审人的规矩，没有实打实的证据，他一个字也不肯说，觉得反正耗过了留置时间，警察就必须放他走。到了蔡健这边就是另一个样了，从进入讯问室开始就紧张得要命，时不时地要水喝。唐喆学问蔡健"孩子怎么来的"，他说捡的，过了一会儿又说是从医院抱的，问他是从哪家医院抱的，又说不出名字，根本尢法自圆其说。

纠缠了三个多小时，唐喆学一拍桌子："蔡健，现在孩子在你手里，说你涉嫌绑架也可以，明不明白？"

蔡健完全听不出警察是吓唬自己还是干吗，犹豫半天才磕磕巴巴地说："我真的不……不知道孩子是被绑……绑来的……我哥说是……是朋友的孩子……生了没法养……问我要不要……是……是男孩，当然要了……"

"什么朋友？"

"跟他一起……一起坐牢的朋友……"

"叫什么？"

"没……没问……"

"你给钱了吗？"

"给……给了……"

"多少？"

"两万……"

"给的谁？怎么给的？现金？网络转账？"

"现金，给我哥，然后我哥给人家拿过去的……"

……

翻来覆去地问了一个小时，有用的信息止步于蔡家兄弟之间的金钱交易部分。唐喆学起身离开房间，给林冬打电话告知讯问所得。

远在夕市的蔡志并无被弟弟出卖后的惊慌，面对林冬用手机外放的录音，他的态度依旧坦然："对，孩子是石品文的，是他跟一有夫之妇生的，自己没法养，想让我帮忙托付个好人家。"

林冬冷冷地勾了勾嘴角："托付？你是以两万块钱的价格，把孩子卖给了你弟。"

蔡志双手一摊："那不是卖孩子的钱，是给孩子妈的营养费。"

"你给的，还是石品文转交的？"

"他转交的啊，我又不认识那女的。"

"那你们后来还有没有联系？"

"没有，一直没有。"

"对，因为他死了。"

林冬诈了他一句，效果非常明显，就见蔡志的表情僵了一下，眼角抽了两抽。故意杀人和绑架，孰轻孰重，一目了然。这些嫌疑人身上背负的秘密，往往比警方能查到的要多。

沉默了一阵，蔡志说："我没杀他。"

"我说他是被杀的了吗？"林冬稍稍提高了说话的音量。

蔡志的眼神四下游移，局促地搓着手，他使劲咽了口唾沫，说："有一天我给他打电话，接通了却没人说话，我当时觉得他可能是出事了，就赶紧把电话挂了。"

"你为什么会觉得他出事了？"

蔡志再次陷入沉默，神情纠结不安。林冬看得出来，蔡志是被什么事情压住了，不说，良心上过不去；说了，就是把自己往沟里带。

僵持间，林冬语气一软，改问："你孩子多大了？"

蔡志一怔，含混答道："二十二岁。"

"工作了，还是在念书？"

"工作不好找，准备考研。"

"你的刑事案底给他的就业带来了麻烦，是不是？"

蔡志沉默以对。

"我记得你是因为抢劫入狱的，当时讯问人员问你为什么要抢劫，你说没钱给孩子买钢琴。"林冬叹了口气，"你都快五十岁的人了，还在外面打工，应该是想给孩子多挣点钱，以弥补对他的亏欠吧。但是蔡志，不管你如何洗刷过去，你始终和石品文是一类人。"

"我和他不是一类人！"蔡志突然激动起来，愤然争辩，"他就是个畜生！连十几岁的孩子都杀的畜生！"

林冬的目光瞬间变得锐利，他倾身向前，追问道："什么孩子？他身上还背着其他案子？"

这一刻，蔡志的心理防线彻底崩塌，他深深地垂下头去，失声痛哭。

"你说什么？"听完林冬的转述，唐喆学整个人都愣了，好一阵才回过神来，"老付的儿子是……石品文害死的？"

"根据蔡志交代的时间点，我认为被石品文杀害的男孩就是付嘉逸，案发时正好在泄洪期。"林冬的叹息从听筒中传来，"具体发生了什么，蔡志也不太清楚。他当时没和石品文在一起，只说是因为发生了这件事，他们才突然终止了取赎金的行动，然后转手把孩子卖给了蔡健。"

唐喆学心头一颤，说出自己的联想："那……那个白警官……会不会是老付……他查到石品文了，发现儿子是被对方害死的，所以……"

"二吉，"林冬打断他，"没有证据，我们不能随意怀疑一位功勋卓著的老前辈是杀人犯。"

道理唐喆学都明白，可当所有的线索排在一起时，真不怪他多想。

"现在打算怎么办？"唐喆学问。

"等方局的指示，我已经跟他汇报完了。"

话筒里陷入一阵沉默，彼此都是无声的纠结。

接到机场地勤的电话，唐喆学推醒一旁仰躺在副驾驶座上睡觉的岳林下车接机。因押运嫌疑人，机场给开了绿灯，允许他将车开进来停到指定的位置。机场分局指派同人陪同执行押运工作，另外还有一队特警待命。

夜幕下的停机坪灯火通明，等到顺利将蔡志送上特警的押运车，林冬终于能暂时放松下紧绷的神经，接过唐喆学递来的矿泉水，一口气喝完了一整瓶。远途押送嫌疑人是一件非常耗费精力和体力的事，要严防嫌疑人自残自杀、出现攻击或其他危害公共安全的行为，尤其是在飞机上，一旦出事就相当于叫天天不应、叫地地不灵了，所以从进机场的候机室开始，他一口水都没敢喝。

唐喆学问："人送去哪儿？"

"先押去看守所，方局在那儿等着呢。"拧好瓶盖，林冬将空水瓶放进车里，转头问文英杰，"你还撑得住吗？要不要回家补觉？"

此时，文英杰困得仿佛站着就能睡着，听到领导在问自己，立刻条件反射地挺直腰说："没事，我回局里把报告写完再睡。"

林冬微笑着点头表示赞许，随即命令道："行，岳林，你和英杰开我的车，我和唐副队跟押运车。"

众人各归其位，红蓝警灯交替闪烁，警笛声长鸣。前有霸气的特警专用装甲车开道，中间是防弹押运车，机场分局的安保人员用车紧跟其后，末尾由岳林驾驶林冬的汽车殿后，一辆接一辆呼啸着驶入夜幕中。

在看守所的讯问室里，面对不怒自威的警察们，蔡志慢慢复述了案发当天的情况："当时我等着老石给我消息，不然不知道去哪里拿钱，但是他一直没给我打电话……他知道警察是如何追踪的，只和我单线联系，我实在等不住了，就找了个公共电话亭给他打电话。那边听起来水声很大，他很焦躁，冲我大吼'别他妈打这个手机'……后来我看新闻，说有个孩子溺死了，我感觉跟那个电话里的水声有点关联，就去问他怎么回事。他让我别管，只说要不是他那天当机立断解决后患，我们就已经被抓了。"

方岳坤问："那你知不知道他为什么要去关山水库？"

"藏孩子，他在那一片干过活，说知道有个好地方，把孩子藏在那儿，等拿到赎金通知家属去找，这样我们就不会被警察抓到了。"此时，蔡志困得眼睛都快眯起来了，"领导，我只想图财不想害命，再说一个十几岁的孩子，不是畜生心肠哪能下得去手？石品文就算真的死了，那也是恶有恶报！该说的我都说了，你们让我睡一觉行不行？"

要说困，林冬更困，他已经超过四十八小时没合眼了，现在还能坐在讯问台后面全靠意志力撑着。

见林冬也困得不成样子，唐喆学和方岳坤耳语道："方局，我看今天先到这儿吧，白天再审。"

瞥了一眼双目无神的林冬，方岳坤叹了口气，吩咐唐喆学带蔡志去办理羁押手续，又催林冬赶紧回去睡觉。

林冬这一觉睡得极沉，等到被敲门声惊醒，窗外已是夕阳西下。开门一看，方岳坤已经站在门外，叫他立刻洗漱收拾跟自己去个地方。

上了车，林冬发现方岳坤神情凝重，意识到了什么，于是一边系安全带一边试探着问："是去找老付吗？"

方岳坤没直接回答，只是目视着前方，盯着色调渐沉的天空，直到夕阳收起最后一丝余晖，路灯亮起，才重重叹了口气。

望着师傅被无数个艰难抉择愁白的头发，有那么一瞬间，林冬甚至希望不要查下去了，到此为止，让那位老警员带着应有的荣誉走完这一生。可身为执法者，哪怕有再多的理由，也不该成为知法犯法的借口。

对于局领导的突然造访，付立新看起来并不意外，从容地邀请他们进屋。方岳坤不是空手来的，路上特意开去一家只有本地人才知道的卤味店买了一堆下酒菜，还拎了一瓶好酒。

一进屋，方岳坤就热情地说："来来来，立新，一起吃，我今天自带酒菜。"

说完他便坐到沙发上，环顾四周，接着说："你看看，这屋顶都熏黄了。立新啊，你都这岁数了，少抽点烟吧……不过我今天带了包好烟给你，省着点抽啊，这牌子可好了……"

仅仅三十多平方米的一室一厅里，只有方岳坤一个人的声音在回荡，林冬和付立新都沉默不语。这明摆着是鸿门宴，彼此间心照不宣。同时，林冬默默感叹付立新强大的心理素质，明知道他们是来干吗的，面上依旧坦然，不管方岳坤说什么，都能适时地给出迎合的笑意。

林冬拿了两把椅子，分别放到茶几前面和朝卧室那边的位置，自己坐到了阻隔通往卧室的那个位置上。不怕一万就怕万一，卧室的窗户外面没有防护网，如果真到了万念俱灰的地步，他怕付立新想不开跳出去。

事实证明，林冬多虑了。付立新忙进忙出，端餐具、拆打包盒、倒酒、点烟，自始至终都没表现出丁点消沉的情绪。肉香酒好，然而林冬食不知味。他看方岳坤今天是打算豁出去了，喝酒、吃肉、抽烟，局长夫人制定的"三大禁令"违反了个遍，且一扫平日里身为局长的威严，像许久未见的老友一般，与付立新推心置腹地聊起了自己的过去。

眼看着杯子里的酒一口接一口地变少，林冬急忙在桌底下悄悄踢了踢对方的鞋，担心再这么喝下去，正事还没提，人先醉倒了。

然而方岳坤就像没感觉到林冬踢自己一样，又喝了一口酒，说："我入警队的时候，刚十八岁，队里就我最小，大家都照顾我，危险的任务从不派我去……可我们是缉毒警，情报得去探，哪里危险就往哪里钻……眼看着兄弟们一个接一个地少了，那心情，别提多不是滋味了……"

说着说着，方岳坤的眼眶红了，鼻子一抽："最惨的是我们副队长，被那帮畜生抓住了，在他身上放蚂蟥，挖他眼珠子……这是畜生们后来告诉我们的。当时我们听完就抓狂了，齐刷刷地端起了枪，心里就一个念头——还管什么纪律，这样折磨我们的人，我们凭什么让你们活着？"

付立新垂下眼，随后仰头将手里的半杯白酒一饮而尽。那双原本毫无情绪的眼霎时被酒精烫红，眉头拧起，整个人的状态一下子变了。察觉到他的情绪变化，林冬的手微微屈起，警惕着接下来可能发生的情况。

"然后呢？"他听付立新问。

"然后队长从我手里把枪夺过去，把那几个畜生全杀了。"方岳坤的脸上净是苦涩的无奈，热泪顺着眼角滑落，"接着，他把枪一扔，让我们上报，一己担下所有责任……"

方岳坤抬起手，朝着自己的正前方比出开枪的手势——"乒！"那颗射出枪膛的子弹穿越时空，重重地打在了付立新的心上。

付立新放下酒杯，站起身说："你们先吃，我去拿个东西。"

说完他朝卧室走去，林冬想跟进去，但被方岳坤一把抓住了手腕。四目相对，方岳坤冲他摇摇头，示意他不必紧张。

很快，付立新返回客厅，手里拿着一款老式的智能手机，还有一支录音笔。那款手机看起来很旧了，上面有明显的磨损痕迹，却还能通电开机。他打开手机，调出一张照片，然后递给方岳坤。

方岳坤接过手机，看了看那张照片，转手递给了林冬。屏幕上显示的是一张拍摄于公交车上的照片，人很多，很拥挤，乍一看毫无引人瞩目的地方。多年前的手机拍摄像素低，放大了就更糊了，一堆人挤在一张照片里，只能勉强分辨出男女。

"这张照片是从一个陌生人的手机上发来的，起先我没有注意，以为是发错了，而且那个时候嘉逸刚出事，我也没心思去管。"付立新点了一根烟，低头抽着，"后来过了大半年吧，我在家里休假，突然想起这张照片来了，就联系了一下发照片的人。对方告诉我，这张照片是一个小男孩在公交车上借她的手机发的，说他爸爸是警察，在外面抓坏人，他有个线索要向……向爸爸汇报……"

言语间泪珠接连砸下，付立新弓背埋头，指间的烟雾随着周身的颤抖渐渐散去。方岳坤和林冬默默地看着这位被沉重打击压垮的老警员，这时候任何语言上的安慰都没有意义。过了一会儿，付立新用手背擦了一下眼泪，打开了录音笔，点击播放键——

"我以为是小孩子的恶作剧，本来没想理，但是他一直求我，我就帮他拍了一张照片发给你。"

录音笔里传出当事人的陈述，一个年轻女人的声音代替了付立新的泣不成声。

"然后他又问我能不能把手机给他让他再发一条信息，告诉对方是谁发的照片。我没给，让他告诉我名字我替他发，我怕是被大人指使来骗手机的，结果没等他告诉我名字，车到站了，他好像看到了什么，急匆匆地下车了……第二天上班和同事聊起这件事，他们都说还好我没把手机给他，不然很有可能被抢走。"

随后是一声满含歉意的叹息："唉，对不起啊，当时我要是知道他真是警察的孩子，我肯定会帮他报警的。"

然而这迟来的歉意，救不回在父亲的言传身教下慧眼识奸的付嘉逸。在照片里众多模糊的人脸中，林冬勉强辨认出抱着孩子的石品文。付嘉逸肯定不认识石品文，但他应该听父亲讲过拐卖小孩的坏人会有什么反常的举动。他当时一定是看出了什么，却不能肯定对方是人贩子，只能向附近的乘客求助，给付立新发一张照片，起码留个证据。而他之所以会突然下车，根据后来付立新的走访调查，应该是因为石品文下车了，付嘉逸想跟着他，看他把孩子抱到哪里去。后来越跟越远，一直跟到了关山水库，付嘉逸毕竟不是专业的侦查员，还是被石品文发现了身后有个"小尾巴"。

说到付嘉逸堪称胆大妄为的跟踪行为，付立新悔恨不已："在他八岁的时候吧，有一次我带他去游乐园玩，遇见一个通缉犯。我一边追踪一边呼叫支援，事态紧急，也不能把嘉逸丢一边，我就一直带着他……他真的很聪明，怎么拍照留证、汇报行踪等等，全都刻进了心里，还写了篇作文记录下当时的惊险……后来，老师把我叫去学校训了一顿，说以后再遇见这种事可不能带着孩子，要真有了危险，哭都来不及……"

他说不下去了，捂着脸，双肩止不住地颤抖。那篇曾经让他引以为傲的赞颂警察父亲的作文，出事后却是每一个字都在挖他的心——如果当初没带付嘉逸追踪那个通缉犯的话，这孩子后来会不会就没有那么大的勇气，敢只身去追一个人贩子？

林冬拿起茶几上的纸巾，蹲到付立新面前，帮他擦去指缝中溢出的泪水。可以想象，当时的付立新是带着何等的悲愤去追查石品文的——他是一名刑警，同时也是一位父亲，所作所为影响了孩子，最终酿成惨剧，首先不能原谅的就是自己。之所以将事实真相隐瞒多年，林冬确信，对方必然是做出了不可挽回的举动。

长久的沉默过后，方岳坤叹息着发问："你知道没证据证明是石品文杀了嘉逸，他很有可能会逃脱死刑，所以一开始就计划好要弄死他？"

付立新凄然一笑，忽然目光一寒，反问道："那你们又有什么证据证明我杀了他？尸体呢？

"其实这案子一开始说要重查，我就知道逃不过你们的法眼，你们今天过来不就是想听我说句实话吗？"

方岳坤和林冬绷紧了神经，盯着面前的人。

只见付立新站起身，挺直了微驼的肩背，凛然对上方岳坤审视的视线——

"实话就是，我没杀他，但我也没救他，他是怎么对我儿子的，我就怎么对他。"

林冬的心里响起了"轰"的一声，压在老刑警付立新肩上名为

"罪责"的大山正四处滚落碎石，砸向三人发红的眼，砸向那深不见底的未来……

[未完待续，第二册即将上市，敬请期待。]

图书在版编目（CIP）数据

猎证法医：悬案密码 / 云起南山著 . -- 北京：北
京联合出版公司 , 2024.6
ISBN 978-7-5596-7666-5

Ⅰ.①猎… Ⅱ.①云… Ⅲ.①长篇小说—中国—当代
Ⅳ.①I247.5

中国国家版本馆 CIP 数据核字（2024）第 102853 号

猎证法医：悬案密码

作　　者：云起南山
出 品 人：赵红仕
选题策划：雁北堂（北京）文化传媒有限公司
责任编辑：李艳芬
特约策划：谢莉莉
特约编辑：谢莉莉
封面设计：蔡小波
版式设计：冉　冉

北京联合出版公司出版
（北京市西城区德外大街 83 号楼 9 层　100088）
天津雅图印刷有限公司印刷　新华书店经销
字数 200 千字　880 毫米 × 1230 毫米　1/32　9 印张
2024 年 6 月第 1 版　2024 年 6 月第 1 次印刷
ISBN 978-7-5596-7666-5
定价：52.00 元